Das Buch

Kate Fansler hat für den Arabistik-Professor Adams nie besonders viel übrig gehabt, und als er aus dem Fenster seines Arbeitszimmers gestürzt wird, weint sie ihm keine Träne nach. Schlimmer findet sie es, daß ihr schwarzer Kollege Humphrey des Mordes verdächtigt wird. Kate nimmt die Sache selbst in die Hand und wird bei ihren Ermittlungen tief in die nach wie vor brisanten Rassenprobleme nicht nur an der Universität hineingezogen. Schritt für Schritt deckt sie ein Geflecht von politischen Machenschaften, Erpressung und Unterschlagung auf. Und als ein zweiter Mord passiert, ist sie auch persönlich betroffen: Sind ihre zudringlichen Fragen schuld am Tod des schwarzen Mädchens, das überall aneckte und das Establishment provozierte – und Kate sehr ans Herz gewachsen war? »Dieser Kriminalroman mit der Englischprofessorin Kate Fansler in der Hauptrolle belegt wieder Cross' Anspruch auf einen Platz ganz oben auf der Rangliste: Das Buch ist provokant, literarisch und scharfsinnig, es bietet viel mehr als nur ein detektivisches Rätsel.« (Publishers Weekly)

Die Autorin

Amanda Cross (eigentlich Carolyn G. Heilbrun), geboren 1926, lebt in New York, lehrt an der Columbia University und gilt heute als eine der renommiertesten feministischen Literaturwissenschaftlerinnen. In den sechziger Jahren schuf sie die Figur der Kate Fansler, Literaturprofessorin und Amateurdetektivin, und gehörte damit zu den ersten der »neuen Thrillerfrauen«.

Amanda Cross:
Der Sturz aus dem Fenster
Kriminalroman

Deutsch von Helga Herborth

Deutscher
Taschenbuch
Verlag

Von Amanda Cross
sind im Deutschen Taschenbuch Verlag erschienen:
Albertas Schatten (11203)
Gefährliche Praxis (11243)
In besten Kreisen (11348)
Eine feine Gesellschaft (11513)
Schule für höhere Töchter (11632)
Tödliches Erbe (11683)
Süßer Tod (11812)

Ungekürzte Ausgabe
August 1994
Deutscher Taschenbuch Verlag GmbH & Co. KG,
München
© 1989 Carolyn Heilbrun
Titel der amerikanischen Originalausgabe:
›A Trap for Fools‹
© 1992 der deutschsprachigen Ausgabe:
Vito von Eichborn GmbH & Co. Verlag KG,
Frankfurt am Main · ISBN 3-8218-0210-3
Umschlagtypographie: Celestino Piatti
Umschlagbild: Rotraut Susanne Berner
Satz: IBV Satz- und Datentechnik GmbH, Berlin
Druck und Bindung: C. H. Beck'sche Buchdruckerei,
Nördlingen
Printed in Germany · ISBN 3-423-11913-6

Wenn –

Wenn du den Kopf behalten kannst, während alle um
 dich her ihren verlieren und es auf dich schieben,
wenn du dir vertrauen kannst, während alle an dir
 zweifeln, und du dabei auch ihre Zweifel verstehst;
wenn du warten kannst und nicht vom Warten
 ermüdest, oder belogen wirst und nicht zur Lüge
 greifst,
gehaßt wirst, ohne dich dem Haß hinzugeben, dabei
 nicht zu milde dreinblickst noch zu klug redest:

Wenn du träumen kannst – ohne Träume zu deinem
 Herrn zu machen;
wenn du denken kannst – ohne Gedanken zu deinem
 Ziel zu machen;
wenn du Triumph und Katastrophe begegnen kannst
 und diese beiden Hochstapler gleich behandelst;
wenn du es ertragen kannst, die Wahrheit, die du gesagt
 hast, von Schuften verdreht zu hören, um eine Falle
 für Toren daraus zu machen,
oder die Dinge zerbrochen zu sehen, denen du dein
 Leben gegeben hast,
und dich zu bücken und sie mit abgenutztem Werkzeug
 wieder aufzubauen:

Wenn du einen Stapel aus deinen Gewinnen machen
 und sie auf ein Mal, alles oder nichts, riskieren
 kannst,
und verlieren und wieder beim Anfang anfangen und
 nie auch nur ein Wort über deinen Verlust sagst;
wenn du dein Herz, Nerv und Sehne zwingen kannst,
 dir zu gehorchen, wenn es sie längst nicht mehr gibt,
und so durchzuhalten, wenn nichts mehr in dir ist außer
 dem Willen, der ihnen sagt: »Haltet durch!«

Wenn du mit Menschenmengen reden kannst, ohne die
 Tugend zu verlieren, oder neben Königen gehen
 kannst – doch den *common touch* nicht verlierst,
wenn dich weder Feinde noch liebevolle Freunde
 verletzen können, wenn alle auf dich zählen, aber
 keiner zu sehr;
wenn du die erbarmungslose Minute füllen kannst mit
 sechzig vollen Sekunden eines Langstreckenlaufs,
gehört dir die Erde und alles, was darauf ist, und – was
 mehr ist – du wirst ein Mann sein, mein Sohn!

Rudyard Kipling

Eins

> Wenn du den Kopf behalten kannst, während
> alle um dich her ihren verlieren und es auf dich
> schieben

Am frühen Sonntagmorgen fand einer der Wachmänner die Leiche bei seinem Kontrollgang über den Campus. Zuerst glaubte er, der ausgestreckte Körper direkt neben dem Weg sei der eines Studenten oder Penners, der seinen Rausch ausschlafe, aber bei genauerem Hinsehen verging ihm dieser angenehme Gedanke sofort. Der Wachmann sah nach oben und entdeckte das Fenster, aus dem der Mann gesprungen oder gefallen war. Das war am Sonntag nach Thanksgiving, und der Sicherheitsdienst arbeitete mit minimaler Besetzung. Über sein Walkie-Talkie setzte der Wachmann sich mit der Zentrale in Verbindung und erhielt die Anweisung, zu bleiben, wo er war. Fluchend lief der zweite der Wachmänner los und versuchte gleichzeitig zu entscheiden, ob er, falls es sich wirklich um eine Leiche handeln sollte, zuerst die Polizei oder die Universitätsverwaltung informieren solle. Lieber erst nachschauen und dann entscheiden, sagte er sich.

Butler, so hieß der stellvertretende Leiter der Sicherheitstruppe, ärgerte sich, daß der Boss über Thanksgiving freigenommen hatte. Er traf den Wachmann vor einem Gebäude, das den Namen Levy Hall trug. Ein Blick, und ihm war klar, daß man es hier mit dem Tod zu tun hatte; trotzdem beugte sich Butler über die Leiche, um sich zu vergewissern. Nicht nötig, den Puls zu fühlen. Der ungebremste Sturz aus dem siebten Stock ließ keinen Zweifel zu. Der Tag war kalt, und das wenige Blut war gefroren. Butler wunderte sich, daß so wenig Blut zu sehen war; schließlich war der Körper ja auf Beton aufgeschlagen.

Butler beschloß, zuerst einen der Vizepräsidenten zu

benachrichtigen, am besten den, der für inneruniversitäre Fragen zuständig war. Außerdem beschloß er, die Leiche nicht anzurühren. Schließlich hatte er den Mann sofort erkannt – es war ein Professor, der schon lange hier war und sich bei den Wachmännern wegen seiner Launen und Aufgeblasenheit unbeliebt gemacht hatte. Mit Hilfe seines Universalschlüssels betrat Butler das Gebäude, aus dem der Mann gesprungen, gefallen oder – Gott bewahre! – gestoßen worden war, und rief vom Telefon in der Halle aus den Vizepräsidenten an. »Sie sollten lieber die Polizei benachrichtigen«, antwortete dieser Gentleman, nachdem der Ernst der Botschaft seinen Ärger über die Störung besänftigt hatte. »Aber warten Sie noch zehn Minuten, damit ich vor der Polizei da bin.«

Wenn ich die Polypen schon vor einer halben Stunde angerufen hätte, hätten Sie immer noch genug Zeit gehabt, dachte Butler. Er hatte schon öfter mit der Polizei zu tun gehabt und machte sich keine Illusionen. Trotzdem, hier ging es um einen Todesfall; wahrscheinlich würde jemand von der Bezirksanwaltschaft kommen müssen. Er sah auf seine Uhr, wartete zehn Minuten und ging derweil zu dem ratlos herumstehenden Wachmann, um ihn zu beruhigen. Butler gehorchte Befehlen: alles andere wäre Wahnsinn gewesen an diesem Ort reicher Kinder und überbezahlter Professoren. Wenn er, Butler, so viel Geld für so wenig Arbeit bekäme, hätte er weiß Gott Besseres zu tun, als aus dem gottverdammten Fenster zu springen. Na, diese Kerle waren eben alle Spinner, aber – wer konnte das wissen – vielleicht war der Kerl ja auch geschubst worden.

Laut Butlers exzellenter Uhr brauchte der Vizepräsident genau acht Minuten, bis er ungekämmt und aufgeregt erschien – all das würde natürlich im Bericht vermerkt werden – und sich die Leiche ansah. Unglücklicherweise (je nachdem, wie man die Sache betrachtete) erkannte er den Toten sofort. Es war Professor Canfield Adams, über den der Vizepräsident, Matthew Noble, genug wußte, um Butler zu versichern, jener sei der letzte, der aus einem

Fenster springen oder fallen würde. Außerdem sei er jemand, den mindestens vierzig an dieser Universität beschäftigte Leute und Gott weiß wie viele Außenstehende mit Freuden hinuntergestoßen hätten. Butler ging los, um die Polizei zu rufen, und Matthew Noble ging auf die Toilette. Zu dritt warteten sie dann in der Halle, denn es war ein kalter Tag und das Gebäude über die Feiertage nicht geheizt. Matthew Noble versuchte seinen aufgewühlten Magen durch vernünftige Gedanken zu besänftigen und machte im Geist eine Liste jener Leute, die ein Motiv gehabt hätten, Canfield Adams aus dem Fenster zu befördern. Die Übung war sonderbar beruhigend.

Die etwa vierzig Verdächtigen auf Matthew Nobles Liste waren allesamt Mitglieder von Adams' Fachbereich, Kultur und Literatur des Mittleren Ostens, der widersinnigerweise in einem Gebäude untergebracht war, das nach seinem lang verschiedenen Stifter Levy Hall hieß. Zur Zeit der Stiftung hatte das Gebäude die verschiedenen romanischen Sprachen und Literaturen beherbergt, die inzwischen über die verschiedenen Häuser auf dem Campus verstreut waren. Die Kultur und Literatur des Mittleren Ostens hatte eine beachtliche Schenkung erhalten und konnte so die Levy Hall ganz für sich beanspruchen. Daß es zum Zeitpunkt, als dieser Fachbereich das Gebäude mit Beschlag belegte, keinen Lehrstuhl für Hebräisch gab oder irgendwelche Seminare, die mit Israel zu tun hatten, schien zumindest etwas problematisch. Aber ein alter emeritierter Professor, der Levy gekannt hatte, erinnerte sich, daß dieser kein Zionist gewesen sei, womit die Peinlichkeit aus der Welt geschafft war. Adams hatte einen Lehrstuhl für Geschichte des Islam. Neben den Leuten aus seinem eigenen Fachbereich gab es nicht wenige aus anderen Fakultäten, denen er verhaßt war, von den Leuten aus der Verwaltung ganz zu schweigen.

Wenigstens, dachte Matthew Noble und fand doch noch einen kleinen Trost, werden wir es nicht mit dem Aufschrei der Studentenschaft und liberalen Professoren zu tun bekommen. Kein geliebtes Mitglied unserer Gemeinschaft ist in den Tod getrieben worden. Adams war ungefähr so beliebt gewesen wie Giftsumach. Verdammt.

Endlich kam die Polizei; außerdem der Präsident und viele andere Leute. Innerhalb mehrerer Tage einigte man sich darauf, daß Adams irgendwann zwischen acht und elf Uhr an jenem Samstagabend gestorben war. Und innerhalb mehrerer Wochen stellte sich heraus, daß fast alle vierzig Leute auf Matthew Nobles Liste Alibis hatten. Diese waren zwar alle mehr oder weniger privater Natur, aber trotzdem glaubwürdig. Wie an einem Thanksgiving-Wochenende nicht anders zu erwarten, beruhten die Alibis zum Großteil auf Aussagen von Verwandten oder langjährigen Freunden. Eine Handvoll konnte lediglich Ehemann oder Ehefrau, oder, wie man heute allerorts sagt, einen bedeutungsvollen Dritten aufbieten. Ein paar standfeste Seelen, die von den Thanksgiving-Festivitäten die Nase voll hatten, waren allein gewesen. Zweifellos war zwar keines der Alibis narrensicher, aber die meisten waren doch mehr als glaubwürdig.

Die Frage, was Adams in jener Nacht in der verlassenen Universität in seinem Büro zu tun hatte, wurde von seiner Frau präzise beantwortet, sobald man vernünftigerweise wieder präzises Denken von ihr erwarten konnte. Adams hatte Probleme mit einer Arbeit, an der er saß; seine Unterlagen befanden sich in seinem Büro, also war er hingegangen. Sie war verreist gewesen und konnte nur seine Gewohnheiten schildern. Daß er das Wochenende im Büro verbrachte, war nichts Ungewöhnliches. Sollte er vorgehabt haben, sich mit jemandem dort zu treffen, so hatte er es ihr gegenüber am Telefon jedenfalls nicht erwähnt.

Die Polizei kam schnell, wenn auch widerstrebend, zu dem Schluß, daß Adams nicht freiwillig aus dem Fenster gesprungen war. Aber konnte er gefallen sein? Er war um die sechzig; vielleicht hatte er sich hinausgelehnt und einen Schwindelanfall bekommen? Eine solch tröstliche

Lösung konnte nicht ausgeschlossen werden, wurde aber immer unwahrscheinlicher, je sorgfältiger sie überprüft wurde. Erstens verlief vor dem Fenster ein breiter Sims, und zweitens gab es keinen Grund, an einem so kalten Abend das Fenster sperrangelweit zu öffnen, wenn er nur frische Luft schnappen wollte oder ihm schwindlig war. Aber wie war er ans offene Fenster gelockt und dann hinausgestoßen worden? Die Antwort darauf war einfach: Zwar hatte der Aufprall seinen Kopf zerschmettert und so ihm möglicherweise zuvor zugefügte Verletzungen verschwinden lassen, aber die Polizei ging davon aus, daß man ihn vor dem Sturz bewußtlos geschlagen oder ihm eine Plastiktüte über den Kopf gestülpt hatte. Deutete das nicht auf einen starken Mann als Mörder hin? Nicht unbedingt; eine kräftige Frau hätte kaum Schwierigkeiten gehabt. Adams war ein zierlicher Mann, und heutzutage trainierten Frauen ihre Muskeln in Fitness-Centern oder gar auf noch despektierlichere Weise.

Weil Professor Adams vor kurzem zusammen mit Frau Professor Fansler in einem Komitee gesessen hatte und weil schon bei der oberflächlichsten Befragung schnell zutage trat, daß er und Kate seit langem eine tiefe Abneigung gegeneinander hegten, die sich intensivierte, je öfter sie miteinander zu tun hatten, wurde Kate – zusammen mit anderen Professoren, deren Beziehung zu Adams ähnlich geartet war – aufgefordert, ein Alibi beizubringen. Wie sich herausstellte, hatte die Polizei Kate Fansler zur Favoritin unter den Verdächtigen auserkoren.

Die Tatsache, daß sie als Detektivin einen gewissen Ruf hatte, reichte für sich genommen schon aus, sie wunderbar verdächtig erscheinen zu lassen. Die zusätzliche Tatsache jedoch, daß sie mit einem Mann verheiratet war, der früher zur Bezirksstaatsanwaltschaft gehört hatte, nahm der Polizei jäh alle Hoffnung, die aber ohnehin sehr bald geschwunden wäre. Denn während genau jener Stunden, als Professor Adams sich über den Sims seines Fensters im siebten Stock stürzte oder stoßen ließ, hatte Kate, zusammen mit mehreren tausend anderen Leuten, ein Arlo-Guthrie-Konzert in der Carnegie Hall besucht. Ihr Neffe Leo Fansler, ein Anwalt, ihre Nichte Leighton Fansler, eine Schauspielerin, und ein Freund von Leo, der für eine große Bank arbeitete, hatten sie begleitet. Kate hatte auf Einladung ihrer Nichte die Eintrittskarte eines anderen Freundes, ebenfalls Anwalt, übernommen, der plötzlich Überstunden bei einem Fall machen mußte. Im Foyer hatten sie mehrere Bekannte getroffen und waren darüber hinaus – was jeden möglichen Zweifel, ob Kate wirklich die ganze Zeit dort gewesen war, ausräumte – Anlaß eines kleinen Aufruhrs gewesen, der entstand, weil Leos Freund eine Flasche Bourbon in die Carnegie Hall geschmuggelt hatte. Die Platzanweiser hatten diese dann konfisziert, was für allgemeine Aufregung sorgte und die Aufmerksamkeit aller im Umkreis auf den Fanslerclan und seine Freunde lenkte. Es entbrannte ein Streit darüber, was auf einem Rock- oder Folkkonzert erlaubt sei; die Platzanweiser interessierte nur, was in der Carnegie Hall zulässig war und was nicht, und Alkohol war eben nicht erlaubt. Zur enormen Enttäuschung nicht weniger hatte Kate Fansler also ein unwiderlegbares und von vielen bezeugtes Alibi. Daß sie, was ihren Charakter betraf, die letzte Person war, von der man sich vorstellen konnte, daß sie irgend jemanden aus einem Fenster warf, fiel für die Polizei und, um die Wahrheit zu sagen, auch für die Universitätsverwaltung kaum oder gar nicht ins Gewicht. Aber der Besuch eines Konzerts, selbst wenn es sich um das eines langhaarigen Radikalen wie Arlo Guthrie handelte, der Songs wie ›This Land Is My Land‹, ›Amazing Grace‹ und ›Alice's Restaurant‹ sang – an jenem Abend sang er alle drei –, war ein Alibi. Und daran war nicht zu rütteln.

Auf Thanksgiving war Weihnachten gefolgt und auf Weihnachten Neujahr, und nach Neujahr hatte das Frühjahrssemester angefangen, ohne daß die Aufklärung des

Mordes an Adams in Sicht war. Eines Tages bat Matthew Noble Kate zu einer Unterredung ins Rektorat. Kate, die, wie ihre Nichte Leighton öfter bemerkte, was alltägliche Dinge betraf, keine so große Detektivin war, wie sie gern vorgab, machte sich ohne die geringste Ahnung, was Matthew Noble von ihr wollte, auf den Weg. Adams' Ermordung war in den Hintergrund getreten, was wohl das Schicksal aller Ereignisse an einer Universität ist, die gerade von einer Lawine von Zwischenprüfungen, Immatrikulationen, Neuberufungen und Doktoranden-Rigorosa überrollt wird. Kate ging ihrem Schicksal so ahnungslos entgegen, so sagte sie zumindest später, wie Adams, als er an jenem fatalen Abend sein Büro betrat. Später sollte sie sich fragen, ob sie nicht lieber selbst mit einem Angreifer auf dem Fenstersims gerungen hätte... denn dann, so sollte sie noch oft behaupten, hätte sie wahrscheinlich bessere Chancen gehabt zu siegen.

Im Laufe ihrer Universitätskarriere hatte Kate schon viele Gespräche mit der Verwaltung gehabt, aber zum ersten Mal mußte sie nicht warten. Eine offensichtlich nervöse Sekretärin führte sie sofort ins Rektorat. Verwaltungssekretärinnen, die – nach Kates Meinung – den Universitätsbetrieb im Griff hatten, während ihre Bosse sich auf Sitzungen herumtrieben und ihre Macht genossen, waren meist selbstbewußt, aber nicht arrogant, und freundlich, ohne je intim zu werden. Daß die Rektoratssekretärin so verstört war, verhieß nichts Gutes. Hatte man etwa vor, sie zu feuern? Weshalb wohl? Na, dachte Kate, dann mache ich eben eine Privatdetektei auf. Daß dies ihr Gedanke war, als sie den Raum betrat, wurde später von ihren Nächsten und Liebsten als Beweis für Hellseherei gewertet. Worüber Kate abfällig schniefte.

Aber vorerst nahm sie Platz – alle Verwaltungsfachleute, außer der einzigen Frau unter ihnen, waren bei Kates Eintreten aufgestanden und hatten ihr die Hand gegeben. Die einzige Frau, eine Dekanin, war eine Freundin von Kate und schien sich als einsame Vertreterin des weiblichen Geschlechts in dieser eigenartigen Versammlung über die Prozedur zu amüsieren. Die anderen schienen das genaue Gegenteil von amüsiert zu sein, was immer das sein mochte. Matthew Noble, der das Treffen einberufen hatte, sprach als erster. »Bestimmt«, sagte er, »können Sie sich denken, warum wir Sie hergebeten haben.«

»Ich hab' keinen Schimmer«, sagte Kate mit so offenkundiger Verwunderung, daß jeder Verdacht, sie spiele vielleicht die unschuldige Naive, ausgeräumt war.

»Ah«, sagte der Rektor. Er war ein ungewöhnlich großer Mann mit einem freundlichen Gesicht, dem jedermann traute, und einem genauen Gespür für das, was um ihn herum vorging, das niemand ihm zutraute. Er war klug genug, auf Klatsch zu hören und ein gut Teil davon zu glauben. Er war so mutig, sich unbeliebt zu machen, aber auch so vernünftig, die Anzahl seiner Gegner möglichst gering zu halten. Alle jene Professoren und Dozenten, deren Intelligenz größer war als ihr Ego, hofften, er würde seinen Posten nicht früher verlassen als sie die ihren. Kate mochte ihn, und während sie in ihren Sessel sank, versank sie gleichzeitig in tiefe Bestürzung.

»Sie erinnern sich natürlich an den unglückseligen Tod von Professor Adams. Unglückselig eher, was ich natürlich nur innerhalb dieser vier Wände ausspreche, wegen der Art, wie er starb, als wegen der Tatsache selbst. Außer seinen nächsten Angehörigen – das zumindest wollen wir doch hoffen – und ein paar wenigen Mitgliedern seines Fachbereichs trauert niemand um ihn. Das ist peinlich deutlich geworden, und es zu leugnen hat keinen Sinn. Andererseits kann es natürlich keine Universität zulassen, daß einer ihrer renommiertesten Professoren – oder überhaupt irgendein Professor – ermordet wird und kein Schuldiger der Tat überführt wird. Ich brauche wohl kaum noch zu erwähnen, daß die Polizei nicht den kleinsten Schritt weitergekommen ist. Nein, das ist übertrieben – sie hat viele Spuren verfolgt, die sich aber alle als falsch erwiesen. Der Mord an Adams ist jedenfalls nach wie vor unaufgeklärt. Deshalb haben wir uns entschlossen – wie ich hinzufügen sollte, nicht gerade leichten Herzens«, nun lächelte er Kate an und zwinkerte ihr unmerklich zu, »Sie um Hilfe zu bitten.«

Tiefes Schweigen folgte dieser Ansprache.

Kate hatte Zeit gehabt, sich zu wappnen. Freundlich und klug, wie er war, hatte der Rektor ihr mit seiner umständlichen Rede Zeit gegeben, sein Anliegen vorauszusehen und es abzuwägen. Sie wußte seine Höflichkeit zu schätzen, hatte aber nicht die Absicht, sich von ihr einwickeln zu lassen. Aber ehe sie etwas entgegnen konnte, ergriff er schon wieder das Wort.

»Unser werter Matthew«, sagte er und machte eine Geste zu Noble hin, »hat Sie in unser aller Auftrag hierhergebeten. Abgesehen von den Männern des Wachdienstes war er der erste Universitätsangehörige, der die Leiche sah, und er hat die polizeilichen Ermittlungen mit voller Wucht zu spüren bekommen. Ich fürchte, *mit voller Wucht* ist in dem Fall nicht übertrieben ausgedrückt. Mehrere Leute machten ihn dann darauf aufmerksam, daß Sie – selbstverständlich nur in den besten Kreisen – in dem Ruf stehen, mehrere Verbrechen aufgeklärt zu haben. Im Namen der Universität bitten wir Sie deshalb: Versuchen Sie, auch dieses aufzuklären! Wir versprechen Ihnen, Sie zu unterstützen, wo wir können. Daß die Polizei überfordert ist, liegt auf der Hand. Der Bezirksstaatsanwalt ist ein hochintelligenter Mann, schließlich hat er ja an unserer juristischen Fakultät studiert. Aber das Verbrechen war sehr schlau eingefädelt, und deshalb brauchen wir Sie, denn Sie kennen die Universität sozusagen von innen und können sich, ohne Mißtrauen zu erregen, in ihr bewegen. Abgesehen«, fügte er, wieder mit der Andeutung eines Zwinkerns, hinzu, »von dem Maß an Mißtrauen, das Ihnen ohnehin entgegengebracht wird.«

Kate seufzte. Wie ihre Antwort auch ausfallen mochte, Interesse an den vorliegenden Fakten würde sich auf jeden Fall gut machen und bot außerdem den Vorteil, ihrer Antwort den schönen Schein wohlüberlegter Begründetheit zu verleihen. Also fragte sie nach den Fakten. Der Rektor gab Matthew Noble das Wort; dieser räusperte sich und strich mit einer Beharrlichkeit über eine seiner Augenbrauen, die Kate rasend machte. Gleichzeitig nahm sie sich ihre Empfindlichkeit sehr übel. Den Kopf gesenkt, so, als sei sie in tiefes Nachdenken versunken, gab sie sich alle Mühe, Matthew Noble zu lauschen.

»Sie haben von den verschiedenen Alibis gehört«, sagte er. »Die Studentenzeitung hat sie ja bis ins kleinste Detail wiedergegeben. Abgesehen von Ihrem eigenen ist jedoch keines unangreifbar. Was heißt: Hätten wir einen Verdächtigen, könnte möglicherweise bewiesen werden, daß er – oder sie – die Gelegenheit hatte, sich für eine Weile unbemerkt davonzuschleichen. Nur Sie saßen volle drei Stunden lang auf Ihrem Platz, sogar während der Pausen. Offenbar halten Sie nichts von Pausen und bleiben immer auf Ihrem Platz.« Kate nickte, sah kurz auf und vertiefte sich dann wieder in den Anblick ihrer Hände. Sie hielt sie still. Sie dachte weder daran, diesem Dummkopf ihre Abneigung gegen Pausen auseinanderzusetzen noch war sie bereit, ihm zu erklären, daß sie nur in allerhöchster Not den Versuch wagte, während irgendeiner Vorstellungspause irgendeines Theaters in New York auf die Damentoilette zu gelangen.

»Es ist schon fast ein Gemeinplatz«, fuhr Matthew Noble fort, »daß die Polizei sich für Motive nicht interessiert. In unserem Fall scheint es aber das einzige zu sein, wofür sie sich interessieren *sollte*. Aber die Polizei wird die Motive an einer Universität kaum verstehen oder richtig einschätzen können. Mit einigen Mitgliedern seines Fachbereichs war Adams so zerstritten, daß sie kaum mehr mit ihm sprachen. Ein paar haben ihn so erbittert gehaßt, daß ich oft erschrocken darüber war. Aber wie wir alle wissen, bedeutet das an einer Universität noch lange nicht Mord. Bisher zumindest nicht. Ich habe Leute sagen hören, den perfekten Mord begehe man am besten, indem man in einer Menschenmenge einem völlig Fremden über den Kopf haue und dann in der Masse untertauche. Bei der Masse von Verdächtigen im Fall Adams fürchten wir allmählich, diese Situation vor uns zu haben. Kurz, der Fall ist ungeklärt. Deshalb wenden wir uns an Sie.«

»Ich könnte Ihnen die Gründe für meine Ablehnung aufzählen«, sagte Kate. »Es gibt viele. Aber wer viele Gründe aufzählt, dem werden leicht Zweifel oder Schuldgefühle unterstellt. Lassen Sie mich also schlicht und einfach Nein sagen.«

»Nein, das können wir nicht zulassen«, sagte der Rektor. »Sie sind unsere einzige Hoffnung in dieser Sache.«

»Dann lassen Sie sie doch unaufgeklärt. Natürlich verstehe ich, daß, wenn der schuldige Einzelne gefunden ist, der Rest der Gemeinschaft seine Unschuld wiedererlangt. Aber diese idyllischen Tage der Agatha Christie haben wir hinter uns gelassen. Wir sind alle schuldig. So viel hat Mr. Noble ja schon zugegeben. Außerdem hat er zugegeben, daß diese Universität froh ist, Adams los zu sein. Warum also nicht einfach verkünden, die zähesten, unablässigen Bemühungen der Polizei etcetera etcetera seien ergebnislos verlaufen? Dann könnten wir alle uns daran machen, diese Universität – ohne Adams – in einen besseren Ort zu verwandeln, eine weit verlockendere Aufgabe.«

Die Dekanin der Berufsakademien, die Edna Hoskins hieß und ihre Kollegen mit dem Samthandschuh mütterlicher Nachsicht anzufassen schien, unter dem sich jedoch die eiserne Faust der Entschlossenheit verbarg, sprach als nächste.

»Ich habe den Herren hier gleich gesagt, daß du einen so heiklen Job auf dieser Basis niemals annehmen würdest. Aber meine Kollegen meinen eben, Informationen preiszugeben hieße Macht preisgeben. Ich dagegen glaube an Institutionen, wo geteilte Information zu geteilter Macht und Verantwortlichkeit führt. In diesem Punkt werden wir uns wohl nie einig werden, aber dieses eine Mal müssen die Herren wohl einsehen, daß sie mit ihrer Strategie nicht weiterkommen. Oder irre ich mich?« Sie sah in die Runde, und alle nickten resigniert.

»Es gibt zwei Gründe, die dich vielleicht doch noch bewegen könnten, uns zu helfen. Erstens: Die Polizei hat einen Verdächtigen und wird alles dransetzen, ihm den Mord anzuhängen. Welche Katastrophe das wäre, wirst du sofort verstehen, wenn ich dir seinen Namen sage: Humphrey Edgerton. Er hat kein Alibi, außerdem hat er Adams einmal in aller Öffentlichkeit bedroht, und als einziger in der ganzen Universität, abgesehen von der Wachmannschaft, besitzt er einen Schlüssel zur Levy Hall, den er sich mit einigen Studenten teilte.«

»Warum um alles in der Welt?« fragte Kate entsetzt. Edgerton war schwarz, kämpfte vehement gegen Rassendiskriminierung an der Universität und hatte einmal in aller Öffentlichkeit einen Zusammenstoß mit Adams gehabt. Damals hatte er sich erst in dem Moment bezähmt, als Adams, der viel älter und in miserabler Form war, vor Schreck umkippte und mit blutender Nase auf der Erde lag, ehe er ihn überhaupt angerührt hatte.

»Warum er einen Schlüssel hatte? Ganz einfach, weil er einen Ort für seine regelmäßigen Treffen mit schwarzen Studenten und einigen Dozenten brauchte. Er war der Meinung, es sei ihm nicht zuzumuten, sich jeden Samstag, dem Tag der Treffen, den Schlüssel aus der Wachzentrale zu holen. Und wenn wir weiterhin offen reden wollen, was ich vorhabe: Er bekam den Schlüssel, weil es sonst so ausgesehen hätte, als habe die Verwaltung Bedenken, einem schwarzen Dozenten einen Schlüssel anzuvertrauen.«

»Warum hat er kein Alibi – wo doch alle anderen eins haben?«

»Er wollte über etwas nachdenken und machte einen langen Spaziergang in Richtung City. Das hat er seiner

Frau erzählt. Als Schwarzer hatte er Schwierigkeiten, ein Taxi für den Rückweg zu bekommen, deshalb nahm er den Bus und war wohl länger unterwegs, als er eigentlich vorhatte. Niemand hat ihn gesehen, er traf keinen Bekannten, er hat kein Alibi.«

»Und was ist der zweite Grund?« fragte Kate, wie sie hoffte, in leichtem Ton. Edgerton lehrte Literatur, sowohl amerikanische wie afro-amerikanische, eine Unterscheidung, die – wie bei Literatur und feministischer Literatur – widersinnigerweise immer noch gemacht wurde. Er und Kate waren Freunde. Zu Anfang sahen sie sich eher als Leidensgenossen, weil beide an der Universität Außenseiter waren, später dann, nachdem sie in endlosen Komitees zusammengesessen und festgestellt hatten, daß sie einander mochten und vertrauten, verband sie Freundschaft.

»Der zweite Grund ist schlicht und einfach der«, sagte Edna, »daß Adams' Frau aufgehetzt wurde, die Universität zu verklagen, auf alles, was man sich nur denken kann, angefangen von Fahrlässigkeit bis ich weiß nicht was, mir entfallen ständig die Fachtermini, bis Totschlag, glaube ich. Aber wenn wir den Mörder haben, kann sie uns nur wegen Fahrlässigkeit verklagen, vorausgesetzt, sie kann uns die nachweisen. Denn schließlich ist es ja nicht so, als geschähen an dieser Universität ständig Verbrechen und als gäbe es keinerlei Sicherheitsvorkehrungen. Fester verriegelt könnten die Institute kaum sein; deshalb sieht es ja so schlecht für Humphrey aus, der schließlich einen Schlüssel hatte. Und für die Universität sieht das Ganze natürlich auch nicht gerade großartig aus.

Eins sollst du wissen«, fuhr Edna fort, ehe Kate zu Wort kam. »Im Gegensatz zu einigen der anwesenden Herren will ich nicht so tun, als wäre es uns leichtgefallen, dir diese Aufgabe anzutragen. Aber wenn du die Sache gründlich abwägst, worum ich dich dringend bitte, ehe du uns deine Antwort gibst, mußt du zugeben, daß du alle Voraussetzungen erfüllst: Du bist mit der Situation vertraut, besitzt Takt und hast außerdem schon mehrere Fälle aufgeklärt. Darüber hinaus hast du als einzige unter all jenen, die Adams nicht gerade schätzten, ein absolut unantastbares Alibi.«

Kate sagte: »Bist du dir darüber im klaren, daß er vielleicht von jemand ermordet worden ist, der auf unserer Liste seiner Feinde oder auch nur mit ihm Bekannten gar nicht auftaucht? Einer der in diesem Raum Anwesenden könnte ihn ermordet haben.«

»Eins zu null. Aber wir müssen uns an das Wahrscheinliche halten. Und selbst wenn keiner von uns seinen Mörder kennt, trauen wir dir am ehesten zu, ihn zu finden. Denn wie ich die Polizei einschätze, wird sie sich aus den falschen Gründen auf die falsche Person stürzen. Einen Zionisten zum Beispiel.«

»Willst du etwa behaupten, Adams habe für die PLO gearbeitet?«

»Ich will überhaupt nichts behaupten. Adams' Spezialgebiet war die Geschichte des Islam, und soweit ich weiß, hatte er weder für noch gegen Israel heftige Gefühle. Aber fest steht, daß er in seinem Fachbereich moderne jüdische Geschichte nicht als Thema haben wollte – mit der Begründung, Israel spiele erst seit der Mitte dieses Jahrhunderts eine Rolle im Mittleren Osten. Aber ich wollte eigentlich auf diesem Thema nicht herumreiten, sondern nur deutlich machen, daß wir auf dem sprichwörtlichen Pulverfaß sitzen. Und wir wenden uns an dich, als Frau, die sich kein X für ein U vormachen läßt, um ein weiteres Sprichwort zu gebrauchen.«

»Vielleicht richte ich nicht mehr aus als Mr. Micawber. Und im Gegensatz zu Mr. Micawber habe ich einen Preis.«

Das war das Stichwort für den Rektor. »Wir sind bereit, ihn zu zahlen. Für Ergebnisse natürlich, aber auch für einen ernsthaften Versuch – einen zum Beispiel, der den gegenwärtig Verdächtigen entlastet.«

Kate blickte in die Runde. Alle sahen sie an und warteten auf ihre Antwort.
»Verdammt«, sagte Kate.

Zwei

> wenn du dir vertrauen kannst, während alle an
> dir zweifeln, und du dabei auch ihre Zweifel
> verstehst

Edna Hoskins scheuchte Kate hoch und in ihr, Ednas, Büro, wo sie Kate sanft in einen Sessel drückte und in ihrem Schrank nach der Flasche Scotch stöberte. Als beide ein Glas vor sich stehen hatten, hob Edna ihres. »Auf dich, meine Liebe. Sollte dir zum Heulen sein, vergieß deine Tränen am besten jetzt gleich. Ich glaube zwar nicht, daß Mrs. Micawber das gesagt hat, aber der Satz könnte gut von ihr stammen. Übrigens war es der Wunsch der Herren, daß ich dich mitnehme, mach dir also keine Sorgen um ihre gekränkte Eitelkeit. Kurz vor sechs ist uns allen nach einem Drink zumute, aber ich für meinen Teil genieße ihn lieber in sympathischerer Gesellschaft.«

»Für mich bist du wirklich das einzig Sympathische bei der ganzen Sache«, sagte Kate. »Edna, was soll ich tun?«

»Das, worum sie dich bitten. Im Grunde lassen sie dir gar keine andere Wahl, wie du bestimmt gemerkt hast. Dir stehen drei Möglichkeiten offen: Du tust es, du läßt es bleiben, oder du nennst den Preis, wenn du es tust.«

»Ich bin noch nie für meine Detektivarbeit bezahlt worden.«

»Strenggenommen bist du ja auch noch nie offiziell engagiert worden. Du könntest zum Beispiel verlangen, daß die Universität dich in Form studentischer Hilfskräfte bezahlt.«

»Angenommen, ich finde den Mörder nicht. Angenommen, was noch schlimmer wäre, ich finde den Mörder und will ihnen nicht verraten, wer es ist. Ganz zu schweigen von der Frage, wo ich mitten in einem schrecklichen Semester die Zeit dafür hernehmen soll. Außerdem ist mir vorhin etwas klargeworden, was mich beunruhigt. Ich mag die Verwaltungsleute nicht, und, was noch schlimmer ist, ich traue ihnen nicht. Wahrscheinlich ist das der Grund, weshalb sie mir nicht trauen.«

»Ziemlich niederschmetternd, findest du nicht?« sagte Edna, legte die Füße auf ihren Schreibtisch und nahm einen Schluck Scotch. Kate beobachtete sie mit jener Zuneigung, die Frauen nach vielen überstandenen Kämpfen in ihrem Berufsleben oft füreinander empfinden.

Kate sagte: »Es ist auch schon vorgekommen, daß ich jemanden von der Verwaltung mochte, und manchmal sogar einen Mann. Aber bei den meisten habe ich den starken Verdacht, daß ihnen der eigene Vorteil übers Prinzip geht, und zwar immer und überall. Verwaltungsbeamte, jedenfalls die vom alten Stil, sind per definitionem Leute, die genau wissen, wie weit sie gehen können. Hin und wieder täuscht sich einer und geht zu weit; dann machen die Studenten Sit-ins, der Campus gerät in Aufruhr und die Verwaltung wird umbesetzt.

Die wenigen Frauen in diesem Apparat tun, was sie können, das heißt, wenn sie genug Mumm haben, aber letzten Endes bleibt ihnen nichts anderes übrig, als mitzuspielen. Habe ich recht oder nicht?«

»Ja *und* nein. Für Schwarzweißmalerei bist du zu alt und zu klug. Ich glaube, du hast Angst zu versagen. Angst, daß es heißt: Wir wußten von Anfang an, daß sie nichts herausfinden wird; sie ist halt überschätzt worden, wie die meisten Frauen an Universitäten, besonders die vom feministischen Lager.«

»O Gott«, sagte Kate. »Kann ich die Polizeiakten einsehen?«

»Natürlich nicht. Die Polizei will den Fall nicht aus der Hand geben und denkt nicht dran, ohne Zwang Beweismaterial zu veröffentlichen. Zu welchen Tricks du deinen Mann als Ex-Bezirksstaatsanwalt bewegen kannst, weiß ich nicht und will es auch nicht wissen.«

»Glaubst du, deine Herren Kollegen zählen darauf, daß ich Reed um Hilfe bitte?«

»Die klammern sich an jeden Strohhalm, sogar dich als Detektivin. Warum besprichst du das Ganze nicht mit Reed?«

»Hast du etwas dagegen, wenn ich es zuerst mit dir durchspreche?«

Edna seufzte, füllte ihr und Kates Glas aufs neue und legte die Füße wieder hoch. Sie hatte vier Kinder großgezogen – mit der Unterstützung eines hilfsbereiten und loyalen Mannes, und die Sicherheit, die ihr das sowie die Tatsache, daß sie alles glücklich hinter sich hatte, verlieh, zeigte sich in ihrem Lächeln und ihrer Zuversichtlichkeit. Sie hatte als Dekanin viel erreicht, und jetzt, in ihren späten Fünfzigern, fühlte sie sich hier am richtigen Ort. Kate vertraute ihr. »Meiner Ansicht nach solltest du ihnen sagen, daß du dich umsehen willst. Versuch einfach, das Terrain zu sondieren. Die müssen ihren Einfluß geltend machen, dafür sorgen, daß jeder, mit dem du sprechen willst, bereit ist, zu plaudern. Mit anderen Worten: Entweder sie geben dir Druckmittel an die Hand oder sie weigern sich – und in dem Moment, wo sie sich weigern, verweigerst auch du dich. Außerdem würde ich«, fuhr Edna boshaft lächelnd fort, »überall mit der Öffentlichkeit drohen. Das hilft immer, die Füchse zu verscheuchen und die Hühner zu retten. Frag mich bloß nicht, warum.«

»Du willst mir also um keinen Preis raten, schlichtweg abzulehnen?«

»Das willst du doch gar nicht. Wärst du wirklich fest entschlossen, hättest du es ihnen gerade klipp und klar gesagt. Und ich will deine Fähigkeiten für Ziele ausnutzen, die ich unterstütze. Und für meine eigenen natürlich! Aber denk noch einmal darüber nach. Wenn du soweit bist – die Polizei hat auf Druck der Universität schließlich eine ganze Menge Beweismaterial herausgerückt. Das kannst du haben. Und dann wartet auf dich ein ganz besonderer Lohn, den du nicht unterschätzen darfst: Solltest du in deiner akademischen Karriere je wieder um ein Gespräch mit der Verwaltung bitten, so wird dir jeder, vom Präsidenten abwärts, auf der Stelle einen Termin geben. Nie mehr werden sie es wagen, dich zu vertrösten oder warten zu lassen, das verspreche ich dir. Und wenn das keine Belohnung ist!«

»Du«, sagte Kate voller Zuneigung, »kannst dich zum Teufel scheren. Aber ehe du das tust, nenn mir die gesprächigste Person aus Adams' Fachbereich. Wenn ich mit ihr gesprochen habe, laß ich dich meine Entscheidung wissen.«

»Wäre sofort zu schnell?« fragte Edna. »Wie du siehst, will ich dich beeindrucken mit unserem Eifer, dir in jeder nur möglichen Weise zu helfen.«

»Hast du jemand aus Adams' Fachbereich unter deinem Schreibtisch versteckt?«

»Nein, du Idiotin. Ich meine, du brauchst mit niemand aus seinem Fachbereich sprechen – hör einfach mir zu. Ich mag zwar Dekanin für die Berufsakademien sein, aber Araber und andere Millionäre gehen in meinem Büro ein und aus, und in vieler Hinsicht habe ich eine Menge mit Adams Fachbereich zu tun. Von den meisten anderen Fachbereichen unterscheidet er sich nur insofern, als seine Mitglieder noch nicht einmal so tun, als wären sie einander wohlgesonnen. Jeder haßt jeden in dieser Abteilung. Einig waren sie sich bisher nur, wenn es darum ging, andere von ihrem Fachbereich fernzuhalten. Seit einer Ewigkeit ist kein Neuer mehr berufen worden. Zwei Jahre lang war Adams Fachbereichsvorsitzender. Aufgrund seines Dienstalters und aller möglichen sonstigen vermeintlichen Vorzüge reklamierte er den Posten für sich, und er bekam ihn. Aber es ging nicht lange gut. Die Schuld an seinem Rücktritt gab er irgendwelchen häuslichen Problemen. Und er verschwand zur Erleichterung aller, zumindest für eine Weile. Als Preis dafür, daß er den Posten freigab, verlangte er ein bezahltes Urlaubssemester, was dir vielleicht ein Bild davon gibt, wie Adams agierte. Es gäbe noch viel mehr zu erzählen, falls du daran interessiert bist. Aber ich glaube, mit jemand aus dem Fachbereich zu sprechen, wird dir nicht viel bringen. Trotzdem, wenn du es willst, kannst du auf mich zählen. Soll ich dir für morgen jemand besorgen?«

»Nicht für morgen und auch nicht für übermorgen, vielleicht für nie«, sagte Kate und machte sich auf den Heimweg, um nachzudenken.

Während sie durch die Straßen wanderte (was Kate immer half, ihre Gedanken zu sortieren), versuchte sie, alle Erinnerungsfetzen an Canfield Adams in eine logische oder zumindest chronologische Reihenfolge zu bringen. Von Anfang an hatte sie in ihm ein notwendiges Übel gesehen, etwas, das so unausweichlich zum akademischen Leben dazugehörte wie Mückenstiche zum Sommer. Typen wie ihn hatte es schon immer gegeben und würde es immer geben – sie gehörten einfach zum Universitätsleben. Und wenn man sagte, er war aufgeblasen, umständlich, ermüdend, eine Ansammlung persönlicher Manierismen und Ticks, die seine Zuhörer zugleich so abstießen und faszinierten, daß sie weder seinen Verrenkungen und zwanghaften Gesten zusehen noch weggucken konnten – brachte einen das weiter? Noch charakteristischer für ihn war, daß er offenbar keinen Satz zu Ende bringen konnte, sich ständig unterbrach, in einen Kokon von Worten einspann, Abschweifungen machte, von denen er wiederum abschweifte, bis man am liebsten den Satz für ihn zu Ende gebracht, laut aufgeschrien, ihn erschossen oder – dachte Kate – aus dem Fenster gestoßen hätte – alles, um ihn zum Schweigen oder wenigstens seine Syntax in Ordnung zu bringen. Wie viele Akademiker jedoch, deren Vorlesungen ermüdend und strapaziös waren, hatte er einen guten und klaren Schreibstil. Und mochte auch oft engstirnig sein, was er schrieb: es war klar formuliert.

Kate und er waren schon so lange an der Universität, daß sie sich kaum an ihre erste Begegnung erinnern konnte. Irgendwann Mitte oder Ende der Siebziger mußte sie stattgefunden haben, als die Universitäten sich verpflichtet fühlten, in jedes Komitee auch Frauen zu berufen. Da es viele Komitees und wenige Frauen gab, lernte Kate in sehr kurzer Zeit die vielfältigsten Formen unverbindlichen Schwadronierens und Plauderns. Adams war von Anfang an Mitglied jedes Komitees gewesen – dessen war sich Kate sicher. Er war der Typ Professor, der der Verwaltung in jenen Tagen am genehmsten und vertrauenswürdigsten schien – er war engstirnig und besaß all die gängigen Vorurteile zu Geschlechterrollen, Rasse, Klasse und sexuellen Neigungen, kurz, die Verwaltung konnte sich darauf verlassen, daß er in ihrem Sinne handelte. Als sich die Zusammensetzung der Universitätsbürokratie verjüngte und ein wenig fortschrittlicher wurde, hielt man nicht mehr so große Stücke auf ihn, brauchte ihn aber dennoch. Vom Standpunkt der Verwaltung aus lag der Sinn von Komitees schließlich darin, waghalsige Reformen und unbequeme Neuerungen zu verhindern. Und bei Adams konnte man sicher sein, daß er sich entschlossen gegen jegliche Änderung von Studienbedingungen oder der Hochschulordnung stemmen würde.

Aber was heißt das schon, dachte Kate. Stell dir vor, du müßtest ihn jemandem beschreiben – einem Geschworenen, Anwalt oder Richter. Können Sie uns bitte Ihre erste Begegnung mit Professor Adams schildern? Sie konnte schlecht aussprechen, daß sie jedesmal, wenn sie ihn in einem Raum entdeckte, abgeblockt, nicht hingehört und nicht hingesehen hatte, vor lauter Furcht, ihre heftige Abneigung gegen ihn würde sofort und für jeden erkennbar. Nun, Euer Ehren, er log, er manipulierte, er sagte einem dies und dem nächsten das genaue Gegenteil. Am schlimmsten aber war, daß er sich einfach nicht vorstellen konnte, jemand, der nicht seiner Meinung war, könne möglicherweise recht haben.

Fangen wir noch mal ganz von vorn an, sagte Kate zu sich selbst. Beschreibe ihn. Er sah germanisch aus, sehr hellhäutig, und seine Haare hatten jene eigenartige Farbe, die entsteht, wenn sehr blondes Haar in Grau übergeht. Auf den ersten Blick hätte man ihn für einen Albino halten können. Seine Wimpern waren kaum zu erkennen, und sein Bart hatte die gleiche Farbe wie seine Haut. Aber er trug keine Brille, hatte also nicht die schlechten Augen eines Albino. Und wenn schon, dachte Kate (albernerweise, wie sie im nächsten Moment fand), einer meiner besten Freunde ist schließlich ein Albino. Adams empfand sich als Dandy und kleidete sich entsprechend. Schlecht gekleidete Männer konnte man ertragen, elegant gekleidete unangenehme Männer waren bedrückend. Einige meiner besten Freunde kleiden sich elegant.

Sie erinnerte sich an eine Geschichte, die ihr zu Ohren gekommen war. Vor einigen Jahren hatte Adams einer hervorragenden Studentin gesagt, sie solle nach Hause gehen, sich um ihre Kinder kümmern und einen Halbtagsjob als Verkäuferin in einem Kaufhaus annehmen. Heute wäre eine solche Bemerkung komisch oder bestenfalls ärgerlich. Damals war sie vernichtend. Außerdem wurden ihm subtile Formen sexueller Belästigung nachgesagt, allerdings nie so krass, daß man ihn hätte belangen können. Einfach, daß er vor allem Studentinnen um sich scharte und von ihnen ein bestimmtes Verhalten erwartete – sie mußten kokett, dankbar und bescheiden sein, ihn anhimmeln und umschmeicheln. Hatten sich vielleicht alle Studentinnen zusammengetan und ihn mit vereinten Kräften aus dem Fenster geworfen, so wie es Agatha Christie geschildert hat? Aber das war in einem Zug gewesen. In Adams' Fall waren keine Spuren in dem Zimmer zu finden gewesen. Oder vielleicht doch? Wirklich, sie wußte so wenig; sie zu bitten, Detektivin zu spielen, war grotesk.

Keine Frage, es war viel einfacher, mit ganzer Kraft den Mörder von jemandem zu suchen, den man mochte und um den man trauerte und dessen Tod ein Verlust für die Menschheit war. Warum sich anstrengen, den Mörder (falls es ihn gab) eines Mannes dingfest zu machen, dessen

Tod man, wenn auch nicht gerade mit Freude, so doch mit wunderbarem Gleichmut hinnahm? Nun, weil man Mord oder andere Arten von Gewalt eben nicht gutheißen konnte.

Aber warum ausgerechnet ich, dachte Kate. Warum heuern sie keinen Privatdetektiv an oder machen der Polizei Druck, damit die ihre Ermittlungen vorantreibt? Wollen sie mich vielleicht bloß, weil sie denken, daß ich nichts herausfinden werde? Aber da würde Edna nicht mitspielen. Mit bemerkenswert unklarem Kopf kam Kate zu Hause an.

Wo Reed auf sie wartete. »Ich weiß schon Bescheid«, sagte er. »Edna Hoskins rief eben an. Ich habe ihr nichts versprochen, mich aber für die Vorwarnung bedankt und gesagt, ich würde die Sache mit dir durchsprechen. Natürlich nur, wenn du das willst. Vielleicht sind dir Schweigen, Gin und Wermut im Augenblick ja lieber.«

»Scotch«, sagte Kate. »Aber heute scheint er nicht die richtige Wirkung zu haben. Ich glaube, ich weiß jetzt, was der Haken an der Sache ist. Eben im Aufzug, als der Portier mir sagte, du seist gerade nach Hause gekommen, ist es mir klargeworden. Ich bin mir fast sicher, daß sie mich engagieren wollen, ist nur ein Trick. Ich empfinde mich nicht als Detektivin, schon gar nicht von der Sorte, die der Uni liegt. Ich glaube, ihre Motive sind so niederträchtig wie ihre Hoffnung, daß ich versage und mich obendrein noch zum Narren mache.«

»Der Prophet im eigenen Land«, sagte Reed und reichte ihr ein Glas. »Ist dir schon mal aufgefallen, daß du nie vor einem Vortrag nervös bist – außer in einem einzigen Fall?«

»Wenn ich ihn an meiner eigenen Universität halte, natürlich, wo jeder einen kennt und nur darauf wartet, hämische Bemerkungen zu machen. Meinst du, da allein läge das Problem?«

»Zum großen Teil ja. Edna ist es nicht gelungen, dich davon zu überzeugen, daß die Verwaltung tatsächlich großes Vertrauen in dich setzt und, wenn auch nicht einstimmig, so doch mehrheitlich beschloß, dich zu engagieren. Edna wußte nicht, wie sie es dir sagen sollte, also wandte sie sich an mich. Sie sagte, du hättest ein abgrundtiefes Mißtrauen sowohl gegen Komplimente wie gegen das Gefühl, gebraucht zu werden. Sie ging sogar so weit, zu behaupten, du hättest mich nur geheiratet, weil ich nicht gehätschelt und aufgebaut werden muß. Daß sie etwas so Persönliches sagt, zeigt doch, wie wichtig ihr die Sache ist – jedenfalls mir.«

»Du meinst, ich sollte zusagen?«

»Das habe ich nicht gesagt. Ich müßte erst mehr über den Fall wissen – was sie wissen, was sie erwarten. Edna jedenfalls meinte, deine erste Reaktion sei wahrscheinlich nicht das letzte Wort. Vielleicht hat sie recht.«

»Ich weiß nicht viel mehr als du, nur das, was in den Zeitungen stand und den üblichen Klatsch«, sagte Kate. »Und das wenige, was ich mehr weiß, ist beunruhigend und macht mir Sorgen.« Sie erzählte ihm von Humphrey Edgerton und dem Schlüssel zur Levy Hall. »Ganz zu schweigen«, fügte sie hinzu, »von der Tatsache, daß Adams im Grunde jeden haßte. Einmal sagte er mir ins Gesicht, daß seiner Meinung nach Homosexuelle in den Knast gehörten. Männliche, versteht sich. Ich glaube, er konnte sich so wenig wie Königin Viktoria vorstellen, daß es so etwas auch unter Frauen gibt. Für Adams hatten Frauen nichts anderes im Kopf, als einen Mann zu ergattern, egal welchen. Aber du siehst ja – ich rede und rede, zähle eine unangenehme Seite Adams' nach der anderen auf, aber was nützt mir das? Vielleicht wäre es vernünftig, als erstes seine Frau zu befragen. Wenn sie um ihn trauert, halte ich sie für verrückt. Und wenn sie nicht um ihn trauert, halte ich sie für schuldig. Ich sag einfach nein, soll ich?«

»Und was ist mit Humphrey Edgerton? Du solltest zumindest mit ihm sprechen. Warum rufst du ihn nicht einfach an, jetzt gleich? Vielleicht kommt er her, oder wir fahren zu ihm. Danach siehst du bestimmt klarer. Triff dich allein mit ihm, wenn dir das lieber ist.«

»Ich rufe ihn an«, sagte Kate. »Besser das, als herumsitzen und in Erinnerungen an den verstorbenen und schrecklichen Canfield Adams kramen.«

»Gut«, sagte Reed. »Ehrlich gesagt: So große Sorgen wie im Augenblick habe ich mir noch nie um dich gemacht.«

»Damit bist du nicht allein, mir geht es genauso«, sagte Kate auf dem Weg zum Telefon.

Humphrey Edgerton wollte gerade das Haus verlassen, um sich mit seiner Frau in einem Restaurant zu treffen. Ja, er würde kurz hereinschauen. Sehr gerne sogar, denn er müsse Kate etwas erzählen. Und warum, dachte Kate, weiß ich instinktiv, daß es schlechte Nachrichten sind? Weil die Situation eben verflixt danach ist, dachte sie, unbewußt Butler vom Wachdienst imitierend.

Humphrey sank in einen Sessel und ließ sich einen Drink geben. »Setz dich lieber hin«, sagte er zu Kate, die im Zimmer auf und ab wanderte. »Tatsache ist, daß an jenem Abend nicht ich den Schlüssel zur Levy Hall hatte, sondern eine Studentin. Sie wollte sich mit den schwarzen Studentenvertretern treffen. Natürlich wird die Verwaltung sagen, ich hätte den Schlüssel nicht den Studenten überlassen dürfen, und die Polizei wird behaupten, die Studentin habe ihn entweder weitergegeben oder selbst benutzt, um Adams zu ermorden. Und ich könnte nicht mal beschwören, daß keine Mauschelei, wie meine Mutter das ausdrückt, mit im Spiel war, denn unter uns gesagt: Arabella ist der geborene Störenfried. Öffentlich würde ich sie natürlich nie so nennen, sondern als Aktivistin bezeichnen. Arabella ist wie die Armee heutzutage: wichtig, daß sie da ist, aber noch wichtiger, daß sie nicht zuschlägt. Außerdem unterstützt Arabella leidenschaftlich die PLO und den Boykott gegen Firmen, die mit Südafrika Geschäfte machen. Ich weiß, daß Adams all das egal war, auch wenn er ihr bestimmt erklärt hat, sie habe keine Ahnung von der PLO, und von einem Boykott halte er grundsätzlich nichts. Kurz, ich kann der Polizei nichts von Arabella sagen und wäre mir, was sie angeht, gern sicherer als ich es bin.«

»Na, das ist ja herrlich«, sagte Kate. »Geradezu zauberhaft, wie *meine* Mutter gern sagte. Bist du hergekommen, um mich aufzumuntern, mich anzustacheln oder mir abzuraten? Gib mir doch bitte etwas Eindeutiges, wenn das geht.«

Humphrey lachte. »Eindeutige Aussagen gehören einem anderen Zeitalter an. Ich denke, der ganze Schlamassel muß entwirrt werden, und du bist um Lichtjahre besser geeignet, das hinzukriegen, als jeder andere. Ich kenne dich zu gut und mag dich zu sehr, um dir einzureden, daß man dir deine Mühe danken wird. Ich fürchte, am Schluß wirst du nicht einmal für dich selbst ein Gefühl von Befriedigung davontragen. Wir tun in dieser Welt, was wir zu tun haben, und Lohn finden wir nur, wenn überhaupt, in der Arbeit selbst und in der Zuneigung von Freunden. Aber noch schwülstiger habe ich nicht vor zu werden. Wärst du ein schwarzer Universitätsdozent, wüßtest du genau, was ich meine, denn die Arbeit macht müde, und auf die Freunde ist nicht immer Verlaß.«

»Das«, sagte Kate, »ist die beste doppelte Botschaft, die ich seit Jahren gehört habe. Geradezu das Paradigma einer doppelten Botschaft. Schönen Dank auch, wie meine jungen Verwandten sagen.«

»Du mußt es machen, Kate. Du weißt es, ich weiß es, Edna Hoskins weiß es, und wahrscheinlich auch Reed. Ich werde dir helfen und dich unterstützen, wo ich kann. So etwas sage ich nicht leicht, aber wenn, dann meine ich es.«

»Und wo soll ich deiner Meinung nach anfangen?«

»Ich würde mit Adams' Frau beginnen, sie für zukünftige Befragungen weichklopfen. In der Zwischenzeit werde ich Arabella bearbeiten und sie zu dir bringen. Ich glaube, sie weiß etwas, und wir werden es aus ihr herausbringen. Aber jetzt gehe ich lieber, sonst kriege ich was von meiner Frau zu hören. Sie wartet nicht gern in Restaurants, und wer wollte ihr das verübeln?« Er küßte Kate feierlich auf beide Wangen, gab Reed die Hand und verschwand.

»Nun«, sagte Reed. »Ich bin froh, daß das geregelt ist. Wie steht's mit dem Abendessen?«

»Reed«, sagte Kate. »Laß uns jetzt gleich die Levy Hall ansehen.«

»Auf leeren Magen?«

»Du bist nicht in Napoleons Armee«, sagte Kate. »Noch nicht«, fügte sie unheilverkündend hinzu.

Die Levy Hall gehörte zu den älteren Gebäuden auf dem Campus, die in besseren und großzügigeren Tagen errichtet worden waren. Die Decken waren hoch und die Treppen breit, und die Eingangshalle war groß: Auch die Brandschutzvorschriften waren in jenen Tagen großzügiger gewesen. Adams' Büro lag im obersten Stockwerk. Kate und Reed stiegen die Treppe hinauf, da sie den Fahrstühlen in abendlich leeren Gebäuden nicht trauten. Zuvor hatten sie das übliche Ritual absolviert, um Zugang zu einem verschlossenen Haus zu bekommen. Dazu mußte man einen sogenannten Schlüsselausweis beantragen, die meisten Fachbereiche beantragten diese en masse für ihre Professoren. Wenn man dann den Schlüssel haben wollte – alle Schlüssel hatten als Anhänger ein großes Holzstück –, hinterließ man seinen Personalausweis, den man bei Rückgabe des Schlüssels zurückbekam. All das hatte Kate getan, und noch mehr: Um die Hilfsbereitschaft der Verwaltung sofort (und eigentlich ungerechtfertigterweise, denn sie hatte den Job ja noch nicht offiziell angenommen) auf die Probe zu stellen, hatte sie außerdem den Generalschlüssel für alle Türen in der Levy Hall verlangt. Zu ihrer großen Verärgerung und Enttäuschung – denn, wie sie Reed eingestand, hoffte sie auf irgendeinen Grund zur Beschwerde – hatte der Leiter des Wachdienstes nach einem kurzen Blick auf ihren Personalausweis und seine eigenen Instruktionen ihr diesen Generalschlüssel ausgehändigt.

Sie und Reed hatten sich dann auf den Weg zur Levy Hall gemacht. Wie man sehe, sagte Reed, während er die Tür öffnete, könne jeder, der im Besitz eines Schlüssels sei, alle möglichen Leute einlassen, ohne daß jemand es merke. »Klar«, sagte Kate, »käme in diesem Moment jemand vorbei, den ich kenne und von dem ich weiß, er hat rechtmäßig hier etwas zu erledigen, würde ich ihn – oder sie – natürlich hineinlassen. Und ob vielleicht jemand auf diese Weise zusammen mit Adams die Levy Hall betrat, werden wir nie erfahren.«

Das Hauptgeschoß mit der Eingangshalle war eigentlich der dritte Stock, denn die Levy Hall war an einen Hügel gebaut. Und statt die unteren Stockwerke mit der Bezeichnung Kellergeschoß I und II zu versehen, hatte man von unten an gezählt. »III. Stockwerk« prangte also in Großbuchstaben an der Wand gegenüber der Eingangstür. Kate und Reed stiegen die vier Treppen zum siebten Stock hoch. Adams' Büro lag jedoch, darauf wies Kate Reed hin, als sie oben angelangt waren, auf der dem Haupteingang gegenüberliegenden Seite, Adams war also sieben Stockwerke tief auf den betonierten Weg gestürzt.

Adams' Büro sah einladend aus. Er, oder jemand anderes, hatte den strengen Raum mit einem Orientteppich und Wandbehängen geschmückt. Das, zusammen mit den vollgepackten Bücherregalen, dem Sessel und der Stehlampe, verlieh dem Zimmer etwas viel Heimeligeres, als man es von Universitätsräumen, zumindest denen an dieser Universität, gewohnt war. Adams hatte offenbar lieber in seinem Büro als zu Hause gearbeitet. Kein Wunder also, daß er auch zu ungewöhnlichen Stunden hergekommen war. Wie viele ihrer Kollegen benutzte Kate ihr Büro nur, wenn es unbedingt sein mußte: für Gespräche mit Doktoranden, ihre Sprechzeiten und hin und wieder für eine Sitzung mit Kollegen.

Beide gingen zu dem großen Fenster. Im oberen Geviert war ein Ventilator angebracht. Die unteren Flügel ließen sich ohne Schwierigkeiten so weit öffnen, daß jemand, der mit dem Gedanken spielte, sich hinauszustürzen (oder dem dieser Gedanke aufgezwungen wurde), genug Platz hatte. Der äußere Fenstersims war fast einen halben Meter breit. Ausgeschlossen also, daß jemand ohne fremdes Zutun unabsichtlich, in einem Schwindelanfall zum Beispiel, hinausstürzte. Kate nahm an, daß man das Fenster nach Adams' Tod geöffnet vorgefunden hatte, aber das war, wie so vieles an diesem Fall, reine Vermutung.

Kate setzte sich an Adams' Schreibtisch und bat Reed, gegenüber im Sessel Platz zu nehmen. »Wir müssen uns entscheiden«, sagte sie.

»Das war das falsche Pronomen.«

»Es war das richtige. Wenn du niemanden überreden kannst, mir ein paar der Fakten zu geben, mit denen die Polizei nicht herausrücken will, und auch keinen anderen Weg weißt, daran zu kommen, kann ich nicht einmal anfangen. Wurde Adams' Büro nach der Durchsuchung aufgeräumt? Sah der Schreibtisch so aus, als sei er durchwühlt worden? Etcetera, etcetera.«

»Die Universität kann die Polizei bestimmt dazu bringen, dir all das zu sagen. Das einzige, was sie zurückhalten werden, sind die Aussagen von Verdächtigen. Ich hatte noch keine Gelegenheit, es dir zu sagen«, fügte Reed hinzu, »aber ich werde bald für einige Wochen fort sein, in Holland und noch weiter, auf dieser Juristenkonferenz, von der ich dir erzählt habe. Sie ist international und wichtig, und ich kann mich leider nicht drücken. In der ersten Zeit werde ich also nicht hier sein und dir helfen können.«

»Pah«, sagte Kate. »Wahrscheinlich wird es Wochen dauern, ehe ich überhaupt anfange.«

Reed sagte: »Wenn du schon vorhast, anzufangen, dann am besten gleich. Das ist der einzige Rat, den ich dir geben kann. Stürz dich in die Geschichte und bring so viel wie möglich in Erfahrung.«

»Warum, meinst du, sollte ich das tun? Und sag nicht, es sei meine Entscheidung. Ich bitte dich um Rat, verdammt noch mal.«

»Weil du, wie Humphrey sehr klug feststellte, die Wahl hast. Und ich glaube, daß du sie schon getroffen hast. Es gibt Jobs, denen man sich nur auf eigenes Risiko verweigert. Und frag mich jetzt nicht, welches Risiko. Du weißt ganz genau, was ich meine.«

»Hier, wo ich jetzt sitze, saß Adams. Weißt du übrigens, daß sein Tod die Umsetzung einer weit verbreiteten akademischen Phantasie war – der Phantasie, gewisse Dozenten oder Professoren würden den jähen Entschluß fassen, die Welt von ihrer Existenz zu befreien. Die Objekte solcher Phantasien sind zumeist alternde und intellektuell eingerostete Professoren, die von keiner anderen Universität mehr Angebote bekommen und wild entschlossen sind, bis zu ihrer Pensionierung auszuharren. Und seit dem neuen, vom Kongreßabgeordneten Pepper initiierten Gesetz, kann ein Mann wie Adams bis in alle Ewigkeit bleiben. Nicht, daß viele Professoren es unbedingt darauf anlegen, von diesem Gesetz zu profitieren, aber sie könnten es, und das ist bedrohlich. Nimm mal an, jemand, vielleicht ein ansonsten durchaus angenehmer Mensch, hat einfach diese Phantasie in die Tat umgesetzt?«

»Es geht um Mord, und sowas kann man in einer Gesellschaft mit einem Minimum an Moral nicht hinnehmen. Das weißt du ganz genau.«

»Ja«, sagte Kate. »Das weiß ich. Aber ich kann mir meine anathematischen Gedanken über Adams und seinesgleichen einfach nicht verkneifen. Ist das nicht ein hübsches Wort? Ich hatte schon lange vor, es einmal zu benutzen, und jetzt ist's mir gelungen. Wann fährst du nach Holland?«

»In einer Woche. Komm, laß uns was essen gehen. Oder glaubst du, wenn wir uns in einem chinesischen Restaurant was bestellen, würde es einer dieser unerschrockenen Burschen auf ihren Fahrrädern wagen, es herzuliefern?«

Nachdem Kate Büro und Gebäude abgeschlossen hatte, brachte sie die Schlüssel zurück und ließ sich ihren Personalausweis wiedergeben. Die auffällige Beflissenheit und Höflichkeit des Mannes in der Wachzentrale wiesen darauf hin, daß die Verwaltung große Hoffnungen hegte und ihre Vorkehrungen getroffen hatte. Als Kate und Reed auf den fast leeren Campus hinaustraten, sagte Kate, daß sie sich immer einsam fühle, wenn sie in den Abendstunden oder an Feiertagen über den Campus laufe. »Vielleicht hat Adams sich auch einsam gefühlt«, sagte sie. »Vielleicht hat er sich deshalb sein Büro so gemütlich eingerichtet.«

»Du bist sehr einfühlsam. Das gibt es selten. John le Carré sagte einen Satz, der mir sehr gefällt. ›Es ist die verzeihliche Eitelkeit einsamer Menschen überall auf der Welt, daß sie sich einbilden, sie seien absolute Einzelfälle.‹«

»Ich fürchte, meine Eitelkeiten sind unverzeihlich«, sagte Kate düster. »Denn sollte ich in diesem Fall versagen, wäre mein Selbstbild zerschmettert.«

Drei

> wenn du warten kannst und nicht vom War-
> ten ermüdest, oder belogen wirst und nicht
> zur Lüge greifst

Am nächsten Morgen begann Kate ihre Untersuchung. Als erstes ging sie zu Butler, dem stellvertretenden Leiter des Wachdienstes, der zu der Leiche gerufen worden war. Kate merkte auf Anhieb, daß er seine Anweisungen hatte. Mehr oder weniger bereitwillig erzählte er ihr alles, was er über jene Nacht wußte. Dabei verleugnete er keine Sekunde, was er von Frauen wie Kate hielt. Wo Frauen hingehörten, das stand seiner Meinung nach klar und deutlich in den Gesetzen der irischen Republik. Er informierte Kate ausführlich über alles bis zur Ankunft der Polizei an jenem Sonntagmorgen.

»Und dann?« fragte Kate. War Butler mit den Beamten hoch in Adams' Büro gegangen?

Ja, das war er. Schließlich hatte jeder Wachmann strikte Anweisung, wann immer die Polizei auf dem Campus erschien – was, gottlob, in den letzten Jahren immer seltener vorgekommen sei –, nicht von ihrer Seite zu weichen. Die Polizei hatte den Fahrstuhl benutzt (klar, dachte Kate, sie war ja auch in Funkkontakt mit potentiellen Rettern, im Gegensatz zu Reed und mir). Die Bürotür war abgeschlossen gewesen, und Butler mußte sie mit seinem Generalschlüssel öffnen. Das Fenster stand sperrangelweit auf, und durch den Luftzug, der beim Öffnen der Tür entstand, waren die Vorhänge zum Fenster hinaus geweht und einige Papiere von Adams' Schreibtisch geflattert. Die Polizei holte ihre Spezialisten, die den Raum nach Blutspuren, Fingerabdrücken oder worauf solche Leute sonst aus sind, absuchten. Offenbar hatten sie nirgends Blut gefunden, aber so viele Fingerabdrücke, daß man meinen konnte, die halbe Universität sei in Adams' Zimmer ein- und ausgegangen. Die Polizei versiegelte das Büro; nach Abschluß der Spurensicherung wurden die Siegel zwar wieder entfernt, die Verwaltung jedoch aufgefordert, niemandem Zutritt zu gewähren. (Eine Anordnung, die Kate kannte und von der Butler wußte, daß Kate wußte, daß man ihr nicht Folge geleistet hatte. Mochte die Polizei auch ihre Anweisungen geben – er, Butler, unterstand der Universität.)

»Sehen Sie, Frau Professor« (denn sie war nun mal Professorin, so wenig er das auch billigte), »das einzige, was in seinem Büro durcheinander war, hatte der Wind durcheinandergebracht.«

»Kein Anzeichen von einem Kampf?« fügte Kate hinzu. »Kein Hinweis darauf, daß sein Schreibtisch oder etwas anderes in seinem Zimmer durchsucht wurde?«

»Keine Spur von einem Hinweis. Das heißt nicht, daß nichts durchwühlt wurde, halt nur, daß es keine Anzeichen dafür gab. Die Polizei zog die Schreibtischschubladen auf, und darin sah es so ordentlich aus, wie man's eigentlich von keiner Schublade erwartet, wenn Sie verstehen, was ich meine.«

»Können wir uns nicht setzen?« fragte Kate. Butler, der sich mit Widerwillen fügte – die Kraft, mit der er ihn unterdrückte, war verräterisch –, führte sie von der Wachdienst-Zentrale, wo sie sich unterhielten, in ein kleines Hinterzimmer. Er schloß die Tür. Beide setzten sich, Butler hinter seinen Schreibtisch.

»Mr. Butler«, fuhr Kate fort. »Ich bitte Sie, mir zu helfen. Sie brauchen mich nicht zu mögen und auch nicht lange zu ertragen. Ohne Ihre tatkräftige Hilfe jedoch müßten wir beide endlos miteinander reden, ohne daß etwas dabei herauskäme. Ich will alles wissen, was Ihnen aufgefallen ist, vor allem die Dinge, nach denen Sie bisher niemand gefragt hat. Erzählen Sie auch, was Sie denken, aber nicht aussprechen wollen – alles, was mit Professor Adams zu tun hat, ob Sie es für wichtig halten oder nicht –, wer weiß, vielleicht wirft es doch einen Lichtstrahl in das Dunkel. Ich will ganz offen zu Ihnen sein: Ohne Ihre Hilfe werde ich scheitern, ehe ich überhaupt angefangen habe. Und wenn Sie mich ganz und gar entmutigen wollen, bleiben Sie bloß weiter so korrekt, höflich und reserviert.«

»Heilige Mutter Gottes«, sagte Butler.

»Für deren Hilfe ich ebenfalls dankbar wäre«, antwortete Kate; »im Augenblick natürlich geht es mir ganz besonders um Ihre. Und hören Sie bitte auf, mich ›Frau Professor‹ zu nennen. Wenn ich Butler zu Ihnen sage, können Sie Fansler sagen, oder, wenn Ihnen das lieber ist, Kate.«

»Wie in ›Der Widerspenstigen Zähmung‹«, sagte Butler. »Ich kenne meinen Shakespeare, auch wenn ich kein verflixter Professor bin. Ich heiße Patrick.«

»Ja, beim Heiligen Patrick, aber wir haben es mit Horatio zu tun – ›Hamlet‹.«

»Mit wem haben wir's zu tun?« fragte Butler.

»Mit sehr Schlimmem«, sagte Kate. »Ein Mann wurde ermordet.«

»Vielleicht. Vielleicht hat er sich ja auch freiwillig aus dem Fenster gestürzt. Schließlich war er kein Katholik.«

»Er lehrte Islam. Ich glaube nicht, daß er ein Anhänger dieser Religion war. Wie es heißt, sind Religionsprofessoren die einzigen, die nicht an das glauben, was sie lehren. Meinen Sie denn, daß er's getan hat – sich aus dem Fenster gestürzt?«

»Wenn Gedanken töten könnten – ja.«

»Allerorts unbeliebt – nicht wahr?«

»Ich werde Sie nicht Kate nennen. Ich sage Frau Professor, und Sie sagen Butler. Aber ich werde Ihnen helfen, wenn ich kann. Nicht, weil Sie mich rumgekriegt hätten, das haben Sie nämlich nicht. Mir fällt nur wieder ein, was für ein erbärmlicher Kerl er war, dieser Professor Adams. Lieber würd' ich mit einer Frau zusammenarbeiten als mit so jemand, und das ist die Wahrheit.«

»Gut«, sagte Kate. »Was heißt es, stellvertretender Leiter des Wachdienstes zu sein? Was bedeutet dieser Posten?«

»Er bedeutet, daß ich die Verantwortung trage, wenn der Boss von dem ganzen Laden nicht da ist.« Sein Ton machte deutlich, daß das selbst einer Professorin klar sein sollte. »Und außerdem bedeutet er, daß ich meistens an Wochenenden und Feiertagen Dienst habe, denn da nimmt der Boss frei. Das steht ihm zu, wozu ist er schließlich der Boss?«

»Ich verstehe«, sagte Kate. »Aber können wir noch einmal ganz von vorn anfangen? Als Sie den Funkspruch von dem Wachmann bekamen, der die Leiche fand? Und von da gehen wir weiter zurück. Versuchen Sie, sich an alles zu erinnern, was Ihnen an Adams im Laufe der Jahre auffiel. Nicht alles auf einmal. Wir werden noch viele Gespräche führen müssen – ich fürchte, Ihrer Meinung nach viel zu viele.«

Butler starrte sie an. »Der Funkspruch kam, wie Sie sehr genau wissen, am frühen Sonntagmorgen nach Thanksgiving. Adams lag auf dem Pflaster unter seinem Fenster. Ich erkannte ihn sofort, denn der Mensch war 'ne wahre Plage, daran gibt's nichts zu rütteln. Aber ich habe nicht das kleinste Fitzelchen von Beweis gesehen, daß er hinausgestoßen wurde. Und das ist die Wahrheit.«

»Im Büro nicht und nirgendwo sonst?«

»Nirgends. Die Polizei hat nur eines gesagt – und das war verflixt nobel von ihr, das muß man ihr lassen –, nämlich, daß es keinen Hinweis auf ein Verbrechen gab: Er wurde nicht erschossen, nicht erstochen, nicht vergiftet und hatte nirgends blaue Flecken. Und wenn ihn jemand vorher bewußtlos geschlagen hatte, so war jedenfalls keine Spur davon zu entdecken. Darf ich Ihnen mal 'ne persönliche Frage stellen? Zwei?«

Kate nickte.

»Sind Sie verheiratet?«

Kate sah auf ihre unberingte Hand. »Ja, ich bin verheiratet. Ich trage keinen Ring und nicht seinen Namen, aber trotzdem bin ich verheiratet, sehr lange schon. Und Sie?«

»Sie trägt meinen Ring und meinen Namen und lebt von dem, was ich nach Hause bringe.«

»Sie sagten zwei Fragen.«

»Warum machen Sie diesen Job? Wenn ich die Zeichen richtig deute, war Adams Ihnen so zuwider wie mir – wie allen. Warum wollen Sie seinen verflixten Mörder suchen?«

»Gute Frage. Ich setze noch eins drauf. Warum sollte ich einer Universität helfen, die, seit ich hier bin, von Jahr zu Jahr in meiner Achtung gesunken ist? Was aber nicht heißt, daß ich sie verachte. Zu Anfang habe ich sie geradezu vergöttert.« Kate sah aus dem Fenster, von dem aus sie fast den ganzen Campus überblicken konnte. »Ich kann Mord nicht gutheißen und ihn nicht entschuldigen. Eleganter weiß ich es nicht auszudrücken. Und ich glaube, wenn wir nicht so nah wie möglich an die Wahrheit herankommen, wird ein anderer dafür leiden müssen, vielleicht sogar viele Menschen. Ich bin mir nicht sicher, ob die Wahrheit existiert, aber ich werde nach ihr suchen. Tut mir leid, daß ich nicht überzeugender klinge. Ich hab nicht mal mich selbst überzeugt.«

»Ich kann nicht finden, daß Mord so viel schlimmer ist als all die anderen Dinge, die hier vor sich gehen«, sagte Butler. »Homosexualität, Unzucht, Aufruhr – alles Todsünden. Wenn ein Schwarzer über den Campus streicht und aussieht, als wäre er auf Vergewaltigung, Messerstecherei und Einbruch aus, darf man ihn nicht aufgreifen, weil das seine Bürgerrechte verletzt. Und der Campuspriester darf gegen den Kardinal hetzen, ohne daß einer was sagt. Was ist der Mord an einem Ekel von Mann verglichen damit?«

»Wir werden uns wohl darauf einigen müssen, daß wir uns in vielem nicht einig sind«, sagte Kate. »Trotzdem, ich brauche Ihre Hilfe und ich bitte Sie darum. Wenn Sie mir nicht helfen können oder wollen, dann sagen Sie es. Ich glaube nicht, daß ich ohne Sie weit komme und werde es erst gar nicht versuchen.«

»Ich wette, Sie sind Demokratin. Ich wette, von Präsident Reagan haben Sie nichts gehalten.«

»Beidesmal getroffen. Trotz all unserer Unterschiedlichkeit – da wir uns gegenseitig beim Wort nehmen können und nichts vormachen, gelingt es uns vielleicht gemeinsam, die Geschichte zu klären – natürlich nur, wenn Sie dazu bereit sind. Denken Sie darüber nach.«

»Ich denke immer nach. Die Antwort heißt Ja, nicht, weil Sie mich überredet hätten, sondern weil ich, wenn Sie meinen Anteil an der Aufklärung nicht unterschlagen, gut dastehe.«

»Guter Grund«, sagte Kate. »Und können wir jetzt noch mal ganz von vorn anfangen, Mr. Butler?«

»Schießen Sie los, Frau Professor.«

Kate lehnte sich in ihrem Stuhl zurück, streckte die Beine aus und sammelte ihre Gedanken. Butler ging zur Tür und öffnete sie. »Zwei Kaffee«, rief er ins Vorderzimmer. »Schwarz, oder?« fragte er Kate. »Dacht ich's mir doch. Ich trinke meinen mit Zucker und Sahne, wenn möglich, sonst mit Milch. Also, wo waren wir stehengeblieben?«

Stehengeblieben waren sie, wie Kate später am Abend Reed erzählte, ganz am Anfang – bei der Leiche, von der niemand wußte, wie sie dorthin gekommen war und warum.

»Wahrscheinlich wird Butler mir helfen, weil er Adams noch schrecklicher fand als er mich findet«, sagte Kate. »Adams und ich sind für ihn Ungläubige der schlimmsten Sorte, aber Adams war obendrein noch arrogant und unehrlich. Ich habe das Gefühl, daß Butler sehr wichtig sein könnte, nicht nur, um mir überall Zugang zu verschaffen, sondern auch, weil er nachts und an Wochenenden da ist, eben dann, wenn der Campus so gut wie verlassen ist. Es tut gut, jemanden auf seiner Seite zu haben, der für die Sicherheit zuständig ist. Außerdem – es klingt vielleicht verrückt und ist es wahrscheinlich auch –, trotz der Abneigung, die ich gegen Wachdienste ganz allgemein habe, ich möchte einfach gern jemanden auf meiner Seite haben, der weder Akademiker ist noch zur Verwaltung gehört.«

»Wenn du meinst«, sagte Reed. »Ich hoffe bloß, er ist auch da, wenn der wirkliche Mörder plötzlich hinter dir her ist.«

Dem schenkte Kate keine Aufmerksamkeit. »Es gibt noch einen anderen Hoffnungsschimmer«, sagte sie, »als ich Adams' Frau – ich sollte wohl lieber Witwe sagen – anrief, war sie sofort bereit, mit mir zu sprechen. Ich sagte ihr, ich sei Professorin an der hiesigen Universität, und so etwas macht offenbar größeren Eindruck, als ich dachte. Morgen werde ich mich mit ihr treffen. Wann fährst du?«

Und sie sprachen über andere Dinge.

Am nächsten Tag ging Kate um die Mittagszeit, zwischen zwei Vorlesungen, zu Cecelia Adams. Cecelia war völlig anders, als Kate erwartet hatte. Aber Kate war alt genug, um zu wissen, wie selten Erwartungen sich erfüllen. Kate wurde nahezu gleichzeitig von der erstaunlichen Erscheinung Cecelias – ganz mädchenhafter Überschwang und dickes Make-up – und einem Gemälde derselben überwältigt, das Kate im Adamsschen Salon entgegenstarrte. Das Portrait ihrer Gastgeberin war so riesig, leblos, schmeichelhaft und durch und durch schrecklich, daß Kate nur mit Mühe ihren Abscheu verbergen konnte. Ein ironisches Lächeln schien um die Mundwinkel der Frau auf dem Bild zu spielen, so, als mache sie sich über sich selbst lustig. Aber das war bestimmt eine Täuschung.

»Das bin ich – in vergangenen und glücklicheren Tagen«, sagte Cecelia Adams. »Wie wär's mit 'nem Schlückchen?«

Kate lehnte ab. Als starke Trinkerin gestattete sie sich tagsüber nur selten Alkohol, und niemals mit Leuten, die tranken, um nicht denken zu müssen. Aber sie akzeptierte ein Glas Ginger Ale und versuchte, sich auf die eigenartig gehobene Stimmung ihrer Gastgeberin einzustellen.

»Wenn Sie über Canny sprechen wollen, muß ich mir gleich noch einen einschenken«, sagte Cecelia. Kates Gesicht hatte offenbar eine gewisse Verwirrung verraten, denn Cecelia erklärte: »Mein toter Mann, Canfield, der Überkandidelte. Prost.«

Kate lächelte sie an, Cecelia war eindeutig eine Narzißtin reinsten Wassers – sich selbst hingegeben, ihrer Schönheit, ihrem Hang zu teuren Dingen und Kleidern, aber sie hatte eine erfrischende Offenheit, die Kate um so mehr zu schätzen wußte, als sie sich tagtäglich in einer universitären Gemeinschaft bewegte, in der Egoismus als wissenschaftliche Strenge getarnt wurde und Vergnügen in der Verkleidung intellektueller Verzweiflung auftrat. Kate wußte, daß es in der akademischen Welt ebenso viele Paare gab, die dem Ideal einer ehelichen Gemeinschaft insoweit nahekamen, als sie sich auch nach Jahren noch etwas zu sagen hatten, wie anderswo auch. Aber sie hatte auch viele Fälle kennengelernt, wo es kaum noch Berührungspunkte gab, von Gesprächen ganz zu schweigen. Von dieser zweiten Art schien die Adamssche Ehe gewesen zu sein. Trotzdem, man konnte nie wissen, und Kate neigte nicht zu voreiligen Schlüssen, wenn es um solche Dinge ging.

»Was meinen Sie mit überkandidelt?« fragte sie schließlich, was ihr klüger erschien als die Frage, warum Adams' Frau eher gutgelaunt als traurig wirkte.

»Er bildete sich ein, er wüßte Bescheid, hätte alle Schlauheit und Weisheit für sich gepachtet. Aber er war nicht halb so schlau, wie er glaubte. Wär er's gewesen, hätte er mich nie geheiratet.«

Kate sah sie fragend an.

»Na, meine Liebe! Andere Männer in seinem Alter, die 'ne viel jüngere Frau heiraten, machen sich nichts vor. Aber mein Canfield dachte, ich wär auf nichts anderes aus, als mich in der Aura seiner schönen Seele zu sonnen. Einem alten Kerl vormachen, man wäre auf seinen schlaffen Körper wild, das ist leicht, aber ihn davon zu überzeugen, daß man ihn genauso innig lieben würde, wenn er, wie's meine Mutter ausdrückte, keinen Pißpott besäße, das ist schon 'ne Ecke schwerer. Aber allzu schwer auch wieder nicht.«

Kate starrte Adams' Witwe eine volle Minute lang an, während diese fröhlich durchs Wohnzimmer tänzelte, Gegenstände hin und her rückte und ihren kleinen Körper mit den festen Rundungen zur Schau trug wie eine etwas üppig geratene Gazelle. Kate kam sich riesig und ungelenk vor neben dieser lustigen Witwe. Kate verbot sich alle Gedanken und Gefühle, die man als Neid hätte interpretieren müssen, und sagte: »Mrs. Adams, wollen Sie mich damit beeindrucken, daß Sie mir Ihr eigenes Mordmotiv auf die Nase binden, oder mich dazu verlocken, mit Ihnen ein höchst unpassendes Gespräch zu führen? Wenn letzteres zutrifft, jetzt wär' ich bereit.«

»Nennen Sie mich Cecelia, alle tun das. Die erste Silbe hab' ich vorgehängt. Nur Celia – der Name ist so *ordinaire*, wenn Sie verstehen, was ich meine –, schon zu Ende, ehe er angefangen hat. Sie mögen's mir nicht glauben, aber ich hatte gar kein Motiv. Wenn er noch ein Jahr länger gelebt hätte, dann hätte ich den ganzen Batzen gehabt statt nur zwei Drittel. Jedenfalls habe ich ein wunderbares Alibi. Ich war fort, einen lieben Onkel von mir besuchen, der eine Art Schlaganfall hatte. Er ist gut betucht und weit und breit ohne Erben; deshalb bin ich immer da, wenn er mich ruft. Das kann ja nie schaden. Tag und Nacht war ich jede Minute für mindestens ein Halbdutzend Leute bestens sichtbar und obendrein noch dreitausend Meilen entfernt von hier im sonnigen Kalifornien. Sie sehen wirklich sehr wie eine Professorin aus, aber macht nichts, dafür sind Sie herrlich schlank. Bester Stall und beste Erziehung, das sieht man auf den ersten Blick. Bei mir ist das anders. Ich hab mich nach oben gekämpft mit Zähnen und Klauen, jedenfalls so weit nach oben, wie man heutzutage kommen kann, und ich schäme mich nicht, das zuzugeben.« Während sie dies sagte, streckte

Cecelia Kate beide Hände hin, die Handrücken nach oben, so daß die langen Nägel und der weiße Nagellack zu sehen waren. Weiß, nahm Kate an, um das Krallige ihrer Krallen nicht allzu deutlich zu machen.

»Cecelia«, sagte Kate mit dem leicht gebieterischen Ton in ihrer Stimme, den ihre beschwipste Gastgeberin wohl auch von ihr erwartete, »darf ich Ihnen einige Fragen stellen? Ich sehe, wie Sie sagen, wie eine Professorin aus. Nun, und wie alle Professoren bilde ich mir ein, daß ich, wenn's ums Wesentliche geht, einen klaren Blick habe. Und im Moment sind Sie mir sehr wesentlich.«

»Sie können sich wirklich prima ausdrücken«, antwortete Cecelia und ließ sich auf einen Stuhl plumpsen, wie ein unartiges Kind, das gezwungen ist, den Erwachsenen gefällig zu sein. »Fragen Sie ruhig.«

»Wenn ich recht verstehe, haben Sie Professor Canfield Adams erst vor kurzem geheiratet?«

»Nicht vor kurzem. Nur kürzlicher als seine erste Frau. Canny war Ende fünfzig. Und ich bin ein klein bißchen über vierzig. Hat ja wohl keinen Sinn, eine Professorin anzulügen, die noch dazu Detektivin ist, oder? Seine erste Frau war in seinem Alter und bekam den Laufpaß, kurz nachdem er mich kennengelernt hatte. Zumindest glaubte er, er hätte ihr den Laufpaß gegeben. In Wirklichkeit war es umgekehrt, aber ich hab keinen Sinn darin gesehen, mit ihm darüber zu streiten. Seine erste Frau wollte bloß etwas aus der Erbschaft von ihrem reichen Schwiegerpapa für ihre Kinder sichern, aber wir haben sie ausgetrickst. Ihre Kinder werden wahrscheinlich vor Gericht gehen, aber wer was besitzt, hat das Gesetz schon zu neun Zehnteln auf seiner Seite, so sagt man doch, nicht wahr?«

»Man sagt auch, daß die Gerichtskosten neun Zehntel von dem verschlucken, was man besitzt. Aber dazu kommt es ja vielleicht nicht. Was genau haben Sie geerbt, wenn es Ihnen nichts ausmacht, mir das zu sagen?«

»Ich bin geradezu wild darauf, es Ihnen zu sagen. Zuerst einmal diese Wohnung hier. Gemeinsamer Kaufvertrag, also geht sie an den Ehepartner, und der bin ich. Dann brachte ich ihn dazu, uns ein kleines Liebesnest am Mittelmeer zu bauen, wo er gerne hinfuhr, weil er sich da dem Nahen Osten näher fühlte. Die Hütte gehörte zu unserer Gütergemeinschaft, geht also auch an mich. Dann brachte ich ihn dazu, ein kleines Aktienpaket zu kaufen, Zinsen an mich und – nach meinem Tod – an die ›Kinder‹. Da die ›Kinder‹ nicht viel jünger sind als ich, können sie lange warten, jedenfalls hoffe ich das. Seinen Söhnen hat er einen ordentlichen kleinen Batzen hinterlassen, den ich in Aktien verwandelt hätte, wenn genug Zeit gewesen wäre. Aber irgend jemand hat ihn um die Ecke gebracht. Und eine so blöde Idee wär nie auf meinem Mist gewachsen, jedenfalls nicht gerade jetzt. So, und jetzt wissen Sie Bescheid.«

Kate mußte sich Mühe geben, ihre Gastgeberin nicht mit offenem Mund anzustarren. *Erfrischend* war in der Tat das richtige Wort für Cecelia. »Sie sind sich also ganz sicher, daß jemand ihn ›um die Ecke brachte‹, wie Sie es ausdrücken. Aber vielleicht wurde er ja gar nicht aus dem Fenster gestoßen, sondern ist in einem Anfall von Verwirrtheit auf den Fenstersims geklettert und hinausgefallen.«

»Ausgeschlossen, Frau Professor. Darauf gebe ich Ihnen mein Wort. Er war so vorsichtig wie eine Schildkröte mit eingezogenem Kopf und eingezogenen Füßen. Er hatte panische Angst vor Zugluft und hätte sich niemals mitten im November an ein offenes Fenster gestellt. Nein. Jemand hat ihn rausgeschmissen. Wirklich zu blöd, wenn man's genau nimmt.«

»Haben Sie Thanksgiving zusammen verbracht?«

»Aber klar doch, Frau Professor. Zusammen mit den Söhnen und den Frauen und Kindern von den Söhnen. Seine beiden Söhne haßten mich, und normalerweise wechselten sie sich mit ihren Thanksgiving-Anstandsbesuchen ab, aber diesmal kamen beide gleichzeitig. Fragen Sie mich nicht, warum. Fragen Sie mich genauso wenig, warum sie überhaupt kamen. Nicht, weil sie ihren Vater liebten, und auch nicht, weil sie sich Sorgen um ihre Erbschaft machten, das glaube ich nicht. Eher wegen der guten alten Schuldgefühle. Typisch Mittelklasse! Es gehört sich so, daß man ab und zu seinen Vater sehen will. Einmal alle zwei Jahre fanden sie wohl ausreichend, und offen gesagt: ich auch. Warum sie diesmal beide zusammen auftauchten – wie gesagt, ich weiß es nicht. Jedenfalls hoffte ich stark, in Zukunft würden sie sich wieder abwechseln – tja, und jetzt brauche ich überhaupt keinen Truthahn mehr mit ihnen zu essen. Wenn das keine schönen Aussichten sind!«

»Und wie stand's mit Weihnachten?«

»O Tannenbaum, o Tannenbaum und so weiter? Weihnachten verbrachten wir immer in unserer kleinen Hütte am Mittelmeer, warme Sonne, und wir zwei ganz allein. Und der Weihnachtsbraten und Stollen wurden serviert von einer Einheimischen, die uns das Haus putzt und – jedenfalls verglichen mit den Putzfrauen hier – so gut wie nichts dafür bekommt. Die Hütte sollte romantische Kräfte in Canfield wecken, aber ich sag Ihnen offen, in der letzten Zeit hat sich da nichts mehr gerührt. Immerhin konnten wir schmusen. Und keine verdammten Enkel um uns rum. Ich mach' mir nichts aus Kindern. Sie?«

Kate, die sich ebenfalls nichts aus ihnen machte, beschloß, die Frage zu ignorieren. »Cecelia«, sagte sie, »ich weiß Ihre Offenheit zu schätzen. Wenn alle, mit denen ich noch sprechen werde, so frank und frei sind wie Sie, werde ich die Sache in einer Woche auf der Reihe haben. Waren Sie bei der Polizei genauso offen?«

»Wofür halten Sie mich? Von Frau zu Frau ist eine Sache, die dämliche Polizei 'ne andere. Ich saß da, wie's sich für 'ne anständige Witwe gehört, wischte mir eine Träne aus den Augen und sprach von dem großen Schock, den ich erlitten hatte. Natürlich war es wirklich ein Schock gewesen, ich brauchte also gar nicht besonders zu schauspielern. Mit Ihnen kann ich offen reden, denn wenn Sie mich irgendwem zitieren, leugne ich einfach alles und nenne Sie eine Lügnerin, in sowas bin ich gut.«

»Was hielten Ihrer Meinung nach die meisten Leute von Ihrem Mann?«

»Für einen Scheißkerl hielten sie ihn, was er auch war. Aber man konnte ihm beikommen, man mußte ihm nur genug um den Bart gehen. Ich hab einmal ein Zitat von einem Engländer, irgendeinem Politiker, gehört, der gesagt hat: ›Man schmeichelt allen Menschen, und bei königlichen Hoheiten trägt man messerdick auf‹. Bei meiner königlichen Hoheit habe ich gleich meterdick aufgetragen. Wirklich gut kam er nur mit ein paar Studentinnen aus, die ihn anhimmelten, und mit ein paar jungen Männern, die dachten, er könnte sie die akademische Schmierenleiter ein Stück nach oben schubsen. Ich wollte Ihnen nicht nahetreten, Frau Professor, das kam eben gemeiner heraus als beabsichtigt. Nicht, daß ich mit vielen gesprochen hätte, die ihn haßten. Aber ständig kam er nach Hause, erzählte von irgendwelchen Sitzungen und prahlte damit, wie er alle möglichen Leute bloßgestellt hätte; und man braucht keinen Doktortitel zu haben, um sich denken zu können, daß sie ihn wahrscheinlich bis aufs Blut haßten und ihn obendrein noch für ein Arschloch hielten. Aber ich wüßte von niemandem, der wilder darauf gewesen wäre, ihn aus dem Fenster zu werfen, als alle anderen. Ich würde Ihnen gern helfen, wenn ich könnte. Und wer's auch getan hat, er hätte es nicht gerade jetzt tun sollen. Ich bin also nicht so dankbar, wie ich sein könnte.«

»Verkehrte er mit vielen seiner Kollegen?«

»Wenn Sie damit meinen, ob sie zum Essen herkamen – ja, ab und zu, meistens, wenn die Fakultät dafür bezahlte, weil sie einem Neuen auf den Zahn fühlen wollten, wie er es immer ausdrückte. Manchmal wurden wir auch eingeladen, und dann mußten wir uns natürlich revanchieren. Aber richtige Kumpel hatte er nicht, wenn es das ist, was Sie wissen wollen. Natürlich gab's Leute, die seiner Meinung waren, aber meistens hatte er was Abfälliges über sie zu sagen. Er mußte sich immer überlegen fühlen, sonst war er nicht zufrieden, wissen Sie.«

»Am Tag nach Thanksgiving flogen Sie also nach Kalifornien. Hatten Sie eine Ahnung, was er vorhatte, wollte er sich mit jemand treffen, während Sie fort waren?«

»Also, ich wußte, er hatte die Korrekturfahnen für sein neues Buch bekommen und wollte sie lesen. Er hatte vor, Tag und Nacht zu arbeiten, solange ich fort war. Ich nehme an, er wollte etwas in seinen Unterlagen nachprüfen und ist deshalb in sein Büro gegangen.«

»Ich verstehe«, sagte Kate. Von einem neuen Buch hörte sie jetzt zum ersten Mal. »Wo sind die Fahnen heute?«

»Das ist es ja, was komisch ist, wissen Sie. An dem Samstag schickte er sie an seinen Verlag, schrieb mir eine Karte ins sonnige Kalifornien, um's mir zu erzählen. Weil ich sofort zurückgeflogen bin, als ich von seinem Tod hörte, kam die Karte natürlich erst, als ich wieder hier war. Mein Onkel schickte sie mir nach. Glauben Sie, das Buch hatte etwas damit zu tun?«

»Das halte ich für unwahrscheinlich, zumal, wenn er die Fahnen abgeschickt hatte, ehe er in sein Büro ging, und so sieht es ja aus. Wissen Sie, wer sein Verleger ist?«

»Harvard. Und er war mächtig stolz darauf. Er war Mitglied in einem dieser affigen Harvard-Clubs; vor kurzem führte eine Frau dort einen Prozeß, weil sie aufgenommen werden wollte. So, wie er darauf reagierte, hätte man meinen können, sie wollte ihn kastrieren, wenn Sie verstehen, was ich meine. Harvard war sein ein und alles. Und für sein Buch durfte es nur der beste Verlag sein. Er war 'ne echte Kapazität über Araber oder ihre Religion oder Geschichte oder sonstwas. So genau hab ich nie zugehört, um Ihnen die Wahrheit zu sagen. Schließlich ist das ja auch schon ewig lange her, nicht wahr? Ist Ihnen jetzt nach 'nem kleinen Schlückchen?«

»Ja«, sagte Kate. »Nach mehr als einem kleinen. Aber ich darf nicht. Ich muß gleich noch eine Vorlesung halten.

Vielleicht darf ich irgendwann auf die Einladung zurückkommen?«

»Wann Sie wollen, Frau Professor«, sagte Cecelia, tänzelte zur Tür und riß sie auf. »Ich würd' wirklich gern hören, was Sie von sich zu geben haben, wenn Sie mal entspannen, falls Ihnen das überhaupt je passiert.«

Kate trat durch die Tür, und während sie den Korridor zum Lift hinunter ging, winkte sie Cecelia noch einmal matt zu. Ihre Gedanken auf den französischen Roman des achtzehnten Jahrhunderts zu konzentrieren, der heute auf dem Unterrichtsprogramm stand, war nicht leicht. Was um Himmels willen hätte Corinne von Cecelia gehalten? Oder gar Héloise? Was Rousseau von Cecelia gehalten hätte, darüber hatte Kate nicht die geringsten Zweifel.

Vier

> gehaßt wirst, ohne dich dem Haß hinzugeben,
> dabei nicht zu milde dreinblickst noch zu klug
> redest

Als Kate ihre Bürotür öffnete, läutete das Telefon. Es war Edna Hoskins. »Wie wär's mit einem Drink und einem kleinen Plausch?« fragte sie.

»Gedankenübertragung«, sagte Kate. »Ich wollte dich gerade anrufen und dir denselben Vorschlag machen. Bist du je der Frau unseres verblichenen Adams begegnet?«

»Nein«, sagte Edna. »Hab ich was verpaßt?«

»Das wäre sehr milde ausgedrückt. Diese Frau bringt mich zu der Überzeugung, daß das Leben mehr Möglichkeiten bietet, als meine Schulweisheit mich träumen ließ. Außerdem gleichen meine Ansichten über Frauen denen von Hamlet immer mehr. Als gesunder Ausgleich wirst du mir guttun.« Und Kate eilte zu ihrer Vorlesung; danach würde sie ihre Sprechstunde abhalten und sich, wenn möglich, eine Stunde ihrer Post widmen.

Sie hatte sich bis zu dieser letzten Pflichtübung des Tages vorgearbeitet und gerade über die beängstigend angewachsene Post hergemacht, als sie auf eine Einladung zu einem Treffen aller weiblichen Lehrkräfte der Universität stieß. Die Einladung lag schon seit längerem auf ihrem Schreibtisch, aber Kate hatte den Brief bisher nicht geöffnet, geschweige denn gelesen. Die Sitzung war schon am nächsten Tag. Aber Kate würde hingehen. Und während sie den Termin in ihren Kalender eintrug, kam ihr eine Idee, die sie mit Edna zu erörtern beschloß. Hoffentlich würde Edna einige Vorschläge beisteuern.

Als Kate schließlich am Ende dieses scheinbar endlos langen Tages in Ednas Büro in einen Sessel sank, sagte Edna: »Ich habe nachgedacht, und mir sind ein paar Ideen gekommen. Aber davon abgesehen – ich dachte, dir ist vielleicht nach einem Plausch mit mir, deiner verläßlichen und mitfühlenden Verbündeten, die außerdem noch alle Umstände bestens kennt. Pur oder mit Wasser?«

»Deine Ideen oder der Scotch? Beides bitte pur.«

»War wohl ein schlimmer Tag. Tja, wir haben uns eben für ein aufreibendes Leben entschieden und nicht für ein geruhsames. Und wenn du mich fragst, ich habe es keine Sekunde bereut. Sogar der Gedanke, heimzugehen und in Ruhe ein Buch zu schreiben, reizt mich nicht mehr. Ich glaube, ich weiß inzwischen zu viel, sehe überall und in allem zu viele Widersprüche, um überhaupt noch einen eindeutigen Satz schreiben zu können. Erzähl mir von Adams' Frau.«

»Sie hat ihn verachtet und ihm und seinen Kindern systematisch fast das gesamte Vermögen abgeluchst. Und sie hatte ihr Auge auch auf den Rest geworfen. Ich traue ihr ohne weiteres zu, daß sie sich mit Mordgedanken trug, aber sie hätte einen anderen Zeitpunkt gewählt. Außerdem war sie dreitausend Meilen weit fort, um einen nicht gerade verarmten kranken Onkel zu umsorgen. Ihre Fingernägel sind weiß, ihre Haare blond und in nicht allzu ferner Zeit wird sie sich wohl das Gesicht liften, die Brüste mit Silikon auffüllen und das Fett aus den Oberschenkeln absaugen lassen – und wenn sie das ganze Programm absolviert, wird sie sich noch die unterste Rippe rausschneiden lassen, um sich ihren Traum von einer Wespentaille zu erfüllen.«

»Hat sie dir das alles erzählt?«

»Natürlich nicht. Reine Hellseherei, basiert aber auf dem Bericht einer älteren Frau, den ich kürzlich gehört habe. Wenn du nicht mehr als jung durchgehst, ist das Leben sinnlos, das ist die Botschaft. Wie's scheint, hat Cecelia Adams diese Botschaft klar und deutlich gehört. Und, kein Zweifel, Adams war empfänglich für ihre auf Teenager getrimmten Reize.«

»Trink aus«, sagte Edna. »Ich merke schon, du hast jedes Vertrauen in die Menschheit verloren. War sie wirklich so unangenehm?«

»Nicht im geringsten. Eine durch und durch angenehme Frau. Sagte, wenn ich ihre Worte irgend jemand gegenüber wiederhole, würde sie einfach alles abstreiten. Das macht sie besser als ihren Mann, der ohne jede Vorwarnung und meistens, ohne es selbst zu merken, gelogen hat. Edna, ich komme mir vor wie ein Archäologe, der sich daran macht, irgendeine antike Siedlung auszugraben und auf Sodom stößt. Oder meine ich Gomorrha?«

»Du meinst, du hast viel Unerfreuliches gefunden, ohne mit deiner Aufgabe einen Schritt weiterzukommen.«

»Das kommt der Sache ziemlich nahe. Würde es dir etwas ausmachen, mir noch einmal zu erklären, *warum* ich diese ›Aufgabe‹ überhaupt angenommen habe?«

»Damit die Polizei kein Unheil anrichten kann und das Feuer des Rassismus, das in dieser Stadt und auch an dieser Universität schwelt, nicht entfacht wird, und um die Wahrheit oder zumindest ein annehmbares Faksimile von ihr zutage zu fördern. Und erzähl mir jetzt nicht, daß es diese Wahrheit nicht gäbe. Es gibt Tatsachen, und die sind unverrückbar, auch wenn man sie unterschiedlich interpretieren kann. Da liegt das Problem, oder nicht?«

Kate sagte: »Das Problem ist, wie ich an die Fakten kommen soll, von der Interpretation ganz zu schweigen. Einen Tag arbeite ich nun an der Sache, und was hab ich gefunden? Jemanden mit einem geradezu perfekten Mordmotiv und einem perfekten Alibi. Vielleicht lügt sie ja und wollte gar nicht auf den ganzen Batzen warten. Geduld ist eine Tugend, die zu Cecelia Adams schlecht paßt. Vielleicht konnte sie ihn einfach nicht mehr ertragen und heuerte jemand an, der ihn aus dem Fenster warf. Sie hatte so viel Macht über ihn, daß sie ihn zu allem bringen konnte, außer dazu, freiwillig aus dem Fenster zu springen. Ich sehe unzählige Gespräche mit unzähligen Leuten vor mir liegen, die Canny haßten und mit Freuden hinausgestoßen hätten, wäre ihnen dazu die Gelegenheit geboten worden. Und nach all diesen Gesprächen – wieviel weiter werde ich dann sein? Und was schert mich das Ganze überhaupt? Komm mir jetzt nur nicht mit Humphrey Edgerton und seinen schwarzen Studenten. Wenn sie es nicht waren, dann besorgen wir ihnen eben einen guten Anwalt.«

»Eines Verbrechens beschuldigt zu werden ist schrecklich, auch wenn man nicht verurteilt wird. Ich weiß nicht recht, wie ich mich ausdrücken soll, aber...«

»Ich weiß schon, was du meinst«, sagte Kate. »Machen wir es doch einfach so: Wir zwei hecken einen vernünftigen Plan aus, ich halte mich daran, und kommt nichts dabei heraus, dann lasse ich die ganze Sache. Immerhin habe ich dann alles versucht.«

»Ich schlage vor«, sagte Edna und legte die Füße auf den Schreibtisch, »wir versuchen, Leute zu finden, die dir helfen. Ich denke dabei nicht einfach an Leute, die du ausfragen kannst, wie Butler oder die köstliche Witwe. Ich meine ein richtiges Helferteam.«

»Mach nur weiter«, sagte Kate. »Wir bitten den Rektor oder einen seiner Stellvertreter, einen Untersuchungsausschuß einzuberufen. Wenn das dein Plan ist, warum hast du ihn dann nicht vorgeschlagen, bevor du mich in die Sache verwickelt hast?«

Edna sagte: »Morgen ist ein Treffen aller weiblichen Lehrkräfte dieser Universität. Das ist dir bestimmt entgangen.«

»Du irrst, ich weiß davon, allerdings erst seit heute, und wollte dir schon vorschlagen, das heißt, dich fragen, ob vielleicht...«

»Na siehst du«, sagte Edna.

»Und wenn sie Nein sagen?«

»Wir können nicht auf alle rechnen, aber auf einige bestimmt, die sich in den verschiedenen Fachbereichen umhören und dich mit dem versorgen, was man unter flächendeckender Berichterstattung versteht.«

»Und was ist mit den Fachbereichen, an denen es keine Frau mit Lehrstuhl gibt?«

»Es müssen ja nicht unbedingt Frauen mit Lehrstuhl sein«, sagte Edna. »An zu vielen Fachbereichen gibt es keine, aber alle haben heutzutage schließlich Dozentinnen und Lehrbeauftragte. Und die jüngeren unter ihnen sind, wenn sie nicht nur ihre Karriere im Kopf haben, oft recht mutig, habe ich festgestellt. Was meinst du?«

»Ich habe das sichere Gefühl, daß die Verwaltung über dieses kleine Manöver nicht sehr glücklich sein wird«, sagte Kate, die begann, Gefallen an der Idee zu finden.

Edna sagte: »Die Verwaltung hat sich für dich entschieden und muß dich tun lassen, was du für richtig hältst. Versuch morgen dein Glück und sieh, wie die Sitzung läuft.«

»Das heißt, ich muß ihnen von meinen Ermittlungen erzählen. Dann weiß es im Nu die ganze Universität.«

»Die wird es sowieso bald wissen. Wie gesagt, Geheimniskrämerei ist – außer in ganz bestimmten Fällen – eine Strategie der männlichen Machtstruktur, um ihre Domäne zu behaupten. Und solltest du diesen Satz je zitieren, dann nehme ich mir ein Beispiel an der lustigen Witwe und streite einfach alles ab. Trinken wir noch einen!«

Die Treffen der an der Universität lehrenden Frauen waren Ende der achtziger Jahre fast schon zu einer Routineangelegenheit geworden. Nach Jahren spannungsgeladener Sitzungen, in denen es darum ging, überhaupt erst die Existenz von Frauen auf diesem Campus bewußt zu machen, hatte sich der Ton dieser Konferenzen verändert. Es ging nicht mehr nur um Selbstbehauptung, sondern um theoretische Fragen. Gleichzeitig war die Atmosphäre persönlicher geworden und viel heiterer. Die Professorinnen, die Interesse an einem Gedankenaustausch mit Kolleginnen aus anderen Fachbereichen hatten und sich nicht daran störten, als ›lehrende Frauen‹ klassifiziert zu werden (im Gegensatz zum vermeintlich geschlechtslosen ›Lehrkörper‹), trafen sich kontinuierlich, wenn auch unregelmäßig. Nicht zu jedem Treffen kamen alle Professorinnen und Dozentinnen. Aber die Frauen, die diese Treffen schätzten, schrieben eine kurze Notiz, wenn sie fernblieben, und versuchten, mindestens ein oder zwei Mal pro Jahr anwesend zu sein. Jene, die diese Sitzungen ablehnten, reagierten und erschienen, obwohl regelmäßig eingeladen, nicht – außer einer Professorin, die einmal einen leidenschaftlichen Brief geschrieben hatte. Wenn Frauen nur darauf aus seien, »Ärger zu machen«, hieß es darin, würden sie sich bei der Verwaltung kaum beliebt machen. Die Antwort – daß Frauen jahrhundertelang keinen Ärger gemacht hatten, ohne sich dadurch bei den Institutionen der Macht im mindesten beliebt zu machen – zeitigte keine erkennbare Wirkung. Abgesehen von einer Ausnahme befürwortete keine einzige der älteren Professorinnen diese Treffen. Kates Favoritin war eine Philosophieprofessorin, die, was einzigartig in der Geschichte dieses Fachbereichs war, einen Lehrstuhl innehatte, weil der damalige Fachbereichsvorsitzende mit ihr zusammenlebte und gedroht hatte, die Universität zu verlassen, wenn sie nicht berufen würde. Diese Situation steckte voller wunderbarer Ironie: Zum einen war die Frau in der Tat brillant und hatte den Lehrstuhl wirklich verdient. Ohne die Intervention ihres Gefährten hätte sie ihn – als Frau – zu jener Zeit jedoch nicht bekommen. Zum anderen war sie eine entschiedene Gegnerin jeder Form von Feminismus und betonte immer wieder mit Nachdruck, jede Frau, die qualifiziert genug sei, könnte das gleiche erreichen wie sie. Keine einzige Feministin an der Universität hatte je den Mut gefunden, dieser ehrwürdigen Philosophieprofessorin gegenüber »respektlos« zu sein und ihr die grundsätzliche Widersprüchlichkeit ihrer Situation vor Augen zu führen.

Die Treffen verliefen sehr zwanglos. Sherry wurde gereicht. Kate, die Sherry verabscheute, trank stets Mineralwasser und genoß die Gespräche. Nach dem ersten allgemeinen Begrüßungswirbel fragte die Frau, die die Treffen einberief und die – einzigartig an dieser Universität, wo jeder unter Arbeitsüberlastung litt – der rührige Geist des Ganzen war, ob ein Thema zur allgemeinen Diskussion anstehe oder ob jemand ein spezielles Anliegen habe. Normalerweise riefen diejenigen, die einen bestimmten Tagesordnungspunkt im Kopf hatten, am Tag vorher an, um ihn durchzugeben. Genau dies hatte Kate nach ihrem Gespräch mit Edna Hoskins getan. Und während sie die Frau, die die Sitzung leitete, mit großer Zuneigung und Bewunderung betrachtete, wartete sie, bis diese ihr das Wort erteilte.

Miriam Rubin war Anfang sechzig und hatte sich die Freiheit genommen, alt zu werden, ohne ihren Stil im geringsten zu verändern. Sie war eine winzige Person – viele nannten sie Dr. Ruth, nach einer ebenso kleinen und zierlichen Ärztin, die als Ratgeberin für sexuelle Probleme im Fernsehen auftrat; und es fiel in der Tat nicht schwer, sich Miriam in dieser Rolle vorzustellen. Sie war die offenherzigste Frau, die Kate je kennengelernt hatte, und herrlich gleichgültig gegenüber dem, was andere von ihr dachten – außer den wenigen, die sie sich zu lieben entschlossen hatte. Dazu gehörten ihr Mann, ihre Kinder, einige wenige Freunde (alle männlich) aus den alten Tagen und die Jack-Russell-Terrier, die sie und ihr Mann in ihrem Vorstadthaus züchteten. Kate bewunderte Miriam, der Vorsicht und politisches Taktieren gänzlich fremd waren und die mit ihrem Mut anderen Mut machte, ohne daß es ihr bewußt gewesen wäre. Wie sehr sie geliebt wurde, war ihr ebensowenig klar.

Einige Angelegenheiten wurden besprochen, die, wie Miriam sagte, schon lange auf der Tagesordnung standen. Danach, kündigte sie an, wolle sie Kate das Wort geben, die etwas sehr Wichtiges vorzutragen habe. Miriam war unfähig, oder jedenfalls nicht bereit, Nachnamen in den Mund zu nehmen – ihr persönlicher Kampf gegen die Aufgeblasenheit männlicher Pädagogik.

Kate sagte: »Sie alle wissen, daß Professor Canfield Adams spätabends nach einem Sturz aus dem Fenster seines Büros gestorben ist. Die Polizei glaubt, daß er hinausgestoßen wurde, kurz, daß es sich um Mord handelt. Die Verwaltung dieser Universität ist unglücklich sowohl über die Schlüsse, die die Polizei bisher zog, wie auch über die Tatsache, daß die Sache noch nicht befriedigend aufgeklärt wurde. Sie bat mich, nach besten Kräften in dem Fall zu ermitteln.« Hier machte Kate eine Pause und holte tief Luft.

»Nun, soweit meine vorbereitete Rede«, sagte sie und legte das Papier aus der Hand, von dem sie abgelesen hatte. »Ich möchte noch einige Dinge hinzufügen, weiß aber nicht recht, wie ich mich am besten ausdrücke. Zuerst möchte ich Sie bitten, das nicht in der Öffentlichkeit zu diskutieren, denn es würde mir kaum weiterhelfen und die Chance – sollte sie überhaupt bestehen –, den Mörder zu finden, verringern. Meine nächste Bitte steht nun in völligem Widerspruch dazu: Ich bitte Sie, mir zu helfen, indem Sie alles in Erfahrung bringen und sich in Erinnerung rufen, das mir bei meiner schwierigen und unangenehmen Aufgabe helfen könnte. Alles, was Sie über Adams gehört haben – oder über diejenigen, die mit ihm zusammenarbeiteten oder in sonst einer Weise mit ihm zu tun hatten. Jeder Fakt oder Klatsch, jede Anekdote, egal, wie wichtig oder unwichtig sie Ihnen erscheinen mögen. Vielleicht wissen Sie von Zwischenfällen, die Sie nicht nur für bedauerlich halten, sondern auch für unwichtig. Trotzdem, ich würde gern davon erfahren. Außerdem würde ich gern alle Geschichten hören, die Sie Ihren Kollegen, Studenten, den Sekretärinnen oder anderen, die Adams kannten oder mit ihm zu tun hatten, entlocken können. Alles, gleichgültig, wie geringfügig es auch erscheinen mag, könnte hilfreich sein. Viele kleine Steinchen ergeben zum Schluß ein ganzes Bild. Ich versichere Ihnen, daß ich die Quellen aller Informationen, die ich benutze, nicht preisgeben werde und alles, das nicht zur Aufklärung des Falles beiträgt, für mich behalte.«

Inzwischen machte sich Unruhe im Raum breit, und

Kate hob die Hand. »Nur noch einen Moment, bitte. Lassen Sie mich eines hinzufügen: Ich würde Sie nicht um Hilfe bitten, wenn ich nicht darauf angewiesen wäre. Auch wenn ich diese Aufgabe höchst ungern übernommen habe, so bin ich doch davon überzeugt, daß es sehr gefährlich wäre, nichts zu tun und Polizei und Bezirksstaatsanwalt weitermachen zu lassen wie bisher. Unschuldige Menschen würden leiden, und bedauerliche Dinge würden geschehen. Ich brauche dringend Hilfe und suche sie bei einer Gruppe von Menschen, deren Fähigkeit, einander zu helfen, ich seit langem kenne und bewundere. Diejenigen unter Ihnen, die vielleicht keine konkreten Informationen haben, mir aber trotzdem helfen wollen, bitte ich, sich mit mir in Verbindung zu setzen. Ich werde versuchen, Ihre Fragen zu beantworten; aber wie Sie bald feststellen werden, weiß ich bisher so gut wie nichts.«

»Hat die Verwaltung Sie gebeten, diesen Job zu machen?« rief jemand.

»Ja«, sagte Kate. »Und ich war alles andere als erfreut darüber. Inzwischen bin ich aber davon überzeugt, daß die Verwaltung dieses Verbrechen wirklich aufklären will und keine sonderlich unlauteren Motive hat. Dekanin Edna Hoskins war bei den Gesprächen mit der Verwaltung anwesend und hat mich gedrängt, den Auftrag zu übernehmen. Sie weiß, wie widerwillig ich zugesagt habe.«

Miriam Rubin stand auf: »Können Sie uns die Fakten geben, *die* Sie haben?«

»Gern«, sagte Kate. »Aber wahrscheinlich kennen Sie sie alle schon; außerdem sind es sehr wenige. Professor Adams wurde am frühen Sonntagmorgen nach Thanksgiving von einem der Wachmänner gefunden. Die Leiche lag auf dem Gehweg vor der Levy Hall. Adams war aus dem Fenster seines Büros im siebten Stock gefallen oder gestoßen worden. Man fand keine Spuren von Verletzungen, außer eben denen, die durch den Sturz auf den Betonpfad verursacht waren; diese allerdings waren so schwer, daß sie eine möglicherweise vor dem Sturz zugefügte – tödliche – Wunde verdeckten oder schwer nachweisbar machten. Niemand ist gesehen worden, der mit Adams die Levy Hall betreten oder später verlassen hätte. Adams könnte hinausgesprungen sein; oder er hatte vielleicht einen Schwindelanfall, öffnete das Fenster, um Luft zu schnappen, und fiel hinaus. Der äußere Fenstersims ist allerdings so breit, daß ein Unfall so gut wie ausgeschlossen ist. Ebenso wird es für sehr unwahrscheinlich gehalten, daß Adams Selbstmord beging. Seine Witwe und ich sind die einzigen in seinem Umfeld mit einem hieb- und stichfesten Alibi: Sie war in Kalifornien, und ich war während der fraglichen Zeit in einem Arlo-Guthrie-Konzert. Wegen meines Alibis sowie der Tatsache, daß ich inoffiziell schon in einigen Fällen ermittelt habe, sah die Verwaltung in mir die geeignete Kandidatin für diese Aufgabe, wobei ersteres wohl mehr ins Gewicht fiel als letzteres.«

»Wie kam Adams in die Levy Hall?« fragte jemand.

»Mit Hilfe seines Schlüsselausweises. Er ging zur Wachzentrale, holte sich den Schlüssel und hinterließ seinen Personalausweis. Dort wurde er zum letzten Mal lebend gesehen, außer, wie man so schön sagt, von seinem Mörder, oder von sonst jemand, der sich bisher noch nicht gemeldet hat.«

Die Frauen saßen stumm da. Kate schlug vor, daß alle, die mit ihr sprechen wollten, sie entweder in ihrem Büro oder zu Hause anrufen oder ihr schreiben sollten. Sie gab beide Adressen und Telefonnummern. Noch einmal versprach sie, alle Mitteilungen vertraulich zu behandeln. Dann setzte sie sich und wünschte, nicht zum ersten Mal, auf diesen Treffen würde etwas anderes serviert als Sherry und Mineralwasser. Sie füllte ihr Wasserglas nach. Viele Frauen kamen zu ihr und versprachen, über ihr Verhältnis zu Adams oder Geschichten, die sie über ihn gehört hatten, nachzudenken. Andere hatten ihn nie kennengelernt, wollten sich aber umhören. Eine Frau, die Kate nicht kannte, erklärte, Kates Anliegen sei im höchsten Grade unmoralisch und verwerflich, und sie wolle nichts mit der Sache zu tun haben. Kate dankte ihr für ihre Offenheit. »Glauben Sie mir, auch ich wollte nichts damit zu tun haben«, fügte sie hinzu. Aber die Frau guckte ungläubig. Wer wollte ihr das verübeln, dachte Kate. Was wir tun, zählt, und nicht, was wir sagen.

Genau das sagte sie zu Reed, als er sie später am Abend aus Holland anrief. »Trotzdem«, antwortete er, »Deine Idee, die Frauen um Mithilfe zu bitten, ist ein guter Anfang. Außerdem solltest du unbedingt herausfinden, was Adams an jenem Samstag unternommen hat.«

»Er wird wohl kaum gewußt haben, daß das der letzte Tag seines Lebens war. Wahrscheinlich blieb er zu Hause, arbeitete an seinen Druckfahnen und ging in sein Büro, um eine Fußnote zu überprüfen.«

»Wahrscheinlich. Aber irgend jemand wußte zumindest, daß er dorthin ging. Ich glaube einfach nicht, daß er zufällig jemand begegnete, dieser ihn in sein Büro begleitete und in einem Impuls aus dem Fenster stieß. Theoretisch wäre es natürlich möglich, aber ich halte es für ausgeschlossen. Das wäre nur denkbar, wenn die Person schon lange einen tiefen Groll gegen Adams hegte, und das müßte ja herauszufinden sein.«

»Schließlich gibt es immer auch den verrückten Mörder. Nicht fair gegenüber den Lesern von Kriminalromanen, aber er kommt nun mal vor im Leben, oder nicht?«

»Aber nicht bei einem Fall wie diesem. Das glaube ich einfach nicht. Wer es auch war – er kannte das Opfer und haßte es. Und genau deshalb wird es möglich sein, das Verbrechen aufzuklären. Je größer das Netz ist, das du auswirfst, desto mehr Hinweise wirst du an Land ziehen.«

Edna, die anrief, um zu hören, wie das Treffen gelaufen war, sagte mehr oder weniger das gleiche. »Hast du erwähnt, welch ein Dreckskerl Adams war?« fragte Edna.

»Nein, habe ich nicht. Ich dachte mir, entweder wissen

sie es ohnehin oder sie werden es bald selbst herausfinden. Und ich wollte mich nicht aufführen, als organisierte ich eine Vendetta oder dergleichen.«

»Kluge Frau. Irgend etwas wird dabei herauskommen, du wirst schon sehen.«

»In der Zwischenzeit, meint Reed, sollte ich herausfinden, wo Adams den Samstag verbracht hat. In der Bibliothek war er nicht. Die war geschlossen.«

»Vielleicht ist er deshalb in sein Büro gegangen.«

»Edna, was hältst du davon, wenn ich eine Anzeige in der Studentenzeitung aufgebe: Jeder, der Adams an dem Samstag gesehen hat, soll sich bei mir melden.«

»Keine gute Idee. Die Studentenzeitung könnte sich animiert fühlen, über deine Ermittlung zu berichten. Und allzu große Publizität wollen wir, zumindest im Augenblick, auf keinen Fall. Ganz wird das nach dem Treffen heute wahrscheinlich ohnehin nicht zu verhindern sein, trotzdem, eine Anzeige in der Studentenzeitung wäre im Moment einfach nicht angebracht. Moment mal, ich habe eine andere Idee. Was hältst du davon, wenn ich eine Anzeige aufgebe: Jeder, der an dem langen Wochenende, von Donnerstag bis Sonntag also, auf dem Campus war, möchte sich melden und an einer Studie über Depressionen an Feiertagen mitarbeiten. Als Adressat gebe ich den Fachbereich Psychologie an. Dort habe ich eine Freundin, die mir noch einen Gefallen schuldet. Das wäre doch ein Anfang. Und hör zu, mir ist noch eine andere Idee gekommen. Ich werde mit meiner unschätzbaren Sekretärin sprechen und sie bitten, mit den anderen unschätzbaren Sekretärinnen zu reden. Sie alle sind das sine qua non der Universität, das ›ohne die geht nichts‹. Was die nicht wissen, ist wahrscheinlich kaum wissenswert. Sie sollen alle Informationen an mich weiterleiten, und ich, meine Liebe, werde sie an dich weiterleiten.«

»Edna, *du* solltest die Ermittlung durchführen.«

»Natürlich, Kate. Mit deiner Hilfe. Genau so, nur in größerem Rahmen, leite ich die Universität. Was hast du gedacht, wie die Verwaltung arbeitet? Morgen gebe ich die Anzeige auf.«

Kate wurde klar, daß ihr langes Warten bevorstand, ein Zustand, den sie noch nie gemocht hatte. Aber ihr fiel auf, wie schon häufiger in letzter Zeit, daß mit dem Älterwerden ihre Geduld gewachsen war – ebenso wie die Erkenntnis, daß die Dinge zu überstürzen Gefahren barg. Kate ging eine Geschichte durch den Kopf, die sie kürzlich über einen Biologen gehört hatte: Er und seine Studenten beobachteten, wie sich ein Schmetterling langsam aus seiner Larve herausschälte und sich unter Qualen abmühte, seine fest zusammengefalteten Flügel auszubreiten. Der Wissenschaftler, voller Ungeduld, wollte nachhelfen, zog die Flügel auseinander und beschädigte sie für immer. Er hatte seinen Studenten eine Lektion erteilt. Es führte kein Weg daran vorbei – man mußte lernen zu warten.

In der Zwischenzeit widmete sich Kate dem einzigen greifbaren Beitrag, den die Verwaltung bisher zu ihrem Unterfangen geleistet hatte: einem Ordner mit allen Unterlagen, die die Universität über Professor Adams besaß. Kate blätterte ihn durch und war verblüfft. Wie erwartet, enthielt er die jährlichen Ergänzungen zu Adams' *curriculum vitae* – ebenso wie Angaben über die Höhe seines Gehalts und seiner Freisemester. Außerdem waren in dem Ordner alle Zeitungs- und Zeitschriftenausschnitte gesammelt, in denen Adams und die Universität erwähnt wurden (woraus Kate schloß, daß die Universität ein Pressebüro unterhielt), ferner eine Liste aller Vorlesungen und Seminare, die Adams gehalten hatte, und deren Teilnehmerzahlen (Kate hatte keine Ahnung gehabt, daß auch darüber Buch geführt wurde). Außerdem enthielt die Akte Kopien aller Briefe, die Adams je an die Verwaltung geschrieben hatte. Zumeist waren es Beschwerden über irgendeine anstehende, ihm widerstrebende Änderung, oder er forderte Vergünstigungen, angefangen von Reisezuschüssen bis hin zu der Bitte, Freunde von ihm als außerordentliche Professoren zu berufen. Dann folgten Beschwerden von Studenten über ihn (bemerkenswert viele, fand Kate; sie hatte bisher nicht gewußt, daß auch so etwas abgeheftet und aufbewahrt wurde). Als nächstes stieß sie auf verschiedene technische Details, wie das Bankkonto, auf das sein Gehalt überwiesen wurde, seine Versicherung, zusätzliche Einzahlungen in seinen Pensionsfonds und Einzelheiten über seine Familie – seine Kinder, seine Ehen. Kate wußte, daß Adams für die Dauer von zwei Jahren Fachbereichsvorsitzender gewesen war, und aus jener Zeit gab es eine ansehnliche Korrespondenz, vor allem Adams' von Mal zu Mal verbittertere Beschwerdebriefe an verschiedene Dekane und Vizepräsidenten. Es ging darin um Angelegenheiten seines eigenen Fachbereichs und um die Universitätspolitik insgesamt.

Natürlich fragte Kate sich, ob über sie eine ähnliche Akte geführt wurde und kam zu dem Schluß, daß dies wohl der Fall war – allerdings war *sie* nie Fachbereichsvorsitzende gewesen und hatte, soweit sie sich erinnern konnte, auch nie einen Beschwerdebrief an die Verwaltung geschrieben. Ob es studentische Beschwerdebriefe über sie gab oder nicht, würde sie wohl nie erfahren – es sei denn, sie würde ermordet. Erfreut stellte sie fest, daß diese Frage sie nicht besonders interessierte, ja nicht einmal neugierig machte. Ich werde alt, dachte sie.

Auch Adams war alt geworden. Ein Ordner, in dem die Fakten seines Lebens gesammelt waren, konnte die innere Angst eines Menschen vor dem Alter wohl kaum dokumentieren. Trotzdem wurde diese Angst in Adams' Akte nur allzu deutlich: Er verriet sie in seinem Groll gegen eine Jugend, die Privilegien genoß, die ihm als jungem Mann vorenthalten worden waren; in seiner zunehmenden Kleinlichkeit; in seiner Ehe mit einer fast zwanzig Jahre jüngeren und so ganz und gar unintellektuellen Frau; in der Spärlichkeit seiner Publikationen und darin, daß er unbedeutende Ereignisse festhielt, was immer ein Anzeichen nachlassender Kräfte und schwindender geistiger Regheit war. In der Rubrik »Werke in Arbeit« entdeckte Kate in einem Jahre zurückliegenden Eintrag einen ersten Hinweis auf sein neues Buch. Es zu veröffentlichen, mußte für einen unproduktiven Gelehrten wie Adams sehr wichtig gewesen sein, egal, ob es nun öffentliche Anerkennung fand oder nicht. Seine auf den neuesten Stand gebrachte *vita* enthielt jedoch nicht den Hinweis »wird demnächst bei der Harvard Press erscheinen«. Angesichts der Zeit, die Verlage brauchten, um aus einem Manuskript ein Buch zu machen, ganz zu schweigen von den Ewigkeiten, die es dauerte, bis die leitenden Gremien der Universitätsverlage sich überhaupt zur Veröffentlichung entschlossen (stets erst nach sorgfältiger Prüfung und Hinzuziehung aller möglichen Experten), hätte Adams' im letzten Jahr ergänzte *vita* einen Vermerk enthalten müssen, daß sein Buch zur Veröffentlichung anstand. Vielleicht wollte er dessen Erscheinen geheimhalten und seine mißgünstigen Kollegen damit überraschen. Kate beschloß, sich so schnell wie möglich ein Exemplar des Manuskripts zu besorgen, und stellte dabei fest, daß sie nicht einmal den Titel kannte. Ohne die Bemerkung der göttlichen Cecelia hätte sie nicht einmal gewußt, daß es überhaupt in Vorbereitung war.

Nachdem sie sich notiert hatte, Vizepräsident Noble, ihren offiziellen Ansprechpartner, um eine Kopie des Manuskripts zu bitten, erklärte Kate den Tag für beendet. Die Frage ist nur, dachte sie, ob er auch ein guter Anfang war.

Fünf

> Wenn du träumen kannst – ohne Träume zu
> deinem Herrn zu machen;
> wenn du denken kannst – ohne Gedanken zu
> deinem Ziel zu machen

Während Kate auf Informationen über Adams' Buch und Reaktionen von den Dozentinnen und Sekretärinnen wartete, beschloß sie, mit den Söhnen von Canfield Adams Kontakt aufzunehmen. Sie blätterte gerade ihren Materialordner durch (Vizepräsident Noble zu verdanken) auf der Suche nach deren Adressen, als das Telefon klingelte. »Spreche ich mit Frau Professor Fansler?« fragte eine ältere männliche Stimme. Kate bejahte. »Sie kennen mich nicht«, fuhr der Mann fort. »Ich bin ein Ehemaliger Ihrer Universität und gehöre zu deren ›Freundeskreis‹, wie er euphemistisch genannt wird. Das heißt, ich beglücke die Universität regelmäßig mit einer Geldspende. Meine Tochter ist mit einer der Professorinnen befreundet und sagte mir, Sie möchten mit allen sprechen, die Professor Adams gekannt haben. Ich war in vielen seiner Vorlesungen und Seminare und bin gern bereit, Ihnen alles über ihn zu sagen, was ich weiß. Ich kann mir zwar nicht vorstellen, daß es von irgendwelchem Nutzen für Sie ist, aber meine Tochter drängte mich, Sie anzurufen. Ich heiße übrigens Witherspoon: Gabriel Witherspoon.«

Das funktioniert ja phantastisch, dachte Kate. »Ich würde mich sehr gern mit Ihnen unterhalten, Mr. Witherspoon. Wollen wir gleich einen Termin vereinbaren?«

»Warum kommen Sie nicht zum Tee?« fragte Mr. Witherspoon. »Das erspart mir den Weg zur Universität. Vielleicht kann ich Sie mit dem exzellenten, von meiner Köchin gebackenen Rührkuchen locken?«

»Wer könnte da widerstehen?« sagte Kate, und sie fanden einen Nachmittag, der beiden paßte. Kate notierte sich die Adresse, Park Avenue, auf der Höhe der Siebzigsten Straße, und beschloß, sie nachzuprüfen. An irgendwelchen am Telefon durchgesagten fremden Adressen aufzukreuzen, konnte dazu führen, daß man sich in einer peinlichen oder sogar gefährlichen Situation wiederfand. Sie wählte Nobles Sekretärin an, die versprach, sie so schnell wie möglich mit der gewünschten Information zurückzurufen. Und da Kate schon dabei war, bat sie auch gleich um die Adressen der Adams-Söhne. Egal, was dabei herauskommen mag, dachte sie, einmal in meinem Leben bin ich in der Lage, mit dem Finger zu schnippen und alle für mich springen zu sehen – auf Dauer schlecht für den Charakter, aber als einmalige Erfahrung ein Vergnügen.

In der Tat rief die Sekretärin mit löblicher Promptheit zurück. Zunächst die Wohnorte der Adams-Söhne. Kate notierte sie sich und erfuhr zu ihrer Befriedigung, daß die Universität alle Reisekosten übernehme, die im Laufe der Untersuchung anfielen. Was allerdings Mr. Gabriel Witherspoon beträfe, so würde Vizepräsident Noble gern persönlich mit Frau Professor Fansler sprechen. Juchhee, dachte Kate, entweder ist dieser Mr. Witherspoon ein großer Wohltäter der Universität oder ein peinlicher Schwachkopf. Aber nach nur dreißig Sekunden Noble'scher Wortkaskaden wußte Kate, daß Gabriel Witherspoon zur ersten Kategorie gehörte. »Ich weiß nicht, wie Sie mit ihm in Kontakt gekommen sind«, sagte Noble und hielt gerade lang genug inne für eine Erklärung, die Kate aber nicht gab. »Sie müssen wissen, er ist einer unserer großzügigsten Spender«, fuhr Noble fort. »Und ich hoffe sehr...« Seine Stimme verebbte. Kate reagierte beruhigend, aber unverbindlich.

»Ich werde ihn natürlich nicht verschrecken und die Universität als Tummelplatz von Mördern bezeichnen«, sagte sie. »Aber ich muß wissen, was er zu sagen hat, und ihm Fragen stellen. Sollten Ihnen oder sonst jemand in der Verwaltung inzwischen Bedenken hinsichtlich meiner Ermittlung gekommen sein, so wäre jetzt der Zeitpunkt, es zu sagen. Ich werde mit Freuden abdanken. Aber wenn ich weitermachen soll, müssen Sie mir helfen, statt mich ständig zur Vorsicht zu mahnen. Können wir uns darauf einigen, oder möchten Sie Bedenkzeit, ehe ich mich weiter in die Sache vertiefe? Ich kann Mr. Witherspoon oder jedem anderen jederzeit absagen.«

Noble klang versöhnlich, aber unverkennbar nervös. Kate beschloß, nicht locker zu lassen. »Wenn Sie glauben, Sie könnten diesen Mord, oder sagen wir lieber: dieses Rätsel ohne Erinnerungen, Ressentiments oder böses Blut aufklären, dann sind Sie naiv, und ich muß Sie dringend bitten, das Ganze noch einmal zu überdenken. Ich muß mit den Leuten reden, und dabei werden zweifellos Dinge zur Sprache kommen, die Sie vielleicht nicht gern in den höheren akademischen Rängen erörtert sehen. Aber das Problem, das wir vor uns haben, läßt sich nicht diskret und hinter den Kulissen lösen. Überlegen Sie es sich also gut. Möchten Sie, daß ich warte, bis Sie sich mit den anderen beraten haben?«

»Nein«, sagte Noble ziemlich schroff. »Das wird nicht nötig sein.«

Kate war sich bewußt, daß ein gewisser unüberhörbarer Spott in ihrer Stimme mitgeschwungen hatte. Die Leute glaubten immer, Geheimnisse könnten unter allen Umständen gewahrt werden. Kates Erfahrung nach gelang das selten genug – und während der Ermittlung in einem Mordfall schon gar nicht.

Mr. Witherspoon hatte den übermorgigen Tag für ihr Treffen vorgeschlagen. Auf die Minute pünktlich stand Kate vor dem Eingang des Apartmenthauses in der Park Avenue. Der Pförtner griff zum Telefon, um sie anzumelden, und empfahl ihr, im siebten Stock auszusteigen. Mr. Witherspoon bewohnte offenbar eine zweistöckige Wohnung.

Im siebten Stock öffnete ein Dienstmädchen in weißer Schürze die Tür, und Kate fühlte sich sofort in ihre Kindheit zurückversetzt – außer daß sie als Kind, wenn sie ihre Freundinnen besuchte, zum Geschoß mit den Schlaf- und Kinderzimmern fuhr und ins Zentrum des Familienlebens eingeladen war. Der untere Stock war für die Vergnügungen der Erwachsenen gedacht, Sherry in der Bibliothek, förmliches Dinner im Eßzimmer. Meistens wurde den Freundinnen jener Tage das Abendessen auf einem Tablett in ihre Zimmer gebracht – kuschelig, unendlich intim und privilegiert. Oft, erinnerte Kate sich, gab es einen jüngeren Bruder, der sich ihnen nur gar zu gern angeschlossen hätte, es aber unter seiner Würde fand, darum zu bitten. Die nettesten ihrer Freundinnen ließen ihn jeweils herein, forderten als Preis die Hälfte seines Nachtischs – nicht, weil sie ihn unbedingt gewollt hätten, sondern weil der kleine Bruder seinen Stolz wahren konnte, wenn er sich in ihre Gesellschaft einkaufte. Einem jüngeren Bruder vorzuspielen, seine Gesellschaft sei erwünscht, war undenkbar; und Mitleid zu zeigen, wäre ein noch größerer Verstoß gewesen. Wie subtil die Politik im Kinderzimmer doch war, dachte Kate. Sie, die nur zwei viel ältere Brüder hatte, war immer wieder verblüfft gewesen über die Komplikationen der Familiendynamik.

Das Mädchen führte Kate in die Bibliothek, wo Mr. Witherspoon aufstand, um sie zu begrüßen. Ob er wohl auch einst ein kleiner Bruder in jener Sphäre gewesen war, an die sie sich gerade erinnert hatte – kurz, ob beide wohl der gleichen Welt entstammten? Falls Mr. Witherspoon wußte, daß es so war – sehr wahrscheinlich, denn der Name Fansler war gut bekannt in den besseren Kreisen der Stadt –, so verriet er es nicht. Sie kam als Professorin und Wissenschaftlerin, und er bot ihr Sherry und Informationen in der Bibliothek an. Kates Wissen um die Spielregeln zwang sie, den Sherry zu akzeptieren.

»Wann haben Sie bei Professor Adams studiert?« fragte sie, tat, als nehme sie einen Schluck aus ihrem Glas und stellte es dann ab.

»Das«, sagte Mr. Witherspoon, »ist eine lange Geschichte. Als ich mit fünfundsechzig in den Ruhestand ging, beschloß ich, mich einem Gebiet zu widmen, das mich schon immer fasziniert hat: den Kreuzzügen. Interessieren Sie sich dafür?« fragte er (ob erwartungsvoll oder nicht, konnte Kate nicht recht entscheiden). Sie schüttelte den Kopf, hoffte aber, trotzdem Neugier zu signalisieren.

»Ich schrieb mich im Fachbereich Geschichte an der Universität ein und war entschlossen, so viel wie möglich über die Kreuzzüge zu lernen und gleichzeitig meinen Magister zu machen. Der Fachbereichsvorsitzende führte ein sehr langes und überaus freundliches Gespräch mit mir (darauf möchte ich wetten, dachte Kate – der Dekan, wenn nicht gar der Präsident selbst, werden dafür gesorgt haben) und sagte mir, im kommenden Semester gäbe es leider keine Kurse über die Kreuzzüge. Das Angebot für Studienanfänger im Fachbereich Geschichte erschöpfe sich in Einführungskursen ins Mittelalter. Aber, fuhr der Vorsitzende fort, hätte ich je daran gedacht, mich mit der Kultur zu befassen, die die Kreuzzüge bekämpften: dem Islam? Ich hatte nicht daran gedacht, aber er überredete mich förmlich. Er sagte, an der Universität gäbe es zufällig einen Professor, der meinen Wünschen genau entspräche, wenn ich nur bereit sei, mein Interessengebiet sozusagen vom anderen Ende her anzugehen. Und damit war natürlich Professor Adams gemeint. Auf höchst diskrete Weise gab mir der Vorsitzende dann zu verstehen, daß Professor Adams bei Studienanfängern nicht gerade beliebt sei, mir aber vielleicht doch liegen könnte. Langer Rede kurzer Sinn: Ich war einverstanden und ging zu Professor Adams. Sein Wissen über den Islam war mitreißend, und ich studierte vier Jahre lang bei ihm, machte meinen Magister, an den ich die Promotion anschließen wollte, aber dazu kam es dann nicht.«

»Wieviele Kurse hatten Sie insgesamt bei Professor Adams belegt?« fragte Kate. Sie war hingerissen von Gabriel Witherspoon. Seine Art, eine lange Rede kurz zu machen, machte, ebenso wie sein Zuhause, die Welt ihrer Eltern wieder lebendig.

»Eine ganze Menge. Ich kann in meinen Unterlagen nachsehen und Ihnen die exakten Titel nennen, falls es Sie interessiert. Außerdem veranstaltete er in seinem Büro eine Art Privatunterricht für bevorzugte Studenten. Ich fand ihn äußerst beeindruckend und verlor die Kreuzzüge ganz aus dem Auge. Mein ganzes Interesse galt nun dem Islam. Ich war erschüttert, als ich von Professor Adams' Tod hörte.«

»Hatten Sie in der letzten Zeit Kontakt zu ihm?«

»Die Universität veranstaltet mehrmals im Jahr ein Bankett für die Geldgeber – um sie günstig zu stimmen, obwohl natürlich immer ein anderer Anlaß als Vorwand dient –, und Adams wurde oft an meinen Tisch gebeten. Die Universität bestand sicher auf seiner Anwesenheit; aber auf mich wirkte Adams nicht wie jemand, der gekommen wäre, wenn er nicht gewollt hätte. Zu einem dieser Dinner brachte er seine neue junge Frau mit, aber sie fand das Brimborium langweilig und erschien nie wieder. Ich war ein wenig überrascht, daß er sie geheiratet hatte. Aber solche Mai-Dezember-Verbindungen gibt es öfter, als man glauben will.« Mr. Witherspoon deutete so äußerst diskret seine Mißbilligung an. »Ich nehme an«, fügte er hinzu, »seine Frau wird in keiner Weise im Zusammenhang mit seinem Tod verdächtigt?« Dies war keine echte Frage, eher eine Hoffnung, und Kate bestätigte sie.

»Sie war zur fraglichen Zeit in Kalifornien. Könnten Sie mir Professor Adams schildern? Was Sie von ihm hielten, als Mensch, als Individuum meine ich, nicht als Islam-Experte, obwohl auch das mich natürlich interessieren würde. Im Lauf der Jahre müssen Sie doch einen klaren Eindruck von ihm gewonnen haben, und wenn Sie sich vielleicht auch scheuen, Gemeinplätze über ihn zu verbreiten – nun, auch meine Frage zielt nicht auf Gemeinplätze.«

»Ich sehe schon, Sie mögen keinen Sherry. Und eben fällt mir ein, daß ich Ihnen ja Tee versprach und Sie nicht mit Sherry hätte abspeisen sollen. Würden Sie mich einen Augenblick entschuldigen? Ich will sehen, ob ich nicht doch noch Tee für uns auftreiben kann.« Kate lächelte; er ging hinaus und ließ sie allein – für Kate ein untrügliches Zeichen, daß er ihr vertraute. Sie hatte die Prüfung bestanden. Ihre Gabe, das Vertrauen von Leuten wie Witherspoon zu gewinnen, war einer ihrer größten Pluspunkte als Ermittlerin, so ungern sie sich dies auch eingestand oder darüber nachdachte. Trotz ihrer offenen Differenzen mit dem Establishment, qua Geburt gehörte sie dazu, und das spürte man.

Witherspoon kam zurück. Während sie auf den Tee warteten, setzten sie das Gespräch fort. Er stellte Kates Sherryglas zur Seite. »Ich verstand, warum Adams bei den Studenten nicht beliebt war. Ich verstand es um so besser, als die Gründe dafür ihn mir sympathisch machten. Er scheute vor jeder persönlichen Nähe zurück, hatte Angst, etwas von sich preiszugeben oder Schwäche zu zeigen. Er war – wie ich, zumindest früher – von der ›alten Schule‹: stolz, nach außen hin hart und gefühllos, aber darunter hatte er Angst vor Gefühlen oder davor, jemand zu nah an sich heranzulassen. Das Problem bei Adams war meiner Meinung nach, daß er sich einen Beruf ausgesucht hatte, für den er die falsche Persönlichkeit mitbrachte. In der Industrie oder im Rechtswesen kann man über Fälle und Probleme sprechen und alles Persönliche dabei heraushalten. Ich glaube, in der akademischen Welt ist das nicht so leicht durchzuhalten. Aber das werden Sie besser beurteilen können als ich. Was ich sagen will, ist folgendes: In der Juristerei und im Geschäftsleben kann man sich bis zu einem gewissen Grad den Rat anderer einholen, das ist Usus und kein Zeichen von Schwäche. Aber in der akademischen Welt, zumindest wie Adams sie sah, konnte man keine Kollegen konsultieren, ohne Schwäche zuzugeben oder an Macht zu verlieren. Folglich beriet er sich mit niemandem, und da er kein Korrektiv hatte, machte er Fehler. So sehe ich ihn. Im Laufe der Jahre nahm er auch immer seltener an Fachdiskussionen teil, machte daher immer mehr Fehler und wurde sehr einsam. Ich habe den Verdacht, daß diese Einsamkeit die Ursache vieler Torheiten war. Wie die aussahen, kann ich Ihnen allerdings nicht sagen. Mir gegenüber verhielt er sich stets fair. Ich bewunderte und verehrte ihn, kurz, ich war bereit, seine Autorität anzuerkennen. Ich forderte ihn nicht heraus. Er wußte, daß ich weder ein Kollege noch ein Konkurrent werden würde. Wir kamen gut miteinander aus. Und hier kommt der Tee.«

»Wollen Sie einschenken?« fragte er.

Und Kate schenkte ein. Auf dem Tablett lagen köstliche Sandwiches, hausgemachtes Gebäck und hauchdünn geschnittene Zitronenscheiben. Alles, wie es sich gehörte. Kate lehnte sich mit ihrem Tee – Zitrone, kein Zucker – und einem Sandwich zurück.

»Ich finde, Sie haben ihn sehr gut beschrieben«, sagte sie. »Was Sie sagen, paßt genau zu dem Eindruck, den ich von ihm hatte, sowohl von den wenigen persönlichen Begegnungen her wie nach allem, was ich über ihn hörte. Ich kenne einige Menschen wie ihn: ihre Einsamkeit wirkt wie Stärke. Die meisten von ihnen beginnen ihre Karriere mit großer Begabung und viel Lob. Aber irgendwann entwickeln sie eine Abwehrhaltung, sie erstarren und umgeben sich mit einem festen Panzer, der nicht mehr durchlässig ist für die Ansichten oder Ratschläge anderer. Alle, die anderer Meinung sind oder aus anderen Überzeugungen heraus handeln, werden als Bedrohung und Gefahr empfunden. Da Adams jedoch in seiner Jugend den Mut hatte, sich dem Islam, einer völlig fremden Kultur, zuzuwenden, finde ich es um so trauriger, daß er sich später jedem Neuen so rigide verweigerte.«

»Sie sagen es!« stimmte Mr. Witherspoon zu. »Und ich muß Ihnen gestehen: Er tat mir leid – auch wenn ich ihn bewunderte. Bei der einen Gelegenheit zum Beispiel, bei der ich seine Frau traf, war ich überaus höflich zu ihr. Aber ich bin mir sicher, Adams spürte genau daran, wie sonderbar ich seine Ehe fand. Vielleicht bilde ich mir das auch nur ein. Wir sprachen ausschließlich über den Islam, und ich machte nie den Versuch, ihm persönlich näherzukommen. Heute wünsche ich mir, ich hätte es getan. Glauben Sie, er beging Selbstmord?«

Kate, der die Pause vor dem »beging Selbstmord« nicht entgangen war und die sah, wie Mr. Witherspoon sich mühte, nicht der Versuchung einer euphemistischen Ausdrucksweise zu erliegen, antwortete mit der gleichen Offenheit. »Es ist nicht unmöglich, aber sehr unwahrscheinlich. Er hätte das Fenster öffnen, auf den breiten Außensims klettern und dann springen oder sich hinunterfallen lassen müssen. So etwas tut man nur aus einem Impuls heraus, und er war kein impulsiver Mann.«

»Woher wissen Sie, daß er nicht schon geraume Zeit mit Selbstmordgedanken spielte?«

»Ich glaube nicht, und Sie bestimmt auch nicht, daß er gestorben wäre, ohne eine Zeile zu hinterlassen und ohne die letzten Vorbereitungen für sein neues Buch abzuschließen. Noch weniger kann ich mir vorstellen, daß er sich auf dem Campus einer Universität umgebracht hätte, wo er vorher so erbarmungslos auf Diskretion bedacht war. Er hätte gewußt, wieviel Klatsch und Fragerei die Folge gewesen wären, und ich glaube einfach nicht, daß er das gewollt hätte. Sie?«

»Nein. Außerdem wirkte er auf mich auch nicht wie jemand, der Selbstmord begeht, es sei denn, er hätte eine tödliche Krankheit oder dergleichen gehabt, und ich nehme an, diese Möglichkeit kann man ausschließen?« Kate nickte. »Andererseits habe ich aber auch Schwierigkeiten, ihn mir als Mordopfer vorzustellen. Zweifellos langweilte und verdroß er viele Menschen, aber wenn das gleich zu Mord führte, könnten wir uns vor Mordfällen nicht mehr retten.«

»Genau. Ich glaube, er wurde hinausgestoßen, und ich

glaube, wer der Täter auch war, er haßte Adams so bitter, daß keine der üblichen akademischen Streitereien der Grund dafür sein konnte, auch wenn diese häufig sehr heftig sein können. Ich habe jetzt ein viel klareres Bild von Professor Adams. Dafür danke ich Ihnen sehr. Haben Sie vor, sich doch noch einmal den Kreuzzügen zuzuwenden?«

»Nein. Ich glaube nicht mehr an ›heilige Kriege‹. Wissen Sie, ein paar von uns alten Käuzen sind doch noch in der Lage, hinzuzulernen.« Und sie sprachen über andere Dinge. Kate trank noch eine Tasse Tee und aß ein zweites Sandwich. Sie hatte keine Eile, von Mr. Witherspoon fortzukommen, für den sie, aus den vielschichtigen Gründen, die uns bewegen, tiefe Zuneigung empfand. Auf dem Heimweg ging ihr später durch den Kopf, daß sie wahrscheinlich zu den wenigen Gästen gehörte, denen Mr. Witherspoons Geld gleichgültig war.

Kate wanderte durch den Central Park; sie betrat ihn an der 76. Straße auf einem Pfad, der zum ›Ramble‹ führte, dem dichtbewaldeten, fast ländlich wirkenden Teil des Parks. Kate würde dieses Gebiet wie immer mit Bedacht umgehen, denn es war gefährlich geworden; mit seinem dichten Gebüsch und den schmalen Pfaden war es ein hervorragendes Versteck für Räuber und Vergewaltiger. In Kates Jugend war die Gefahr noch nicht real gewesen, zwar hatte dem Flecken schon damals etwas Bedrohliches angehaftet; das Flair von Abenteuer erhöhte aber damals noch seine Anziehungskraft. Das Schlimmste, woran Kate sich erinnern konnte, war ein gelegentlicher Exhibitionist gewesen: lüstern, leicht zu ignorieren und harmlos. Plötzlich fiel Kate, wie so oft in letzter Zeit, wieder ein, wie ihre Mutter *ihre* upper-class-Mädchenzeit in New York geschildert hatte: Nachmittage im Ramble, während die Gouvernanten geduldig auf den Bänken unterhalb warteten, miteinander plauderten und ein wachsames, aber keineswegs ängstliches Auge auf ihre Schützlinge hatten, die aus dem Gebüsch hervorsprangen, wieder darin verschwanden und mehr zu hören als zu sehen waren. Damals, so hatte Kates Mutter – stolz, nostalgisch, vorwurfsvoll – gesagt, war die Welt noch in Ordnung. Daß sie heute nicht mehr in Ordnung war, daran gab sie alle Schuld den »Elementen«, die in »ihren« Park eingedrungen waren. Eine Haltung, die Kate schon als Kind abstoßend gefunden hatte.

Kates Vorstellungen und Ansichten waren vom ersten Moment an nie die ihrer Mutter gewesen. Doch die Vergangenheit kehrte wieder, und Kate wußte, was auch Mr. Witherspoon offenbar klar war: Die Sehnsucht nach den alten Zeiten und alten Werten war im Grunde nichts anderes als der Wunsch, Armut, Verzweiflung und Hoffnungslosigkeit mögen diskret verborgen bleiben vor den Augen der Glücklichen, die ihnen entronnen waren.

Auch Adams war so gewesen – obwohl jünger, so doch Kates Mutter nicht unähnlich. Kate wurde geboren, als ihre Mutter schon über vierzig war, so daß zwischen ihnen eine Generation fehlte. Diese Generation füllten Kates Brüder, die kaum besser waren als ihre Mutter – aber mit viel weniger Entschuldigungsgründen. Hatte denn Kates Mutter wirklich je die Chance gehabt, das System zu durchschauen, dem ihre unverbrüchliche und unreflektierte Loyalität galt?

Kate verließ den Park und wandte sich nach Westen. Auch die West Side hatte sich verändert, war die Heimat, oder zumindest der Tummelplatz, der ›swinging singles‹ geworden, und elegante Kleiderläden, die ausländische Marken führten, hatten die alten Eisenwarenläden, Schusterwerkstätten und Feinkostläden vertrieben. Aber für Kate gab es keine Rückkehr in die East Side, die heute wie in Cellophan verpackt wirkte, eine Atmosphäre, die Kate nicht ertragen konnte.

Als Kate in die Reed-lose Wohnung kam, mixte sie sich einen Drink und sah ihre Post durch. Letzteres tat sie über den Papierkorb gebeugt und ließ den größten Teil ihrer

Post unbesehen hineinfallen. Der Rest waren Rechnungen, Geschäftliches und zwei Briefe, die in Kate (weil mit unleserlichem Absender) eine mysteriöse Neugier weckten. Selbst bei all dem Müll, der heutzutage in den Briefkästen landete – das Öffnen der Post war und blieb eine aufregende Angelegenheit. Die meisten Nachrichten, gute oder schlechte, kamen heutzutage per Telefon, und der größte Teil von Kates Post ging ohnehin an die Universität. Trotz alledem...

Der erste Brief kam von einem der Adams-Söhne. Er habe von Frau Professor Fanslers Ermittlung gehört und käme in zwei Wochen nach New York. Könnten sie sich treffen? Ja, dachte Kate grimmig, können wir. Der zweite Brief kam aus England und war weit aufregender:

»Liebe Frau Professor Fansler«, las Kate. »Was ich Ihnen schildern will, liest sich bestimmt wie eine dieser ›wie-klein-ist-doch-die-Welt‹-Geschichten. Meine Tochter ist mit einem Amerikaner verheiratet und lebt mit ihrer Familie in Atlanta. Ihr Mann ist jedoch in diesem Jahr als Gastprofessor an Ihrer Universität und hörte dort von Ihren Ermittlungen. Er erwähnte es meiner Tochter gegenüber, die es mir bei einem unserer wöchentlichen Telefonate erzählte. Ich kannte Canfield Adams früher sehr gut (soweit man das überhaupt von einem anderen Menschen behaupten darf), und Lizzie, meine Tochter, schlug mir vor, mit Ihnen über Adams zu sprechen, wenn ich nächste Woche nach New York komme. Lizzie empfahl Sie mir als vertrauenswürdige Person, denn sie hat eine gute Freundin, die mit Ihnen zusammenarbeitet – wie gesagt, wie klein ist doch die Welt. Ich werde unter der angegebenen Adresse zu erreichen sein, auch telefonisch. Wenn niemand im Haus ist, läuft der Anrufbeantworter. Bitte lassen Sie mich wissen, ob Sie sich mit mir treffen wollen.«

Der Brief war mit »Penelope Constable« unterzeichnet. Guter Gott, dachte Kate, die Schriftstellerin.

Sie sah auf das Datum des Briefes. Penelope Constable mußte bereits in New York angekommen sein. Ihr mit herrlicher englischer Zuversicht in die Schnelligkeit der Post aufgegebener Brief hatte den Ozean zweifellos ohne Verzögerung überquert und war dann am New Yorker Postamt liegengeblieben, wo, offensichtlich aus Prinzip, nichts prompt zugestellt wurde. Kate ging zum Telefon.

Auf Penelopes Wunsch traf sie sich mit ihr in der Universität. »Ich würde mich gern dort ein wenig umsehen«, hatte sie am Telefon gesagt. »Wenn es Ihnen nichts ausmacht, mich herumzuführen, können wir nachher irgendwo essen gehen. Natürlich könnte auch mein Schwiegersohn den Fremdenführer spielen, aber bei ihm würde gleich, wie Ihr Amerikaner sagt, ein *big deal* daraus. Irgendwie ist es mir sympathischer, Sie zu bitten. Außerdem ist er noch nicht lange dort.«

Als Kate Penelope in ihr Büro führte, mußte sie lächeln bei der Erinnerung an das Gespräch. Mit perfektem englischen Feingefühl hatte Penelope zu verstehen gegeben: Treffen wir uns auf neutralem Boden. Auf die Weise können wir uns gegenseitig in Augenschein nehmen, ohne uns durch irgendwelches häusliches oder weibliches Brimborium hindurcharbeiten zu müssen.

Penelope Constable – oder PC, wie sie für Kate hieß, denn auf dem Klappentext eines ihrer Bücher hatte Kate gelesen, daß sie allgemein so genannt wurde – war genau fünfundsechzig Jahre alt. So viel hatte Kate durch einen Blick in ›Who's Who‹ herausgefunden. PC's Alter war eine Überraschung gewesen. Die Fotos auf den Buchumschlägen waren offenkundig von einem jener modischen Schriftstellerfotografen aufgenommen, die, mittels Weichzeichner oder anderer geheimnisvoller Techniken, ihren Objekten jenen jugendlichen Schmelz verliehen, den Hautcremes versprechen, aber nie bewirken. Und doch hatten die Fotos nicht wirklich gelogen: PC hatte etwas ausgesprochen Jugendliches an sich, worunter Kate Vitalität, Offenheit und Interesse verstand. Das schwarze Haar war zweifellos gefärbt, trotzdem schien PC ganz und gar sie selbst zu sein. Kate war sehr angetan. Mantel und Kostümjacke über den Arm gehängt, betrat PC den Raum. Sie ließ sich auf einen Stuhl sinken und fächerte sich mit einem Exemplar der Studentenzeitung, das sie irgendwo aufgelesen hatte, Luft zu. »Ich werde mich nie daran gewöhnen, daß die Amerikaner ihre Räume überheizen«, sagte sie lächelnd. »Als wir in England noch alle frieren mußten, haben wir euch Amerikaner um eure Zentralheizung beneidet. Aber warum müßt ihr sie immer ganz aufdrehen?«

»Weil wir nicht wissen, was wir tun«, sagte Kate, »wie bei unserer Wirtschaft, Außenpolitik und an der Börse – ohne Sinn und Verstand preschen alle drauflos und niemand weiß, wohin. Mir ist es gelungen, die Hitze aus meinem Zimmer fernzuhalten, weil ich mit List den Thermostat ruiniert habe, so daß niemand daran herumdrehen kann. Außerdem lasse ich das Fenster gekippt.«

»Es wird schon besser«, sagte PC und legte die Zeitung neben sich. »Offen gestanden, ich weiß eigentlich gar nicht, warum ich hier bin. Wahrscheinlich bin ich einfach als Schriftstellerin fasziniert davon, daß Adams ermordet wurde. Er war alles andere als liebenswert, und die Nachricht von seinem Tod hat mich nicht besonders erschüttert, obwohl ich überrascht war. Darf ich pietätlos sein: Würden Sie mir bitte die Stelle zeigen, wo er landete, und am besten auch gleich das Fenster, aus dem er gefallen ist?«

»Natürlich«, sagte Kate. »Möchten Sie jetzt gleich Ihren Rundgang machen, der Sie an der Stelle, wo seine Leiche gefunden wurde, vorbeiführt?«

»Eine Frau nach meinem Geschmack, ganz wie ich erwartet habe«, sagte PC und zog ihre Jacke an. Kate schnappte ihren Mantel, und fort waren sie.

Als sie einige Zeit später den Pfad betrachteten, auf dem Canfield Adams' Leiche gelegen hatte, sah PC erstaunt zu dem Fenster seines Büros auf. »Adams war der letzte Mensch, von dem ich erwartet hätte, daß er von einer solchen Höhe heruntergestürzt kommt, egal, aus welchem

Grund«, sagte sie. »Er brachte entsetzlich viele Menschen gegen sich auf, aber doch nicht so sehr, daß man mit einem solch dramatischen Akt hätte rechnen müssen, wenn Sie verstehen, was ich meine.

Man hätte ihn vielleicht gern in eine Ameise verwandelt, die man zertreten konnte, aber die Mühe, ihn aus einem Fenster zu stoßen, hätte man sich nicht gemacht. Dazu war er zu leicht zu ignorieren.«

»So habe ich das bisher zwar noch nicht gesehen«, sagte Kate, »aber Sie haben völlig recht. So nervtötend und unangenehm ich ihn auch oft fand, auf gewalttätige Gedanken hat er mich nie gebracht. Ich wollte immer nur so schnell wie möglich verschwinden, wenn er auftauchte. Aber wenn Sie sich mit ihm trafen – was man wohl annehmen muß, denn Sie waren ja nicht gezwungen, in allen möglichen Komitees neben ihm zu sitzen –, dann muß er irgendwelche Reize besessen haben, die mir entgangen sind.«

»Sein Hauptreiz«, sagte PC, »lag darin, daß er zu einer Zeit nett war, in der ich glaubte, kein Mann würde je nett zu mir sein. Das ist zwar etwas übertrieben, aber nicht sehr. Ich denke, Sie sollten wissen, was ich über ihn zu erzählen habe, aber ich brauche einen Moment Zeit, um meinen Mut zu sammeln. Wollen wir irgendwo etwas trinken oder essen gehen? Wenn Sie ein Restaurant vorschlagen, würde ich Sie mit Freuden einladen.«

»Unsinn«, sagte Kate. »Dies ist mein Territorium, und Sie sind mein Gast. Aber sagen Sie ehrlich, wollen Sie in ein Restaurant oder lieber zu mir nach Hause kommen und die Beine hochlegen? Ich bin ziemlich allein dieser Tage, weil mein Mann auf Reisen ist. Ich kann Ihnen einen Drink anbieten, ein Steak – was heutzutage jeder, der auf sich hält, verpönt –, Salat und gebackene Kartoffeln. Damit wäre mein Küchenrepertoire erschöpft. Ich kann aber auch ein gutes Restaurant vorschlagen.«

»Zuhause klingt wundervoll«, sagte PC. »Ich brauche ein Klo, einen bequemen Sessel, einen Whisky – und ein amerikanisches Steak klingt wie der siebte Himmel. Machen sich alle Amerikaner Tag und Nacht über ihren Cholesterinspiegel Sorgen?«

»Alle. Sie glauben, damit das Geheimnis des ewigen Lebens entdeckt zu haben. Wollen wir laufen, die U-Bahn nehmen oder ein Taxi?«

»Hätten Sie etwas gegen ein Taxi?«

»Kein bißchen«, sagte Kate und winkte eins heran. »Mit ein wenig Glück wird der Fahrer mindestens hundert Worte Englisch beherrschen, nicht wie ein Wahnsinniger fahren und seinen Drogen- oder Alkoholkonsum auf den Feierabend verschieben.« Das Taxi hielt, und Kate öffnete PC die Tür.

»Sie leben gern in New York«, sagte PC, während der Wagen anfuhr. »Das ist unverkennbar. So, wie Sie kritisieren, kritisiert man nur etwas, das man liebt.«

»Ja«, sagte Kate. »New York ist im Gegensatz zu London kein Ort, an dem man ab und an wohnt. Entweder man kann nicht in New York leben oder es nirgendwo anders aushalten.«

Sie lächelten sich an, froh, einander begegnet zu sein, und voller Vorfreude auf ihr Gespräch und Zusammensein. Der Taxifahrer raste bei Rot über eine Ampel, nahm sich dann die Zeit, anzuhalten und einem alten Mann, den er um ein Haar umgefahren hätte, Obszönitäten entgegenzuschleudern. Kate lehnte sich zurück und verdrehte die Augen; PC lächelte. Sie hatte ein wunderschönes Lächeln.

Sechs

> wenn du Triumph und Katastrophe begegnen
> kannst und diese beiden Hochstapler gleich
> behandelst

»Erzählen Sie mir von ihm«, sagte Kate, als sie gegessen, über vieles geredet und sich mit einem Brandy und dem Gefühl, einander schon ewig zu kennen, wieder ins Wohnzimmer gesetzt hatten. Über die verschiedensten Themen hatten sie gesprochen, angefangen von der zeitgenössischen Literatur bis hin zu den größeren Chancen für Freundschaften zwischen Frauen, die offenbar die Ungeduld der Frauen mit aufgeblasenen Männern gesteigert hatten. Gelandet waren sie schließlich beim Zustand Englands und seinem inzwischen ähnlich großen Gefälle zwischen arm und reich wie zu Königin Viktorias Zeiten. Ausgesprochen widerwillig brachte Kate das Gespräch auf den eigentlichen Grund ihres Treffens zurück. Wie ähnlich es Adams doch sähe, sagte sie zu PC, daß er ihnen die Erörterung eines so drögen Themas aufzwang – sehr unfair, denn ohne Adams wären sie sich schließlich nie begegnet. »Wie haben Sie ihn eigentlich kennengelernt?« fragte Kate.

»Eine ziemlich peinliche Geschichte, fürchte ich. Wir lebten damals in Cambridge, das war vor – lassen Sie mich überlegen – genau fünfzehn Jahren. Als Schriftstellerin war ich noch völlig unbekannt – ich bin ein klassischer Spätzünder, wissen Sie. Die Kinder wurden größer, und mein Mann vertiefte sich immer mehr in einen Teilbereich der Physik – nun, er lehrte schließlich Physik, deswegen waren wir in Cambridge. Da schneite ausgerechnet Professor Canfield Adams als Gastdozent herein. Er hatte die Einladung, sein Freisemester dort zu verbringen, und der Verlockung kann kaum jemand widerstehen. Sie wissen schon, Dinner in erlauchter Runde, freie Unterkunft und dergleichen. Ich nehme an, er war recht einsam – viele Amerikaner fühlen sich in Cambridge und Oxford einsam. Sogar Auden, als er an die Christ Church zurückkehrte. Adams und ich trafen uns bei der denkbar konventionellsten aller Gelegenheiten, einer Dinnerparty. Er war ohne seine Frau da, und ich, wie so oft in jenen Tagen, ohne meinen Mann, und unsere Gastgeberin hätte Herzflattern gekriegt, wären die Paare an ihrem Tisch nicht aufgegangen. Ich kann mich nicht erinnern, wer sonst noch dort war, nicht einmal, warum ich überhaupt hinging – wahrscheinlich, um mich nicht allein zu Haus zu langweilen. Jedenfalls waren er und ich, zumindest unserer Meinung nach, die zwei interessantesten Leute dort. Er brachte mich nach Hause, und von da an liefen wir uns ständig über den Weg. Er richtete es bewußt so ein, das war mir bald klar. Ich tat nichts dazu. Vielleicht war einfach der Teufel am Werk. Ich habe die Sache weiß Gott nicht forciert. Jedenfalls schlitterte ich in eine Affäre mit ihm, übrigens meine erste seit langer, langer Zeit. Sie reißen verblüfft die Augen auf.«

»Wirklich?« fragte Kate. »Tut mir leid. Ich kann mir bloß einfach nicht vorstellen, daß Sie ihn auch nur für einen langen Spaziergang attraktiv genug fanden.«

»Sie haben ihn wahrscheinlich nur als Quälgeist in Komitees erlebt. Natürlich merkte ich bald, wie unangenehm er sein konnte. Aber wie die meisten Männer konnte er sich mit Erfolg vornehmen, charmant und aufmerksam zu sein – mein eigenes angeknackstes Ego half ihm natürlich beträchtlich dabei. Er tat mir eine ganze Weile lang wirklich gut.«

»Und was geschah dann?«

»Oh, verschiedenes«, sagte PC. »Anfang und Ende solcher Techtelmechtel werden immer zu wichtig genommen, glauben Sie nicht auch? Zum einen lernte ich seine Frau kennen. Sie lehrte Politikwissenschaft an einer amerikanischen Universität, war völlig arglos und viel netter als er. Inzwischen hatte ich ihn besser kennengelernt. Außerdem erinnerte sich mein Mann daran, daß er mit mir verheiratet war und nicht mit einem Möbelstück. Eins kam zum anderen, und die Geschichte zwischen Adams und mir ging zu Ende. Jetzt, wo ich zum ersten Mal darüber rede, fällt mir etwas ein: Der Anfang vom Ende kam, als ich ihn und seine Frau zufällig auf dem Markt traf. Er machte uns miteinander bekannt, sie begrüßte mich herzlich und er tat so, als kannten wir uns kaum. Er zog eine so abgefeimte Nummer ab, es war abstoßend. Viel mehr gibt es nicht zu erzählen, außer, daß er, auch wenn Sie es sich vielleicht nicht vorstellen können, wirklich seine Vorzüge hatte. Aber gleichzeitig war er ein zutiefst mißtrauischer und liebesunfähiger Mensch. Ich habe vorhin behauptet, ich könne mir nicht vorstellen, daß jemand ihn ermorden wollte, aber das nehme ich zurück. Als er mir gegenüber plötzlich kühl wurde, war ich ohnehin bereit, ihn fallenzulassen oder fallengelassen zu werden. Aber ich kann mir vorstellen, daß ich sehr wütend, vielleicht sogar rachsüchtig geworden wäre, wenn ich die Trennung nicht gewollt hätte. Hilft Ihnen all das irgendwie weiter?«

»Das tut es. Das Problem ist nur«, seufzte Kate, »daß die neue junge Frau die Situation völlig verändert. Ich meine, es ist ja nicht anzunehmen, daß er in letzter Zeit noch Affären hatte.«

»Sie glauben doch nicht etwa, daß er von einer zornigen Frau ermordet wurde? Er kam schließlich in die Jahre, ich weiß schon, das tun wir alle, aber wer würde unseretwegen aus Liebe oder Eifersucht töten? Und wegen Adams schon gar nicht, meinen Sie nicht auch? Aber ich will Ihnen etwas erzählen, das wahrscheinlich mehr Aufschluß über ihn gibt.«

»Bitte!« sagte Kate. »Sie müssen ihn um die Zeit gekannt haben, als er sich von seiner ersten Frau abzuseilen begann und mit der neuen anbändelte. Oder war Ihre Zeit davor?«

»Lange davor, würde ich meinen«, sagte PC. »Aber erzählen wollte ich Ihnen, daß ich einen von Adams' Söhnen in Cambridge getroffen habe. Er war mit seiner Mutter zu Besuch gekommen, und ich hatte das eindeutige Gefühl, daß er sich nichts aus seinem Vater machte. Zu dem Zeitpunkt war meine Affäre mit Adams schon so gut wie zu Ende, wissen Sie. Mein Mann und ich hatten sie zu einem Ausflug eingeladen, und wir waren den ganzen Tag unterwegs. Ein langer Tag kann sehr aufschlußreich sein.«

»Nannten Sie ihn Adams?«

»Nein. So heißt er erst jetzt für mich, wo ich mit Ihnen über den Toten spreche. Ich nannte ihn Canfield.«

»Erzählen Sie weiter über den langen Tag.«

»An Einzelheiten kann ich mich nicht mehr erinnern; ich weiß nicht einmal genau, wohin wir fuhren. Aber wie gesagt, der Tag war sehr aufschlußreich. Der ganze Ausflug war meinem Mann und mir natürlich Anlaß, unsere Beziehung zu flicken, gleichzeitig wurde mir klar, daß die Ehe der Adams' so gut wie tot war. Seine Frau – ich fürchte, ihren Namen habe ich vergessen und den des Sohnes auch – also, seine Frau war sehr nett. Ich meine, sie strengte sich nicht an, es zu sein, sie war einfach nett. Sie war tolerant und strahlte eine Entschlossenheit aus, die unerschütterlich schien. Der Sohn war unverkennbar wütend auf seinen Vater und mit eigenen Problemen beschäftigt. Das habe ich mit dem Wort ›aufschlußreich‹ gemeint, mehr nicht. Aber wissen Sie, ich an Ihrer Stelle würde mit dem Sohn sprechen.«

»Das habe ich vor«, sagte Kate. »Natürlich bin ich mir nicht sicher, ob ich denselben treffe, aber das wird sich zeigen. Warum habe ich nur das fatale Gefühl, Adams immer besser kennenzulernen und keinen Schritt weiterzukommen?«

»Eigentlich sollte man meinen, Sie hätten inzwischen Geduld gelernt«, sagte PC. »Was Sie vollziehen, ist schließlich nichts anderes als der ›lange Marsch durch die Institutionen‹, wie manche jungen Menschen in Deutschland das nennen. Eine langsamere Revolution, aber meiner Meinung nach mit besseren Ergebnissen. Ich habe mich immer nur feige durchgemogelt.«

»Wie gefällt es Ihrer Tochter, ein Jahr in New York zu verbringen?«

»Recht gut, eine interessante Abwechslung zu Atlanta. Sie würde sich übrigens sehr freuen, Sie kennenzulernen. Wären Sie bereit, eine Dinnerparty über sich ergehen zu lassen? Ich verspreche Ihnen auch, daß die Paare nicht aufgehen werden. Vielleicht sollte ich den Adams-Sohn dazu einladen und so zwei Fliegen mit einer Klappe schlagen, wie das schreckliche Sprichwort heißt.«

Sie wäre entzückt, PC's Tochter kennenzulernen, sagte Kate, würde mit Adams' Sohn aber doch lieber unter vier Augen sprechen. PC stimmte ihr zu, und sie kehrten mit etlichen Abschweifungen zum Zustand der englischen Ökonomie unter der eisernen und ihrer Meinung nach höchst bedauerlichen Margaret Thatcher zurück.

»Der lange Marsch durch die Institutionen.« Kate dachte in den folgenden Tagen oft an den Slogan. Das Wetter vollführte seine üblichen New Yorker Kapriolen: Nach drei Tagen Eiseskälte folgten trügerische Vorboten des Frühlings. Kate, die den Winter liebte und den Frühling als die deprimierendste Jahreszeit empfand, war glücklich, wenn die Kälte die Studenten das Freie scheuen ließ und sie es eilig hatten, von einem Gebäude zum anderen zu kommen. Aber wenn die Sonne schien und die Studenten sich auf jeder erreichbaren Treppenstufe und jedem Fleckchen Gras ausbreiteten, überall ihren Müll und oft auch ihre Habseligkeiten hinterließen, wurde sie mürrisch und reizbar.

Kate hatte sich angewöhnt, in der Wachzentrale vorbeizuschauen, wenn Butler Dienst hatte. Sie stellte ihm Fragen und bekam langsam ein Gefühl dafür, wie das Sicherheitssystem an dieser großen Universität funktionierte. Butler sprach es zwar nie aus, aber um diese Sicherheit war es schlecht bestellt. Die meisten Diebstähle, und es gab viele, gingen auf das Konto des Wachpersonals, das sich der Schlüssel bediente. Alkoholismus war ein großes Problem unter den Wachmännern: Sie tranken enorme Mengen Bier, eher aus Langeweile als aus Sucht. Fernsehgeräte, Computer und andere Ausrüstungsgegenstände wurden oft an den schlafenden Wachmännern vorbei aus den Gebäuden transportiert. Nicht, daß Butler das formuliert hätte. Er zitierte lediglich statistische Angaben. Und Kate interpretierte sie.

Butler wuchs ihr von Mal zu Mal mehr ans Herz. Er war ein Mann mit klaren Ansichten. Recht und Unrecht waren für ihn unverrückbare Dinge. Für ihn gab es läßliche Sünden und Todsünden. Zu den Todsünden gehörte Homosexualität, wofür, seiner Meinung nach, Aids die gerechte Strafe Gottes war. Butler hütete sich, rassistische Ansichten zu äußern, obwohl er sie ganz offensichtlich hatte. Aber er ließ es nicht zu, daß sie sein Handeln diktierten, was Kate für ihn einnahm. Sie hatte bei ihm das Gefühl, eines Tages würde er vielleicht, wie Hamlet, aufwachen und feststellen, daß er die Tugenden, die er bisher nur vorgespiegelt hatte, wirklich besaß. Butler kannte viele Gedichte auswendig und rezitierte sie gern. Seiner Ansicht nach, das wußte Kate, konnte man von Leuten wie ihr keine Literatur lernen, sondern nur von Lehrern, wie er sie gehabt hatte, die einen die ›großen Werke‹ auswendig lernen ließen und mit dem Stock drohten, wenn man ins Stolpern kam. Seine Ansichten über Geschlechterrollen konnte Kate nur erahnen: Er war zu taktvoll, sie zu äußern, oder, anders ausgedrückt: Da er Kate inzwischen so zugetan war wie sie ihm, wußte er, daß sie alle seine Vorurteile tolerierte, nur die gegen Frauen nicht. Als Kate in einem Brief an Reed versuchte, ihm ihre wachsende Zuneigung zu Butler zu erklären, schrieb sie, er sei engstirnig, wenn nicht gar rigide. Aber er respektiere die Spielregeln, auf die sie sich festgelegt hätten. Sie zitierte Reed eine Bemerkung von John Kenneth Galbraith über William F. Buckley, auf die sie gerade gestoßen war. »Wie für alle andern Menschen«, schrieb Galbraith, »ist das Denken für mich oft eine qualvolle Angelegenheit. Aber im Laufe der Jahre habe ich festgestellt, daß, wenn Buckley zu irgendeiner Frage eine bestimmte Position einnimmt, ich ohne die geringste Anstrengung meines Hirns genau die entgegengesetzte vertreten kann und damit immer richtig liege.« Buckley war Galbraith' Nachbar und Freund, so wie Butler der ihre.

Während all jener Begegnungen lernte Kate, wie leicht jeder, der es darauf anlegte, in verschlossene Gebäude hinein- und wieder herauskommen konnte. Sie hatte sogar – in einem Experiment, von dem sie nur Reed erzählte – ein Fenster im Erdgeschoß der Levy Hall von außen aufgedrückt. Es lag sechs Fuß über dem Boden und war leicht zu erreichen, wenn man sich auf einen Mauervorsprung stellte. Sie war in den Raum im Erdgeschoß geklettert. Da er verschlossen war und sie ihn ohne Schlüssel nicht öffnen konnte, war sie wieder zum Fenster hinausgeklettert. Niemand hatte sie bemerkt (draußen war es schon dunkel), außer zwei jungen Männern, die ihr nur gutgelaunt zuwinkten und fragten, ob sie Hilfe brauche. Die Frage, ob jemand an besagtem Samstagabend, sei es zusammen mit Adams oder so, wie Kate es versucht hatte, in die Levy Hall gelangt war, war so zwar nicht beantwortet, aber daß es möglich gewesen wäre, hatte sie bewiesen.

Bei ihrer letzten Begegnung mit Butler sprachen sie über A. E. Housman, den Butler von Anfang bis Ende auswendig konnte. Kate hatte die gemischte Freude und Mühsal, ihm zu erzählen, daß Housman homosexuell war. »Unmöglich«, hatte Butler gesagt. »Er war doch Lateinprofessor in Cambridge.« Kate verkniff sich nähere Ausführungen zu dem Thema. Sie versuchte lediglich, ihm klarzumachen, daß Housmans Homosexualität seinen Gedichten und seiner Größe ja keinen Abbruch tue. »Er muß sehr gelitten haben«, war alles, was Butler dazu zu sagen bereit war. Im Laufe des Gesprächs war es Kate gelungen, direkt unter den Augen des diensthabenden

Wachmanns den Schlüssel zur Levy Hall von dem Wandbrett in der Wachzentrale zu stehlen. Sie hängt ihn wenig später genauso unbemerkt wieder zurück. Zugegeben, wegen ihrer neuen Freundschaft zu Butler hatte sie Zutritt zur Zentrale. Normalerweise durften sich Besucher nur bis zu der Luke wagen, hinter der einer der Wachmänner saß. Aber Tatsache war: Wenn Kate hineingelangen und einen Schlüssel stibitzen konnte, war das auch anderen, insbesondere Angehörigen der Universität, möglich.

In der folgenden Woche empfing Kate Adams' Sohn, Lawrence Adams, nachmittags in ihrem Büro. Schon bald wurde klar, daß er mit seiner Mutter in Cambridge gewesen war und mit seinem Vater, Penelope Constable und deren Mann jenen Ausflug unternommen hatte. Sein älterer Bruder hatte mitten in seiner Ausbildung als Mediziner gesteckt und nicht nach England kommen können. »Mein Bruder und ich haben allerdings die gleiche Einstellung zu meinem Vater; deshalb wird für Sie egal sein, wer von uns beiden es war. Wir beide hielten den alten Knaben für einen erzkonservativen Spießbürger, und das blieb er für uns bis zu seinem Tod.« Kate bat ihn, das näher zu erläutern.

»Mein Bruder und ich sind zwei Jahre auseinander. Wir waren Kinder der Sechziger – das heißt, wir waren gerade mit dem College fertig, als die siebziger Jahre begannen. Für uns waren die Demonstrationen gegen den Vietnamkrieg und all das sehr wichtig. Mein Vater war ein unerbittlicher Gegner der Protestbewegung und entpuppte sich, wie man heute sagen würde, als Neokonservativer. Er hatte große Ähnlichkeit mit Alan Bloom, war allerdings im Gegensatz zu ihm ständig hinter Frauen her. Beide waren durch die Geschehnisse um den Vietnamkrieg stark traumatisiert. Meinem Bruder und mir ging es genauso, allerdings aus entgegengesetzten Gründen. Irgendwann war jedes Gespräch mit meinem Vater unmöglich. Er haßte nicht die Chicagoer Polizei, die die Demonstranten bei dem Parteitag der Demokraten zusammengeschlagen hatte, sondern die Demonstranten. Er stand eindeutig auf der Seite von Bürgermeister Daley. Mehrere Jahre weigerte sich mein Vater, meinem Bruder und mir auch nur Guten Tag zu sagen. Irgendwann nach der Scheidung versuchten wir, mit ihm wieder Frieden zu schließen, aber er machte es nicht leicht.«

»Ich habe seine Witwe kennengelernt«, sagte Kate.

»Nun, dann können Sie sich ja vorstellen, wo das Problem lag. Sie war eindeutig hinter seinem Geld her und umgarnte ihn so plump, daß man hätte meinen sollen, niemand fiele darauf herein. Aber offenbar liegt es in der Natur alter Männer, sich zum Narren zu machen.« Lawrence klang eher resigniert als bitter.

»Vielleicht sind die konservativen alten Männer besonders leicht zu täuschen«, sagte Kate. »Sie müssen sich einfach einreden, sie hätten die Weisheit für sich gepachtet und alle anderen seien im Unrecht. Noch schlimmer: Sie müssen sich für so unangreifbar halten, daß sie gar kein törichtes Urteil fällen können. Deshalb ist ihre politische Haltung so rigide und ihre Eitelkeit so ausbeutbar.«

»Gut ausgedrückt«, sagte Lawrence lächelnd. »Sie machen mir dieses Gespräch angenehm leicht. Nun, mein Vater hatte die Verfügungsgewalt über ein beträchtliches Erbe, und zugegeben, mein Bruder und ich wollten ihn davon abhalten, alles ihr zu geben. Aber abgesehen von dieser Summe – die mein Großvater lieber gleich uns hätte vererben sollen, aber die Ehrfurcht vor seinem intellektuellen Sohn war zu groß –, erhoben wir auf nichts Anspruch. Ich glaube, Cecelia empfand uns als eine Herausforderung. Sie hatte sich in eine männliche Hierarchie eingemogelt – hätte das aber natürlich nie so ausgedrückt. Sie hoffte offenbar, den männlichen Leittieren die dicksten Batzen vor der Nase wegschnappen und damit verschwinden zu können – wie ein Spatz unter Tauben. Ich halte sie nicht für eine Feministin. Falls sie das

Wort überhaupt kennt, rümpft sie wahrscheinlich die Nase darüber. Aber ihre Strategie zielte gegen die Dominanz von Männern.«

»Was hielten die Frauen von ihr – Ihre und Andrews?«

»Um das Gleichnis zu wechseln: Sie sahen in ihr einen Kuckuck im fremden Nest. Aber wie komme ich bloß ständig auf Vögel? Unsere Frauen fanden sie einfach schrecklich, und das war sie auch, besonders ihnen gegenüber. Aber sie fanden sie noch dazu komisch. Ich meine, Cecelia war und ist so himmelschreiend unmöglich, daß man einfach nicht glauben will, ihr wäre nicht bewußt, wie entsetzlich sie wirkt.«

»Ich weiß, was Sie meinen. Man könnte es auch erfrischend nennen.«

»Wenn man damit leben muß, würde man es wohl eher ein Kreuz nennen. Ehrlich gesagt: Es tut mir leid, daß sie ein Alibi hat, obwohl ich zugeben muß, daß er von ihrem Standpunkt aus zu früh gestorben ist. Haben Sie übrigens irgendeinen Anhaltspunkt? Einsichten, Hinweise, Möglichkeiten?«

»Ich arbeite daran«, mehr war Kate nicht bereit zu sagen. »Können Sie mir von Ihrer Mutter erzählen? Für mich hat sie in dieser ganzen Geschichte noch keine Konturen gewonnen. Soweit ich weiß, hat die Polizei ihren Aufenthaltsort zur Zeit des Fenstersturzes festgestellt. Sie war in Madison, Wisconsin.«

»Sie arbeitet dort – hat einen recht hohen Verwaltungsposten. Als wir Jungen größer wurden, nahm sie ihr Studium wieder auf. Sie bekam einen Dozentenjob in Politikwissenschaft, und kurz bevor sie eine Professur annehmen wollte, wurde ihr ein Dekanat angeboten. Wie sich herausstellte, war ihr diese Funktion wie auf den Leib geschneidert. Das trifft für relativ viele Frauen zu, aber, wie meine Mutter mir erzählte, sind sie zu oft isoliert, übervorsichtig und daher machtlos. Ich glaube, um die Zeit, als sie Dekanin wurde, begann sie, sich von meinem Vater zu lösen. Einige Jahre später bot ihr die Universität von Wisconsin ein Dekanat an, und seither ist sie dort. Madison gefällt ihr.«

»War sie noch mit Ihrem Vater verheiratet, als Sie beide nach England fuhren?«

»Sie war so weit, ihn zu verlassen, obwohl ich das erst nach einer Weile in England erfahren habe. Wir sind nicht zusammen geflogen, sondern trafen uns dort und verbrachten einige Zeit in Cambridge. Sie war so außerordentlich liebenswürdig zu meinem Vater, wie Frauen Männern gegenüber sein können, die ihnen zutiefst gleichgültig sind. Hören Sie, Frau Professor Fansler, Kate, ich weiß, ich soll ehrlich zu Ihnen sein, und Informationen zurückhalten stiftet nur Verwirrung. Trotzdem fällt es mir schwer, über meine Familie zu sprechen, besonders über meine Mutter.«

»Verständlich, ich würde es ebenso hassen. Aber wenn der eigene Vater wahrscheinlich ermordet wurde, dürfen solche Hemmschwellen keine Rolle mehr spielen. Trotzdem muß nicht alles, was in der Ermittlung aufgedeckt oder enthüllt wird, an die Öffentlichkeit gelangen – es sei denn, es ist von höchster Wichtigkeit, und auch dann nicht unbedingt.«

»Ich danke Ihnen, Sie haben mir Zeit zum Nachdenken gegeben, immer ein Zeichen von Taktgefühl. Meine Mutter verliebte sich in eine andere Frau, als sie noch mit meinem Vater verheiratet war. Natürlich mußten mein Bruder und ich tolerant sein – das waren wir unserer Generation schließlich schuldig –, aber ich glaube, für uns war es ein größerer Schock, als wir uns lange Zeit eingestehen wollten. Nicht, daß wir ihr nicht jede Unterstützung angeboten hätten. Wir haben sie immer viel lieber gemocht als unseren Vater, und das hat sich nicht geändert. Nun, wenn man es nicht gerade mit Phyllis Schlafly oder Pat Robertson hält, ist die ganze Angelegenheit heute nicht mehr so angstbefrachtet, aber das Leben ist zweifellos leichter, wenn man einfach sagen und denken kann: Meine Mutter ist geschieden, meine Mutter ist wieder verheiratet, der neue Freund meiner Mutter ist ein Schwergewichtsboxer aus Des Moines.«

»Wie hat Ihr Vater reagiert?«

»Sehr widersprüchlich. Im Grunde konnte er gar nicht glauben, daß es so etwas wie Homosexualität bei Frauen gibt: ohne die entsprechende männliche Ausstattung, wie soll das gehen? Gleichzeitig war es nicht leicht für ihn, nicht wegen eines anderen Mannes, sondern wegen einer Frau verlassen zu werden. Meine Mutter ließ ihm den Glauben, er habe sich von ihr getrennt, aber sie beide kannten die Wahrheit, und alle anderen ebenso. Sie hatte keinen Groll gegen ihn. Er glaubte immer, sie täuschen zu können, und im Grunde tat er ihr wahrscheinlich leid. Er hatte ständig Affären, oder zumindest kleine Techtelmechtel, viele davon mit Studentinnen, und für meine Mutter war es ein herrlicher Moment, als sie merkte, daß ihr das vollkommen egal war. Als sie mir davon erzählte, benutzte sie einen deftigeren Ausdruck. Meine Mutter ist eine handfeste Frau, handfest und klug.«

»Kennen Sie die Frau, mit der Ihre Mutter zusammenlebt, falls sie das tut?«

»Natürlich. Wir besuchen die beiden regelmäßig. Als Dekanin muß meine Mutter sehr diskret sein. Sie und ihre Freundin bewohnen zusammen ein Haus, und niemand nimmt Anstoß daran. Außerdem kann meine Mutter gut mit Männern zusammenarbeiten und mag Männer. Neben vielen anderen Dingen habe ich von ihr gelernt, daß die meisten Lesbierinnen Männer nicht hassen, auch wenn sie es vorziehen, mit keinem zusammenzuleben. Lesbierinnen sind genauso verschieden wie alle anderen Menschen auch. Nun, wie Sie hoffentlich bemerkt haben, macht mir das Wort ›lesbisch‹ keine Angst mehr, und meinem Bruder geht es ebenso. Das war eine sehr lange Rede. Inspirieren Sie alle Leute zum Reden? Ist das die Art, wie Sie am Ende Ihren Hauptverdächtigen festnageln?«

»Meine Hauptarbeit besteht darin, langweilige Fragen

zu Alibis zu stellen, wie: ›Wo waren Sie am Abend des Samstag, dem soundsovielten November?‹«

»Andy und ich und unsere Frauen waren in verdächtiger Nähe zum Tatort und haben keine Alibis, fürchte ich. Das heißt, wir hätten es tun *können*, im besten Sinne des Wortes *können*, obwohl ich gern versuchen will, Sie davon zu überzeugen, daß es für jeden von uns unmöglich war, zur Universität und zurück nach New Jersey zu fahren, ohne daß die anderen es mitbekommen hätten. Mir ist natürlich klar, daß wir alle unter einer Decke stecken könnten, und als Gegenargument kann ich Ihnen nur anbieten, daß es keinem von uns, besonders den Frauen nicht, im entferntesten ähnlich sähe, unsere Kinder allein in dem fremden, für die Gelegenheit gemieteten Haus in New Jersey zurückzulassen.«

»Was war die Gelegenheit?«

»Ein Freund von Andy bot uns das Haus an, weil er einen Haus-plus-Hund-plus-Katze-Sitter brauchte, und wir beschlossen, ein Familientreffen zu veranstalten und Thanksgiving bei dem alten Herrn zu verbringen. Normalerweise wechseln mein Bruder und ich uns ab. Wir hatten auch vor, irgendwann bald nach Thanksgiving an die vielleicht vorhandenen Vaterinstinkte unseres alten Herrn zu appellieren, aber das Schicksal kam uns dazwischen.«

»Haben Ihre Frauen auch Namen?«

»Oje, entschuldigen Sie bitte. Wenn ich von ihnen als unsere Frauen sprach, wollte ich ihnen ihre eigenständige Persönlichkeit damit nicht absprechen, auch wenn es so klingen mag. Ich hatte wohl die Hoffnung, sie so eher aus der Geschichte herauszuhalten. Wenige Dekaden reichen nicht aus, all seine Beschützerinstinkte zu überwinden. Meine Frau – die Dame, deren Ehemann ich bin – heißt Katharine, wird Kathy gerufen und ist Mikrobiologin. Andys Frau heißt Clemence, wird Clem gerufen und ist Psychoanalytikerin. Wir haben jeder ein Kind, beides Mädchen, weniger als ein Jahr auseinander.«

»Clemence ist ein ungewöhnlicher Name.«

»Nicht wahr? Clem sagt, es sei ein Familienname, aber Kathy, die eine Bewunderin von Ivy Compton-Burnett ist, behauptet, der Name stamme aus einem ihrer Romane. Kein Grund natürlich, warum nicht beide recht haben sollten. Auch Kathy und Clem mögen einander. Und ich fürchte, so radikal wir uns auch oft gebärdet haben, im Grunde ähneln wir einer dieser schrecklichen ›alles-in-Butter‹-Familien aus den alten Filmen.«

Kate schwieg. Sie wußte nicht recht, was sie noch fragen und sagen sollte. Die Aussagen der Adams-Söhne bei der Polizei kannte sie bereits. Vielleicht war später ein Besuch bei allen vier notwendig, aber sie waren nicht mehr in bequemer Nähe in New Jersey, und Kate hoffte, eine weite Reise blieb ihr erspart. Eine letzte Frage war allerdings noch offen.

»Ich nehme an, Sie und Ihr Bruder haben Ihr Erbe bekommen?«

»Ja, zumindest gehe ich davon aus, daß das bald passieren wird. Unser Erbe besteht in hochkarätigen Aktien und wird uns sehr willkommen sein. Mein Vater hatte die Papiere in einem Banksafe deponiert, der bei der Erbschaftsregelung geöffnet wurde. Selbst wenn man nur von egoistischen Gedanken geleitet ist, kann man Reagan, finde ich, nur für eines Beifall spenden: Er hat das Steuersystem so verändert, daß das Erbe steuerfrei bleibt. Und natürlich wird auch der Batzen, der an Cecelia geht, nicht besteuert.«

»Wer ist der Testamentsvollstrecker?«

»Andy. Cecelia wollte, daß mein Vater das änderte und sie zur Vollstreckerin machte, und es sieht so aus, als stand er kurz davor, es zu tun.«

»Harter Brocken für Cecelia, wie Evelyn Waugh sagen würde«, bemerkte Kate.

»Nicht wirklich. Das Ganze ist eher eine Last, als daß es Vorteile bringt.«

»Andy, weil er der ältere war?«

»Ja. Die alten Sitten halten sich hartnäckig, ganz besonders bei Männern wie meinem Vater.«

Und nach einer Reihe allgemeiner, charmanter Bemerkungen und Floskeln verabschiedete sich Lawrence Adams. Kate hing allein ihren Gedanken nach.

Sieben

> wenn du es ertragen kannst, die Wahrheit,
> die du gesagt hast, von Schuften verdreht zu
> hören, um eine Falle für Toren daraus zu ma-
> chen,

Matthew Noble, verantwortlich für inneruniversitäre Angelegenheiten (und damit weder für den Lehrkörper noch die Studenten zuständig, sondern nur für finanzielle und administrative Strukturen), hatte Kate – neben anderen Versprechungen, falls sie die Untersuchung von Adams' Tod übernähme – die Zusage gegeben, ihr den Kontakt zur Harvard University Press zu vermitteln, wo Adams' Buch veröffentlicht werden sollte. Er hielt Wort, und Kate sprach mit einem Harvard-Lektor, der nicht nur überaus freundlich am Telefon war, sondern auch bereit, sich bei seinem nächsten Besuch in New York mit ihr zu treffen. Zufällig geschah dies unmittelbar nach dem Besuch von Lawrence, dem Adams-Sohn, und Kate hastete sozusagen von einem Termin zum anderen. Ob sie das in irgendeiner Weise weiterbrachte, war unklar, aber es verschaffte ihr jenes Gefühl von Effizienz, das Geschäftigkeit und ein voller Terminkalender vermitteln, zumal alle diese Unternehmungen noch zu ihrem normalen, ohnehin nicht gerade gemächlichen Berufsalltag hinzukamen. Kate hatte sich mit dem Lektor zum Abendessen verabredet und ging von ihrem Büro aus zu dem Restaurant. Zwar hätte sie nicht sagen können, warum, hatte aber den starken Verdacht, das Buch könnte womöglich der Angelpunkt des ganzen Falles sein. Vielleicht nur deshalb, weil das Buch, ein konkreter Gegenstand, viel greifbarer war als die verkorksten menschlichen Beziehungen, die Adams' Lebensweg zum Großteil kennzeichneten.

Wie sich herausstellte, war Peter Pettipas ein junger

aufstrebender Mann (Kates Erfahrung nach waren alle Lektoren auf dem Weg nach oben oder völlige Nieten – in welche Kategorie sie fielen, war auf den ersten Blick klar, wodurch, blieb allerdings unklar) und in der Lage, Kate als jemand zu erkennen, den es sich aus den verschiedensten Gründen zu hofieren lohnte, die nicht ohne Zusammenhang mit dem Zugang zu veröffentlichenswerten und verkäuflichen Büchern waren. Mit einem Wort, sie hatte Einfluß. Folglich, freute sich Kate, ehe sie ihren Martini bestellte, würde er ihr wahrscheinlich erzählen, was sie wissen wollte. Sie saßen in einem eleganten japanischen Restaurant in der City mit einem Obergeschoß, wo man die Schuhe auszog und sich auf den Boden setzte; für die Füße gab es, gottlob, eine Vertiefung im Fußboden – ein Zugeständnis an die Frauen, die in New York auch in diesem Teil des Restaurants bedient wurden, der in Japan den Männern vorbehalten war. Kate, die von rohem Fisch nicht mehr hielt als von der Unterwürfigkeit der als Geishas verkleideten Japanerinnen, die vor den Gästen knieten, während sie servierten, entschied sich für ein Tempura, das ihr zwar nicht verlockend, aber auch nicht abstoßend schien. Pettipas bestellte Sashimi oder sonst eine teure Version rohen Fischs. Den Auftakt bildete eine Suppe, die Pettipas köstlich fand, für Kate jedoch wie Abwaschwasser schmeckte, das sie natürlich nie probiert hatte. Für die Aufklärung eines Falles war Kate bereit, das falsche Essen in der falschen Körperstellung inmitten sexistischer Haltungen zu sich zu nehmen, aber viel größer durfte das Opfer nicht werden. Immerhin, die Fähigkeit, einen guten Martini zu mixen, konnte man den Japanern, zumindest in diesem Etablissement, nicht absprechen. Dankbar akzeptierte Kate einen zweiten. Peter Pettipas bestellte ein zweites Glas Mineralwasser. Kate, die ihr eigenes Leben gern in Vorhers und Nachhers einteilte, erkannte den Verzicht auf Alkohol als entscheidenden Wendepunkt im Leben von Verlagsleuten. Pettipas sprach über Adams' Buch.

Es sei eine gediegene, vielleicht *ein wenig* altmodische Untersuchung über den Beitrag des Islam zum abendländischen Mittelalter. Wie Kate wahrscheinlich wisse, habe sich heute der Konflikt zwischen der konventionellen, an den großen politischen Ereignissen orientierten Geschichtsschreibung und jener, die sich stärker um soziale Interpretationen bemühe, verschärft. Ja, Kate hatte davon gehört. Adams falle eindeutig in die erstere Kategorie von Historikern. Sein Buch enthalte zwar nichts, das man als neu oder spektakulär bezeichnen könne, sei aber eine gediegene Abhandlung und exzellente Einführung in das Thema.

»Mit anderen Worten«, Kate ließ ihre Suppe stehen, nahm Pettipas' Vorschlag, zu Wein überzugehen, dankbar an und sagte: »Langweilig, wird sich wahrscheinlich schlecht verkaufen und Autor und Verleger weder große Anerkennung noch Profite einbringen. Warum hat Harvard sich zur Veröffentlichung entschlossen?«

Er habe sich wohl nicht klar genug ausgedrückt, fürchtete Peter Pettipas. Kein angesehener Verlag, und schon gar nicht die Harvard University Press, würde ein Buch veröffentlichen, das keinen bedeutenden Beitrag zum jeweiligen Fachgebiet leiste. Manche Bücher seien vielleicht weniger spektakulär als andere, aber deshalb nicht weniger wichtig. Kate sei doch sicher auch dieser Meinung?

Doch, das war Kate, und es tat ihr leid, Mr. Pettipas' Worte so platt übersetzt zu haben. Die eingeholten Expertengutachten waren bestimmt voll des Lobes?

Ja, in der Tat, voll des Lobes. In beiden Gutachten sei zwar angeklungen (Mr. Pettipas wurde nun *sehr* vertraulich, eine Haltung, die ihm durch die zutreffende Annahme erleichtert wurde, daß Kate sich ohnehin leicht Zugang zu den Begutachtungen verschaffen konnte), eine Spur mehr Theorie, eine klarer ersichtliche Methodik hätten dem Manuskript gutgetan, eine Veröffentlichung sei aber trotzdem zu empfehlen.

»Gab es irgendwelche Subventionen?« fragte Kate,

während sie sich zögernd an ihr Tempura machte, das sie mit einem erstaunlich guten Weißwein hinunterspülte.

Nun ja, das Buch sei subventioniert worden. Kate wisse ja sicher, daß Universitäten über Fonds verfügten, oft aus Stiftungen oder anderen Quellen, um damit veröffentlichenswerte, aber nur für einen kleinen Kreis interessante Bücher zu subventionieren.

»Ich weiß«, sagte Kate. »Die Mellow-Stiftung zum Beispiel hat solche Fonds bereitgestellt. Aber bislang hatte ich angenommen, daß diese Gelder die Publikationen jüngerer, noch nicht habilitierter Wissenschaftler ermöglichen sollen. Ich wußte nicht, daß sie für das Werk etablierter Forscher ausgegeben werden. Oder hat Adams eine Subvention aus eigener Tasche geboten?«

»Nein, nein«, sagte Mr. Pettipas und genoß seinen rohen Fisch. Die Gelder seien von der Universität, oder genauer, von Adams' Fachbereich gekommen. So etwas sei keineswegs ungewöhnlich. Harvard sei stolz, das Buch zu veröffentlichen, aber jedermann wisse, daß der Verkauf die Herstellungskosten nicht decken werde. Dies sei keine Frage von Veröffentlichung aus Eitelkeit – das verstehe Kate doch bestimmt.

Kate verstand. Sie lenkte das Gespräch auf die Frage, wie die Zusammenarbeit mit Adams gewesen sei. Niemand wußte besser als Kate, wie schwierig Autoren sein konnten. Sie hatte genügend Manuskripte für Verlage gelesen und kannte genug Lektoren, um sich zu dem Thema kompetent zu äußern.

»Ich würde nicht gerade behaupten wollen, daß er schwierig war«, antwortete Peter Pettipas, »zu sagen, es sei ganz einfach mit ihm gewesen, wäre jedoch gelogen.« Was im Klartext hieß, Adams mußte mit Samthandschuhen angefaßt werden. Kate war nicht überrascht. »In allen Phasen der Produktion seines Buchs war Adams jedoch bemerkenswert prompt; in dem Punkt konnte ich mich nicht über ihn beschweren.« Kate nickte und behielt ihren Eindruck, Pettipas hätte mit Freuden bis in alle Ewigkeit auf die Endfassung des Manuskripts gewartet, fein für sich.

»Betreuen Sie alle Bücher über den Islam?« fragte Kate. Pettipas erklärte ihr, welche Spezialgebiete in sein Lektorat fielen; dann begannen sie, über den Fundamentalismus zu diskutieren, ein Thema, über das sie ohne taktische Spielereien sprechen konnten. Das Dinner endete recht angenehm. Kate versprach, sich bei Pettipas zu melden, falls sie von interessanten Büchern hörte, die in sein Gebiet fielen. Pettipas versprach, weitere Fragen zu beantworten, falls Kate noch Antworten benötigen sollte. Kate ging nach Hause, sank in einen großen Sessel und dankte der dekadenten westlichen Kultur aus tiefstem Herzen für ihre Polstermöbel.

Einige Wochen später trafen sich Kate und Edna in einem Restaurant – zu einem jener entspannten Dinner unter Freundinnen, bei denen über vieles gesprochen wird und, wenn der Abend zu Ende geht, das Gefühl bleibt, man hätte sich noch viel zu sagen gehabt, wäre mehr Zeit gewesen. Kate wußte inzwischen, daß sie auf Edna zählen konnte, wenn sie Einblick in die verschlungenen Wege der Universitätsbürokratie gewinnen wollte. Dabei ging es ihr weniger um Fakten, was Persönlichkeiten und Entscheidungen anging, sondern darum, wie Entscheidungen getroffen wurden und welche Personen sie beeinflußten. Für Kate, die noch immer das Gefühl nicht los wurde, in eine lächerliche Farce eingespannt worden zu sein, erfüllte Edna außerdem die Funktion, sie davon zu überzeugen, daß der Auftrag ernst war.

»Ich werde mich wohl mit der Situation der schwarzen Studenten befassen müssen«, sagte Kate, »und vielleicht auch mit der der zionistischen und palästinensischen. Aber ich kann mich einfach nicht darauf freuen, auf eine Lösung zu stoßen, die ich, ehrlich gesagt, nicht wissen will. Trotzdem muß ich die nüchterne Detektivin spielen und die Wahrheit herausfinden, egal wie.«

»Ja, das mußt du«, stimmte ihr Edna mit mitfühlendem

Lächeln zu. »Aber ich für meinen Teil glaube nicht, daß du auf irgend etwas Skandalöses stoßen wirst. Meiner Meinung nach wird sich herausstellen, daß es jemand von der Familie war – höchstpersönlich oder als Auftraggeber. Aber bis das nachgewiesen ist, sind wir alle verdächtig.«

»Vorsicht! Ich könnte gestehen, ihn zum Fenster rausgeschubst zu haben. Das wäre der beste Weg, die Sache zu beenden.«

»Du würdest vor Gericht ins Kreuzverhör genommen und widerlegt. Außerdem würden Zeugen beschwören, daß du zur fraglichen Zeit mit ihnen zusammen warst. Nein, die Wahrheit wird ans Licht kommen.«

»Wer weiß? Ich kann dir nicht sagen, warum, Edna, aber die ganze Geschichte kommt mir langsam faul vor. Ich meine nicht nur die Ermittlung, sondern die ganze Universität, den langen Arm der Bürokratie. Ich operiere innerhalb einer Institution, in der ich mich doch eigentlich auskennen müßte; schließlich gehöre ich lange genug dazu. Aber ich habe immer mehr das Gefühl, in einem fremden Stück mitzuspielen, wie es Virginia Woolf so schön ausdrückte. Die Frage, liebe Edna, ist: Muß ich endlich erkennen, wie das moderne Leben funktioniert? Muß ich einsehen, daß es Zeit für ein neues Drehbuch wird, ebenfalls Virginia Woolfs Worte, oder sind wir alle an dieser Universität, an jeder Universität, nur Marionetten und Werkzeuge? Oh, ich weiß, wir Professoren scheinen Autonomie zu haben, aber das gilt nur für den winzigen Bereich, den man uns zugesteht. Die Universitätspräsidenten tun heutzutage nichts anderes, als Geld aufzutreiben. Was ist ihre Gegenleistung dafür, außer daß der Name des Stifters auf irgendeinem Gebäude erscheint? Und was ist die Gegenleistung all der Natur- und Sozialwissenschaftler für die großen Finanzspenden von der Regierung oder sonstwoher, die ihre Forderungen ermöglichen? Und wenn die wichtige Entscheidung ansteht, wie die Geldmittel in der Universität verteilt werden, wer trifft sie und aus welchen Gründen? Bemüh dich nicht um eine Antwort. Ich grüble bloß ohne Sinn und Ziel vor mich hin.«

»Hast du je Lewis Thomas gelesen?« fragte Edna. »Er sagt, zahllose Komitees versuchten dahinterzukommen, wer in akademischen Institutionen die Entscheidungen trifft. Darauf ist mehr Zeit verwendet worden als auf die Suche nach einem Heilmittel gegen Krebs. Er fragt: ›Wer hat wirklich das Sagen und die Macht? Die angemessene Antwort heißt natürlich: niemand.‹«

»Die angemessene Antwort oder die richtige? Vielleicht gehen Komitees der Wahrheit aus dem Weg.«

»Und die wäre?«

»Das weiß ich nicht. Das Sagen haben die mit der größten Macht und Kontrolle über das meiste. Oder die mit der größten Angst vor der Zukunft.«

»Das«, sagte Edna, »ist entweder tiefschürfend oder albern.«

»Wie ich, die es gesagt hat«, bemerkte Kate. »Ich bin einmal dies und einmal jenes. Hab ein wenig Geduld mit mir, Edna, und beantworte mir folgendes: Nimm an, eine bestimmte Strategie – sei es eine akademische, finanzielle oder sonst eine – wird beschlossen. Wer hat ein Auge darauf, daß sie ausgeführt wird?«

»Alle. Die, die sie befürworten, aus Interesse daran, daß sie durchgesetzt wird. Die, die dagegen waren, weil sie die katastrophalen Folgen des Beschlusses aufzeigen wollen. Ist in Akademia eine Entscheidung erst einmal getroffen, geschieht danach sehr wenig im Dunkeln.«

»Wahrscheinlich hast du recht. Man hat mich für diese Ermittlungssache ausgesucht, weil ich das Territorium kenne. Von mir erwartet man weniger Fehler und weniger falsche Schlüsse als von jemand, der von außen kommt. Aber kenne ich das Territorium wirklich? Das ist die Frage. Im Grunde weiß ich nur von Vorgängen innerhalb meines Fachbereichs oder bestenfalls innerhalb des Lehrkörpers.«

»Der Lehrkörper, zumindest einige seiner Mitglieder,

weiß alles, so viel kann ich dir versichern. Ihrer Aufmerksamkeit und ihrer Bereitschaft zum Protest entgeht sehr wenig. Was hat dieses schreckliche Mißtrauen geschürt?«

»Viele Tage fruchtloser Ermittlungen. Ich habe mit Adams' Kollegen gesprochen. Ich habe mit den meisten seiner Studenten gesprochen, viele hatte er nicht. Ich habe seine Personalakte eingesehen und weiß besser Bescheid über seine Arztbesuche und seine Urlaubstage als über Reeds. Ich hatte würdige Stelldicheins mit verschiedenen Mitgliedern der Verwaltung, eingeschlossen den Präsidenten, der sich fünfzehn Minuten Zeit für mich nahm, zwischen dem Einsammeln der fünfhundertsten und fünfhundertdritten Million. Ich habe mit dem für akademische Angelegenheiten zuständigen Vizepräsidenten gesprochen und dem für die inneruniversitären Angelegenheiten zuständigen, unserem Matthew Noble höchstpersönlich. Der Rektor hat mich gebeten, nicht aufzugeben. Und weißt du, was ich herausbekommen habe? Nichts. Schau auf meine Lippen, wie sie bei den Taubstummensendungen im Fernsehen sagen: nichts. Nicht nur nichts über Adams – rein gar nichts. Nichts. Punktum. Findest du das nicht eigenartig?«

»Nicht unbedingt. Meiner Meinung nach heißt das nur, daß du mehr wußtest, als du wußtest, daß du wußtest.«

»Herrlich sokratisch, meine liebe Edna, aber zweifelhaft.«

»Dein Problem ist, daß du glaubst, es gäbe etwas aufzudecken. Natürlich gibt es Geheimnisse und Dinge unter Verschluß, und die meisten hast du im Lauf deiner Untersuchung erfahren. Sie kommen dir nur einfach nicht besonders bedeutend vor. Nun, vielleicht sind sie es nicht, aber sie sind genauso bedeutend wie alles, was hier geschieht. Beispiel: Du hast mir gerade erzählt, Adams habe sich dafür eingesetzt, daß ein junger Mann einen Lehrstuhl bekam, den sonst niemand an seinem Fachbereich für besonders befähigt hielt. Das war für dich wahrscheinlich nicht die aufregendste Sache seit der Erfindung des Flaschenbiers, aber nicht viele Leute außerhalb von Adams' Fachbereich wissen davon oder hatten eine Ahnung, welchen Ärger und Wirbel er deswegen gemacht hat. Ob das irgend etwas damit zu tun hat, daß er aus dem Fenster gestoßen wurde, weiß ich nicht; aber ich glaube, du leidest an dem, was eine Feministin einmal das Zwiebelsyndrom genannt hat: Du hoffst auf ein Zentrum, das es nicht gibt. Bei einer Artischocke entfernst du die Blätter und gelangst zum Herzen. Eine Zwiebel schneidest du in der Mitte durch und stößt auf nichts als konzentrische Kreise und einen ziemlich stechenden Geruch.«

»Du tust mir gut, Edna. Was hast du nur an dir, daß es mir immer besser geht, wenn ich mit dir zusammen war?«

»Meine mütterliche Art, meine rundliche Gestalt und die Tatsache, daß ich sehr klug bin und sexuell nicht konkurriere.«

»Ich leugne, daß ich je etwas Mütterliches gesucht und geschätzt hätte.«

»Das kommt daher, weil du bei Mütterlichkeit immer an deine eigene Mutter denkst oder die Mütter deiner Kindheitsfreundinnen. Es gibt etwas, das alle Frauen an einem älteren, intelligenten und tröstlichen weiblichen Wesen schätzen. Die Frauen wissen nur nicht, wie sie dieses Tröstliche definieren sollen, weil sie es so selten finden und weil das Wort *Tröstlichkeit* nach Mangel an Verstand klingt. Aber schließlich ist es Trost, den sich fast die ganze Welt von Gott und Jesus erhofft, um nur die naheliegendste Gottheit zu nennen. Und wirklichen Trost, vereint mit Intelligenz und Macht, finden Frauen nicht bei Männern.«

»Das ist doch nicht dein Ernst, Edna? Das will ich einfach nicht glauben.«

»Halbernst. Denk darüber nach. Dann wirst du verstehen, was ich meine; sogar du. Wie viele ältere Frauen gibt oder gab es in deinem Leben, die wirklich Macht haben, deren Verstand du respektierst und die es wert sind, geliebt zu werden?«

»Schon gut. Du hast recht, ein bißchen jedenfalls.« Kate nahm einen Schluck Wein und lächelte ihre Freundin an. Wie sollte man Edna beschreiben? Sie war kompakt, nicht dick, auch nicht stämmig – nein, doch, stämmig war wohl das richtige Wort. Sie konnte sehr strikt und sachlich sein, ließ sich von niemandem zum Narren halten, hatte kein Interesse an Kleidung, die in ihrem Fall meistens aus Kostüm, Strumpfhosen und möglichst bequemen Schuhen bestand, die den Namen Pumps gerade noch verdienten. Sie hatte ein Lächeln, das ihr Gesicht und den ganzen Raum erstrahlen ließ – und falls das ein Klischee war, so war Edna dazu geboren, es zu bewahrheiten. Ihre Lesebrille hing an einer Kette um ihren Hals, was verhindern sollte, daß sie sie absetzte und irgendwo vergaß, aber meistens hatte Edna sich ihre Brille auf ihr kurzes, glattes, graues Haar geschoben. Während Kate sie betrachtete, wurde ihr jäh klar, daß das, was sie für Edna empfand, zweifellos Liebe war. Es war Freundschaft und Zuneigung und Kollegialität, aber es war auch Liebe. Und das war eine erstaunliche Sache. Konnten Ednas viele Kinder und lange Ehe damit zu tun haben – die Großzügigkeit, mit der sie all die Jahre ihr Haus für die Freunde ihrer Kinder offen gehalten hatte? Bitte nicht, dachte Kate. Viel eher wünschte sie sich, daß Ednas kluges Einfühlungsvermögen, ihre Einsicht in die Machtverhältnisse und ihr Umgang mit Macht die Hauptrolle spielten. Edna fürchtete sich nicht davor, Macht auszuüben. Und vielleicht liebe ich sie, dachte Kate, weil sie es nicht nötig hat, zu manipulieren, wenn sie etwas will.

Am nächsten Tag traf sich Kate mit der jungen Schwarzen, von der Humphrey Edgerton an dem Abend vor Reeds Abreise gesprochen hatte. Als Arabella, die mit Nachnamen Jordan hieß, Kates Büro betrat, legte sie, aus welchen Gründen auch immer, eine übertriebene Unterwürfigkeit an den Tag, die offenbar nicht ernst gemeint war. Kate verstand die Botschaft sofort und kam zu dem Schluß, daß weniger Gefahr darin lag, autoritär zu wirken, als sich verständnisvoll zu geben. Das Problem war, daß es keinen sicheren Boden gab, auf dem beide sich hätten begegnen können. Kate mochte in dieser Umgebung entspannt sein und Arabella vielleicht so tun, aber nur eine von beiden würde sie selbst sein. Zornig wäre Arabella ihrem wahren Selbst wahrscheinlich viel näher, und mit dem wollte Kate in Berührung kommen.

»Professor Edgerton hat dieses Gespräch vorgeschlagen«, begann Kate. »Er sagte, Sie wüßten, worum es geht.«

»Humphrey hat es mir erklärt. Nennen Sie mich Arabella, und ich sage Kate. Okay?«

Kate nickte. Es war keine Frage, wer bei diesem Gespräch das Heft in der Hand haben würde. Kates Hoffnung beschränkte sich darauf, die Richtung von Zeit zu Zeit ein wenig lenken zu können. Sie wußte daß sie Arabella als Gegnerin erscheinen mußte und daß die junge Frau damit nicht ganz im Unrecht war.

Ein Zeuge hatte sich gemeldet und gesagt (nicht zu Kate, sondern zu jemandem aus der Verwaltung, wovon Kate durch Matthew Noble erfuhr), Arabella sei an dem Samstag von Adams' Tod in der Levy Hall gesehen worden – nicht mit Adams zusammen, sondern, laut der Botschaft, die Kate erreichte, »wie sie über die Flure schlich«. Kate hatte nach ihrem Dinner mit Edna Nobles Nachricht erhalten und am folgenden Tag überall, angefangen bei Humphrey Edgerton, verkündet, sie wünsche gegen vier Uhr desselben Tages Arabella zu sprechen. Wie immer hatte auch diesmal die studentische Flüsterpropaganda hervorragend funktioniert. Arabella saß vor ihr, gewappnet für alles, wie es schien.

»Ich nehme an, Sie wissen von meiner Funktion bei

der Untersuchung des Todes von Professor Adams«, begann Kate.

»Ich weiß, wer Sie sind und was Sie tun«, antwortete Arabella und beendete das Eröffnungsgeplänkel damit.

»Nun gut. Sie wurden während des Samstags, an dem Professor Adams starb, in der Levy Hall gesehen. Würde es Ihnen etwas ausmachen, mir zu erzählen, warum Sie dort waren und was Sie dort taten?«

»Wenn ich es Ihnen nicht erzähle, muß ich es der Polizei erzählen«, sagte Arabella. »Das habe ich begriffen. Keine Ahnung, weshalb die so lange gebraucht haben, um auf mich zu kommen. Dutzende von Leuten haben mich an dem Samstag in der Levy Hall gesehen. Ich war fast den ganzen Tag dort, jedenfalls den ganzen Nachmittag. Weshalb?« fragte sie sich selbst, ehe Kate dazu kam. »Ich habe gearbeitet, in einem Büro, das wir zur Verfügung gestellt bekommen haben – mich dort mit Genossen getroffen und Aufstände und revolutionäre Umtriebe geplant. Immer, wenn Adams mich sah, kam er echt ins Schwitzen. Ich meine, ich war ihm ein Dorn im Auge; unsere ganze Gruppe machte ihm zu schaffen. Er sehnte sich nach den guten alten Zeiten zurück, als nur feine Herrschaften auf seine Universität durften und noch *eindeutig* feststand, wer das Sagen hat. Damals hätten wir ›farbiges Gesocks‹ die Universität nur durch den Dienstboteneingang betreten dürfen, und jetzt sind wir in den heiligen Hallen. Er konnte nicht verstehen, warum wir nicht einfach fleißig studieren und uns anstrengen, damit was aus uns wird. Wieso haben wir bloß nichts anderes im Sinn, als Unruhe zu stiften? Und so weiter. Soll ich auf der Schiene weitermachen?«

»Wenn Sie wollen«, sagte Kate.

Arabella hatte zweifellos mit einer anderen Antwort gerechnet, fuhr aber fort, als habe sie das erwartete Stichwort bekommen. »Warum können wir uns nicht mit den Fortschritten, die wir erreicht haben und die doch so beachtlich sind, zufriedengeben und endlich aufhören, immer mehr zu verlangen? Schließlich durften wir vor dreißig Jahren in Mississippi und einer Menge anderer Orte nicht einmal wählen!«

»Ich weiß nicht viel«, sagte Kate, »aber eines doch: Wenn die Unterdrückten nicht mehr auf ›ihren Platz‹ verwiesen werden, wollen sie immer mehr, sogar, und davor sei Gott, Gleichheit mit dem Unterdrücker! Das wissen alle Tyrannen, sei es in Mississippi, Südafrika oder, was Frauen betrifft, überall auf der Welt. Deshalb sträuben sie sich so, auch nur die fundamentalsten Rechte einzuräumen. Ich will einfach nur genau wissen, was Sie an jenem Samstag taten. Das interessiert mich, aber nicht deshalb, jedenfalls im Augenblick nicht, weil ich mit Ihnen über die Geschichte der Schwarzen oder gar die Geschichte von Institutionen diskutieren möchte, sondern weil ich mit dieser schrecklichen Ermittlung festsitze, von der ich, wenn Sie's genau wissen wollen, am liebsten nie gehört hätte.«

»Ich glaub', Sie haben sich mehr aufgeladen, als Sie schaffen können«, sagte Arabella mit einer gewissen Befriedigung. Kate spürte eine Welle von Ärger in sich aufsteigen, die sie sofort unterdrückte, nicht nur, weil Zorn hier nicht weiterhalf und Arabella nur eine überflüssige Angriffsfläche böte, sondern weil Arabella recht hatte: Kate hatte sich in der Tat mehr aufgeladen, als ihr gut tat, und, wie sie fürchtete, eine ganze Menge mehr, als sie verkraften konnte.

»Versuchen Sie doch bitte, mir Schritt für Schritt zu berichten, was Sie an jenem Samstag taten. Ich werde nur das weitergeben, was für die Untersuchung unbedingt notwendig ist. Hat Humphrey Ihnen übrigens gesagt, daß – nun, daß Sie sich weigern können, mit mir zu sprechen?« Das Schlimme ist, dachte Kate, daß ich entweder servil klinge oder autoritär; wir haben noch keine gemeinsame Sprache gefunden. Oder übertreibe ich? Würde es mit jeder anderen Studentin in der gleichen Situation genauso sein? Kate fiel ein, daß Toni Morrison irgendwo gesagt hatte, weiße Frauen seien völlig anders als schwarze Frauen, aber weiße und schwarze Männer seien sich gleich.

»Ich kam gegen ein Uhr, vielleicht auch halb zwei, so genau habe ich nicht drauf geachtet, in der Levy Hall an«, begann Arabella zu Kates Erleichterung. »Wir haben einen Schlüssel für das Hauptportal und das Büro, das wir benutzen dürfen. Wir basteln keine Bomben dort, egal, was Sie und Ihresgleichen auch meinen. Wir reden miteinander, wir helfen uns, und wenn etwas Konkretes ansteht, dann organisieren wir. Wir versuchen zum Beispiel, diese und alle anderen Universitäten an Geschäften mit Südafrika zu hindern. Wir organisieren Demonstrationen und so weiter. Meistens quatschen wir einfach. In diesem lilienweißen Mausoleum als Schwarze herumzulaufen, ist kein Sonntagsausflug, das kann ich Ihnen versichern. Manchmal wollen wir uns einfach in unsere schwarzen Gesichter gucken.«

»Und an jenem Samstag? Wie viele von Ihrer Gruppe kamen und gingen?«

»Nur ein paar. Die meiste Zeit war ich allein in dem Büro, außer, als Adams mich mit seinem Besuch beehrte. Das hatte er sich angewöhnt, war wie eine Art Zwang für ihn, ungefähr so, als wenn man mit der Zunge ständig an einem schmerzenden Zahn herumspielen muß.«

»Was hielten Sie von ihm?«

»Ich hielt ihn für einen Idioten; und was hielten *Sie* von ihm?«

»Ich bekam ihn wahrscheinlich nicht so oft zu Gesicht wie Sie«, sagte Kate. »Nach dem, was ich von ihm sah, wirkte er auf mich wie ein Idiot. Man könnte auch sagen: Wir waren selten oder nie einer Meinung.«

»Aber bei Ihnen nahm er sich nichts heraus, so wie bei vielen Studentinnen. Mich hat er sogar lüstern angeschielt, als ob er nicht wüßte, daß ich... nun, er wußte es.«

»Und an besagtem Samstag?« erinnerte Kate.

»Es war wie an den meisten Samstagen. Ich arbeitete

dort, denn bei mir zu Hause ist wenig Platz, und in der Bibliothek herumzuhängen, bringt nicht viel, da trifft man dauernd Leute und kommt zu nichts. Falls Sie es genau wissen wollen, manchmal bin ich gern allein. Adams kam an besagtem Samstag wieder einmal vorbei. Er konnte den Gedanken einfach nicht ertragen, daß ich, wir, einen Schlüssel zu seinem Gebäude hatten. Wir störten seinen Seelenfrieden. Hören Sie, Kate, wenn ich Ihnen mit irgendeiner sensationellen Enthüllung über jenen Samstag dienen könnte, würde ich es gern tun. Ich bin nicht in Adams' Büro gegangen, und ich weiß nicht, wie lange er dort war. Unser Büro liegt auch im siebten Stock, aber weit weg von seinem am anderen Ende des Flurs.«

»War er, soweit Sie wissen, die ganze Zeit allein dort?«

»Ich glaube, ja. Als ich den Flur entlangging, hörte ich ihn sprechen, aber ich nahm an, daß er telefonierte. Er war ein vielbeschäftigter Mann und erledigte viel per Telefon. Mit wem er an einem Samstag hätte telefonieren sollen, das fragen Sie bitte nicht mich. Gegen fünf bin ich gegangen, habe unser Büro und den Haupteingang abgeschlossen und das Gebäude erst am Montag wieder betreten. Den Schlüssel weitergegeben habe ich auch nicht«, fügte sie vorwurfsvoll hinzu, obwohl Kate gar nichts gesagt hatte. »Mehr weiß ich nicht. Okay? Haben Sie versucht, die Faschisten vom Wachdienst auszufragen?«

»Ob Sie es glauben oder nicht«, sagte Kate. »Das habe ich. Die hassen mich, weil ich als Frau einen Lehrstuhl habe und weder homophob noch eine Rassistin bin – zumindest nach deren Maßstäben nicht, auch wenn Sie, Arabella, da vielleicht ganz anderer Meinung sind. Ich habe versucht, die Männer vom Wachdienst dazu zu bewegen, offen zu mir zu sein, und genauso versuche ich jetzt, Sie zur Offenheit zu bewegen.«

»Verschonen Sie mich mit Ihrem Pathos. Hören Sie, Kate, nehmen Sie's nicht so schwer! Humphrey sagt, Sie sind in Ordnung, und ich bin bereit, ihm zu glauben. Wir beide haben Schwierigkeiten, miteinander zu reden, weil

Sie zu feinfühlig sind und ich zu empfindlich. Das habe ich begriffen. Ob Sie's glauben oder nicht. Ich habe nichts gesehen, was ich Ihnen verschwiegen hätte. Ich halte Canfield Adams für ein Riesenarschloch, und daß er tot ist, tut mir nicht leid, aber ich habe ihn nicht zum Fenster hinausgestoßen. Seien Sie ehrlich, glauben Sie wirklich, ich hätte ihn zum Fenster und über den Sims befördern können, wenn er um sein Leben gekämpft hätte? *So* hart und zäh bin ich auch wieder nicht. Die Jungs aus der Verwaltung würden mir liebend gern was anhängen, denn dann könnten sie mich rausschmeißen. Ich mache nur Ärger und bin eine Aufrührerin. Sie müssen sich also entscheiden, bei welcher Mannschaft Sie mitspielen wollen.«

»War an jenem Samstag jemand mit Ihnen im Büro, der vielleicht hinausging, im Haus herumwanderte und wieder zurückkam – oder auch nicht?«

»Jeder hätte zurückkommen müssen, weil ich ihn zum Haupteingang hinauslassen und danach wieder hätte abschließen müssen. Das Abschließen nehme ich wirklich sehr ernst, vor allem deshalb, weil ich nicht will, daß jemand sich an uns heranschleicht. Und nein: Niemand hat den Raum lang genug verlassen, um Adams aus dem Fenster zu stoßen. Außerdem hätte das niemand gewollt. Wir wollen mehr schwarze Dozenten, mehr schwarze Studenten und uns nicht wie das kleine Waisenkind Annie verhalten müssen. Vielleicht wünschen wir uns, manche Leute würden vom Erdboden verschwinden, genau wie Sie wahrscheinlich auch, aber wir unternehmen keine praktischen Schritte in der Richtung.«

Und damit mußte Kate sich zufriedengeben. Mit der nochmaligen Mahnung »Nehmen Sie's nicht so schwer«, die bei Kate genau das Gegenteil bewirkte, brach Arabella auf. Leider war unklar, ob Arabella zwischen Herablassung von Professorin zu Studentin, älterer zu jüngerer Frau, weiß zu schwarz, vermeintlich konservativ zu vermeintlich radikal unterscheiden konnte. Viel war unklar. Kate, die unverdiente, gegen sie persönlich gerichtete

Feindseligkeit haßte und sich selbst dafür verachtete, daß es so war, verfluchte wieder einmal die ganze verdammte Untersuchung. Aber ohne die Untersuchung wäre sie Arabella nie begegnet. Trotz allem – sie war froh, Arabella begegnet zu sein.

Das sagte sie auch Humphrey, als sie ihn, nachdem Arabella gegangen war, anrief. Er schlug vor, auf einen Drink bei ihr hereinzuschauen und über alles zu sprechen. »Du klingst, als brauchtest du jemand, der dir die Hand hält«, sagte er.

»Tut mir leid, daß es so offensichtlich ist«, sagte Kate. »Aber es stimmt. Arabella gibt mir das Gefühl, als hätte ich persönlich im Bürgerkrieg auf der falschen Seite gekämpft. Ich habe mich ertappt, wie ich ihr unbedingt erzählen wollte, daß ich 1964 in Mississippi dabei war. Da war das kleine Ekel wahrscheinlich noch nicht mal geboren.«

»Was du brauchst, ist eine Hand *und* ein Drink«, sagte Humphrey. »In einer halben Stunde bin ich bei dir. Du könntest natürlich auch herkommen, aber ich glaube nicht, daß Babygeschrei im Augenblick das richtige für dich ist.«

Acht

> oder die Dinge zerbrochen zu sehen, denen du
> dein Leben gegeben hast,
> und dich zu bücken und sie mit abgenutztem
> Werkzeug wieder aufzubauen

Kate kannte Humphrey Edgerton seit langem. Er hatte spät geheiratet und war noch später Vater geworden, aber für Kate blieb er unverändert der Freund und Verbündete. Sie hatte ihn kennengelernt, lange bevor er ihr Kollege an der Universität wurde. Zum ersten Mal begegnet war sie ihm in der Zeit der Bürgerrechtsbewegung, der Protestmärsche und der Geburt des Feminismus als Reaktion auf Stokeley Carmichael, der Frauen als von Natur aus passive Wesen sah. Kate hätte nicht sagen können, warum die Freundschaft zwischen ihr und Humphrey so viele Jahre überdauert hatte. Vielleicht weil sie sich beide verändert hatten, zwar nicht in ihren politischen Einstellungen, aber Kate war offener geworden für das Problem des Rassismus und Humphrey offener für die Anliegen des Feminismus. Kate bedauerte, daß sie mit keiner schwarzen Frau so eng befreundet war wie mit Humphrey. Schwarze Frauen schienen sie nicht an ihrem Handeln zu messen, sondern an ihrer Erscheinung, und die strahlte offenbar unausweichlich etwas Elitäres aus. Das Gespräch mit Arabella hatte Kate, was diesen Punkt betraf, nicht gerade glücklicher gemacht.

»Edna zitiert gern Mr. Micawber«, sagte Kate, »und ich werde es ihr nachtun. Wie Mr. Micawber sagte: ›Willkommen Elend, willkommen Obdachlosigkeit, willkommen Hunger, Lumpen, Stürme und Bettelei! Unser Vertrauen ineinander wird uns bis ans Ende begleiten.‹ Mein Problem ist zweifellos, daß ich nie Obdachlosigkeit, Hunger, Lumpen oder Bettlertum erlebt habe. Aber die anderen Zustände, die er erwähnt, sind mir vertrauter als mir lieb ist.«

»Laß gut sein, Kate«, sagte Humphrey. »Herumzusitzen und dich ungeliebt zu fühlen paßt nicht zu dir, selbst wenn du ungeliebt wärst, was du ja nicht bist. Vielleicht sollten wir Reed zurückbeordern.«

»Es hat nichts mit Reed zu tun. Es hat mit Frauen zu tun, schwarzen Frauen, und warum sie mich nicht mögen.« Während Kate Humphrey betrachtete, wurde ihr plötzlich bewußt, daß, auch wenn beide an die Möglichkeit einer leidenschaftlichen Beziehung nicht einmal zu denken wagten, es doch einen Funken zwischen ihnen gab, der ihr Gespräch auf eine Weise sprühen ließ, wie es zwischen schwarzen Frauen und ihr nie geschah. Ein Satz aus Virginia Woolfs Briefen an ihre Schwester setzte sich in Kates Kopf fest, ehe sie ihm den Zutritt verwehren konnte. »Und ich hatte Besuch, vor langer, langer Zeit, von Tom Eliot, den ich liebe, oder hätte lieben können, wären wir beide in unserem Frühling und nicht in unserem Herbst. Was glaubst du, wie wichtig der Kopulationsakt für eine Freundschaft ist?« Woolf und Eliot waren bedeutend älter gewesen als Kate und Humphrey. Himmel, dachte Kate, ich glaube, ich verliere den Verstand.

Humphrey schien ihre Gedanken zu lesen. »Schwarze Frauen empfinden eine große Distanz zu weißen Frauen – anders ist das nur, wenn sie ein Liebesverhältnis zueinander haben. Schwarze Frauen haben ein sehr feines Gespür für Hochmut und Geringschätzung ihnen gegenüber. Ich an deiner Stelle würde einfach damit zu leben versuchen. Ist das dein einziges Problem im Moment?«

»Nein, ist es nicht«, sagte Kate. »Ich hätte nichts dagegen, Arabella an die Spitze meiner Problemliste zu setzen, wenn du es ertragen kannst.«

»Wir wollen die jungen Leute immer bevormunden«, sagte Humphrey. »Wenn wir in der Lage sind, Veränderungen zu begrüßen und uns nicht hinter der Mauer der ›alten Werte‹ verschanzen, freut es uns, wenn die jungen

Leute, die wir kennen, revolutionär sind, aber sie sollen nicht zu revolutionär sein und gefälligst auf keine andere Weise, als wir es waren. Ich hoffe, ich erinnere mich daran, wenn mein Sohn größer ist, aber wahrscheinlich tue ich das nicht. Einige Feministinnen nennen das ›zu weit gehen‹. Arabella ist ein gutes Beispiel dafür. Sie geht zu weit. Sie ist wie ein Bündel trockenes Reisig, das jede Minute in Flammen aufgehen kann. Aber immerhin hat sie kapiert, daß Gehorsam, Höflichkeit und Fleiß nicht der Weg sind, die Aufmerksamkeit der Besitzenden zu erregen, wenn man selbst ein Habenichts ist. Sowohl die Schwarzen wie auch die Frauen haben das versucht und die Erfahrung machen müssen, daß es zu wenig führt. Was nicht heißen soll, daß, könnte ich Arabella einsperren und dazu bringen, ihr Examen zu machen und Anwältin zu werden, ich es nicht tun würde.«

»Meinst du, daß sie in dem Raum in der Levy Hall wirklich arbeitet?«

»Ich wünschte, ich könnte glauben, daß sie arbeitet. Sie hat mit hochfliegenden Plänen begonnen und von Jahr zu Jahr ihre Ziele niedriger gesteckt. Zuerst wollte sie Ärztin werden, dann irgend etwas im Gesundheitswesen, dann Anwältin. Jetzt will sie ihr Examen in Kinderpsychologie machen – na, hoffen wir, sie macht überhaupt ein Examen. Im Grunde will sie gar nicht mit Kindern umgehen. Erwachsene liegen ihr viel mehr. Und sag jetzt nicht, daß ich mich wie ein weißer Yuppie anhöre, das weiß ich schon selbst.«

»Was tut sie in dem Büro in der Levy Hall?«

»Sie redet mit ihren Freunden und Genossen. Sie machen sich gegenseitig Dampf, versuchen, einander davon abzuhalten, umzufallen und sich den weißen Mittelklassewerten anzupassen. Sie wollen ihren Zorn nicht verlieren. Wie du, liebe Kate, habe ich gelernt, oder mir vielleicht auch nur fälschlicherweise eingeredet, daß das *möglich* ist. Arabella will Südafrika verändern und zwar jetzt *gleich*.«

»Das wollen wir, ich und du, auch.«

»Aber wir besetzen deshalb nicht das Verwaltungsgebäude. Hör mal, es gibt Zeiten, wo Aktionen notwendig sind, um sich Gehör zu verschaffen. Das Land, die Welt, dein eigenes Umfeld ignorieren dich, wenn du es nicht tust. Ich weiß das, und du weißt es. Wir haben beide oft genug mitgemacht. Und es gibt Orte, wo es immer noch notwendig ist, auf die Barrikaden zu gehen. Aber meiner Meinung nach ist die Zeit gekommen, daß mehr Schwarze – Studenten, Dozenten, sogar Verwaltungsleute, Gott möge mir verzeihen – in den Institutionen arbeiten sollten. Ob ich damit recht habe oder ob das Establishment mich korrumpiert hat, stelle ich anheim. Dieselbe Frage müßtest auch du dir stellen.«

Kate seufzte. »Die stellt sich mir von ganz allein. Ich kämpfe bis zur Erschöpfung innerhalb des Systems und frage mich, ob es nicht effektiver wäre..., nun, zum Beispiel, den Rektor aus dem Fenster zu werfen. Was uns praktischerweise zu meiner sogenannten Ermittlung zurückbringt. Hast Du Lust auf ein Omelett?«

»Warum gehen wir nicht irgendwo mexikanisch essen? Genau danach steht mir der Sinn. Wir könnten mit Margaritas beginnen und das Salz von den Gläsern in unsere Wunden reiben.«

Kate bestellte Krabben in grüner Sauce und machte erst gar nicht den Versuch, herauszufinden, was Humphrey aß. Zwischen den Krabbenhappen tauchte sie Tacochips in die Guacamole. Niemand außer Reed würde Kate gestehen, daß sie Avocados am liebsten einfach aufschnitt und aus der Schale löffelte – das mit tausend Gewürzen angerichtete Mus erregte höchstens ihr Mißtrauen. Aber Kate hatte gelernt, ihre Leidenschaft für einfache Gerichte, Eintöpfe und wenig sonst für sich zu behalten.

»Humphrey, früher oder später muß ich dich doch fragen: Glaubst du, Arabella hat irgend etwas mit Adams' Sturz zu tun? Zufällig, versehentlich oder absichtlich?«

»Nein, das glaube ich nicht. Schon wegen ihrer Körpergröße nicht.«

»Wahrscheinlich wurde er zuerst bewußtlos geschlagen und dann hinausgeworfen.«

»Dann hätte sie immer noch den schweren Körper hochheben und hinausschieben müssen. Du hast Arabella gesehen.«

»Und du hast ihre Freunde gesehen. Nun mach schon, Humphrey, hilf mir. Was ich damit anfangen werde, weiß ich noch nicht, aber ich will es wissen.«

»Wenn ich glaubte, Arabella hätte ihn getötet oder dabei ihre Hand im Spiel, würde ich es dir vielleicht nicht erzählen. Aber ich glaube es nicht, also sage ich dir das. Und falls dich das an ein Paradox von Bertrand Russell erinnert, kann ich es nicht ändern.«

»Vielleicht hatte Arabella Hilfe?«

»Vielleicht! Sie verabscheute Adams aus tiefstem Herzen, und ihrer Kohorte, die sie in diesem Büro besucht hat, ging es genauso. Er war ein bemerkenswert unangenehmer Mensch, das hast du selbst gesagt. Aber unter Arabellas Großmäuligkeit verbirgt sich ein gewisses Maß an Vernunft.

Warum Adams töten? Sie und ihre Gruppe wären die ersten, die man verdächtigen würde, und genau das ist ja jetzt der Fall. Was sollte sein Tod ihr nützen? Dankbarkeit ist vielleicht nicht die hervorstechendste Charaktereigenschaft Arabellas, aber es war Adams, der darauf bestanden hat, daß sie und ihre Freunde Zugang zu dem Gebäude bekamen. Mag sogar sein, daß sie ihn haßte, weil er ihr einen Gefallen getan hat oder aus tausend anderen Gründen, aber das reicht doch nicht für eine so selbstzerstörerische Aktion.«

»Aber warum um Himmels willen hat Adams sich für sie eingesetzt?«

»Ich habe keine Ahnung. Nach Adams' Tod erzählte mir die Polizei, daß Noble das Büro auf die besondere Bitte von Adams zur Verfügung gestellt habe. Ich nehme an, Noble selbst hat es der Polizei erzählt. Ich wurde bei der Sache nicht um Rat gebeten, und hätte man mich gefragt, wäre ich dagegen gewesen. Schwarzen Studenten Rechte einzuräumen, die andere Studenten nicht haben, ist auch eine Form von rassischem Vorurteil.«

»Arabella bestand auf Vornamen«, sagte Kate ziemlich zusammenhanglos. »Alle jungen Leute bestehen heute auf Vornamen, was mich die Wände hochgehen läßt. Nicht, daß ich etwas dagegen hätte, Kate genannt zu werden, ich kenne meinen Namen. Aber all die Studentinnen und Bekannten, die man nur als Susan und Barbara und Jeannie und Nancy kennt, machen mich wütend. Ich sag dir, Humphrey, ich bekomme Postkarten von überallher, auf denen es heißt: ›Wie geht es Ihnen? Freu' mich darauf, Sie zu sehen, wenn ich zurück bin‹, gezeichnet Barbara, und ich hab keine Ahnung, nicht den leisesten Schimmer, um welche der zahllosen Barbaras es sich handelt. Oder ich nehme den Hörer ab und jemand sagt: ›Lizzie hier‹. Juchhe! Und ich finde einfach nicht den richtigen Ton für die Frage: ›Lizzie wer?‹ Dann bete ich, daß sich im Lauf des Gesprächs schon herausstellen wird, wer sie ist, aber glaub' mir, das ist bei weitem nicht immer der Fall. Ganz zu schweigen von den endlosen Telefonaten, bei denen ich glaube, ich habe es mit einer bestimmten Person zu tun, während es in Wirklichkeit eine ganz andere ist. Wenn sich jemand meldet und sagt, hier ist Lizzie Rappaport, dann weiß ich, woran ich bin. Aber wenn ich zu Arabella, die – das wenigstens muß ich ihr lassen – die einzige Arabella ist, die ich kenne, sage: Ich nenne Sie Ms. Jordan und sagen Sie doch Ms. Fansler zu mir, dann wird sie mich als Snob und elitäre Ziege abtun, die voller Klassendünkel steckt. Zum Schluß wird sie mich trotzdem Kate nennen und darauf bestehen, daß ich Arabella sage.«

»Ms. Fansler«, sagte Humphrey. »Wenn ich nicht sehr irre, wissen Sie nicht, was Sie als nächstes tun sollen. Könnte das stimmen?«

»Nicht ganz. Als nächstes werde ich mich mit einer Studentin treffen, die früher einmal Sekretärin in Adams' Fachbereich war und eine Menge über ihn zu sagen weiß, allerdings nur Schlechtes. Sie hat gekündigt, studiert jetzt fulltime und steht kurz vor dem Examen. Außerdem hat sich eine von Adams' Schwiegertöchtern zu einem Gespräch bereit erklärt, und wenn ich Glück habe, bekomme ich auch den anderen Sohn mitsamt Frau zu Gesicht. Vielleicht treffe ich mich sogar noch einmal mit der köstlichen Witwe und lerne von ihr Finanzakrobatik. Sie hält ihre Klage gegen die Universität aufrecht. Adams starb, ehe sie sich alles bis zum letzten Pfennig unter den Nagel reißen konnte, und das verzeiht sie nicht. Ich verstehe zwar nicht, wieso die Universität fahrlässig gehandelt haben soll, wenn ein Professor aus welchen Gründen auch immer aus einem Fenster fällt, aber schließlich bin ich kein Jurist, ich bin nur mit einem verheiratet und mit ungefähr hundert verwandt. Mit all dem vor mir, wie sollte ich da nicht wissen, was ich als nächstes tun soll? Ich werde allen brav zuhören und dann zu dem Schluß kommen, daß irgendein außerplanetarisches Wesen, das mit einem UFO landete, der Täter war. Wahrscheinlich war an der Stelle, wo das UFO aufsetzte, ein runder Abdruck zu sehen; wir alle haben ihn nur übersehen. Wirst du dir einen mexikanischen Nachtisch bestellen?«

»Ich werde dich nach Hause fahren. Du brauchst ein langes Telefongespräch mit Reed und deinen Schlaf. Da du die hellste Professorin bist, die ich kenne, mußt du doch erraten haben, daß die Verwaltungsleute dich nur deshalb mit der Ermittlung beauftragen, weil sie wissen, daß die Sache nicht aufzuklären ist. Dein Scheitern ist der Beweis dafür, daß sie es versucht haben, aber der Fall unlösbar ist. Dann werden sie einen ihrer Anwälte beauftragen, die Klage wegen Fahrlässigkeit abzuwenden. Du kannst nicht alle Fälle aufklären, Kate, aber ich finde, du darfst trotzdem bei dieser Sache ein gutes Gefühl haben. Ohne dich hätte die Polizei die Sache Arabella, Verzeihung, Ms. Jordan und ihren Freunden angehängt. Und ohne dich – wer weiß, vielleicht wäre noch ein Professor aus einem Fenster gestoßen worden.«

»Sie sind ein lieber Kerl, Mr. Edgerton, und außerdem haben Sie recht. Ich sollte früh zu Bett und ausschlafen.«

Aber Humphrey hatte doch nicht so recht, wie beide hofften. Es wurde noch jemand aus einem Fenster gestoßen. Kein Professor. Arabella Jordan.

Ihre Leiche wurde im Hof ihres Wohnblocks Riverside Drive, Ecke 140. Straße gefunden. Achtundvierzig Stunden vergingen, ehe jemand von der Universität benachrichtigt wurde. Die Studentenzeitung erfuhr als erste von Arabellas Tod. Einer ihrer Kommilitonen hatte in der Redaktion angerufen, die fest entschlossen war, die Geschichte zu bringen, was sie auch tat, aber nicht ohne vorher die Verwaltung in Gestalt von Matthew Noble zu informieren. Matthew Noble sprach mit den anderen Mitgliedern des Verwaltungsrats, sowie es ihm gelungen war, sie aus den Sitzungen herausholen zu lassen, auf denen anscheinend alle Dekane, Vizepräsidenten und Rektoren ihre Zeit verbringen. Sie hatten ungefähr eine Stunde miteinander verhandelt, bevor ihnen schließlich Kate einfiel – immerhin, sie fiel ihnen ein, was bewies, wie Kate später zu Reed sagte, daß die Herren ihre Ermittlung in irgendeiner Schicht ihres Bewußtseins zumindest wahrnahmen. Das schmeichelte Kates Ego, hob ihre Stimmung aber in keiner Weise.

Diesmal war Kate das Opfer nicht gleichgültig; sie war wütend, verzweifelt und konnte an nichts anderes mehr denken. Reed erfand eine Entschuldigung – welche, sollte Kate nie erfahren –, und kam sofort zurück. Kate brauchte ihn und war erleichtert, ihn wiederzuhaben. Sie bat um Erlaubnis, mit der Polizei zu sprechen. Sie wurde ihr gewährt. Kein Zweifel, Reeds lange Zugehörigkeit zur Bezirksstaatsanwaltschaft zahlte sich immer noch aus. Seinem Druck hatte sie es zu verdanken, aber ihr war egal, woher der Druck kam. Sie hatte sich verwandelt – sie war nicht mehr jemand, der eine Herausforderung angenommen hatte; nun war sie entschlossen, Gerechtigkeit oder zumindest Rache zu üben. Noble versuchte nicht, sie zu beschwichtigen, und ebensowenig versuchten es Edna, der Rektor oder andere. Als Humphrey, den man ebenfalls benachrichtigt hatte, einige Stunden später eintraf, umarmten sie sich nur stumm.

Kate schwieg wie betäubt, ein Zustand, von dem sie wußte, daß er bald in einen endlosen Wortschwall übergehen würde, aber im Moment fehlten ihr die Worte. Humphrey führte sie zu einer Mauerbrüstung, von der aus man auf einen der wenigen grünen Flecken in der betonierten Szenerie des Campus schaute.

»Vorgestern hat sie mich angerufen«, sagte Humphrey. »Es ging ihr gut; ihr alter Ehrgeiz schien wiedererwacht zu sein. Ich weiß nicht, ob jetzt der richtige Zeitpunkt ist, es dir zu erzählen, aber das Gespräch mit dir hat ihr gefallen. Sie sagte, du seist direkt und geradeaus und keine butterweiche Liberale.«

»Aber ich bin eine butterweiche Liberale«, sagte Kate. »Ich hab nie verstehen können, was daran schlecht sein soll. Wenn jemand schneller menschlich und verständnisvoll reagiert als die meisten anderen Menschen, ist er deshalb zu verachten?«

»Nein. Aber der Ausdruck bezieht sich auf Leute, die vor jeder konkreten Aktion zurückschrecken – auf Leute wie die Kennedys, John und Robert, die nie wirklich etwas für die Schwarzen oder für die Frauen getan haben und sich an Stränden aalten, die so exklusiv und für alle anderen verboten waren wie irgendein Club im Süden. Selbst Lyndon Johnson hat 1964 die schwarze Delegation von Mississippi nicht zum Demokratischen Konvent zugelassen; daran erinnerst du dich vielleicht. Ich glaube, was Arabella meinte, war, daß du ihr keine überschwengliche Bewunderung für ihren Kampf vorgespielt hast und in Wirklichkeit die ›alten Werte‹ vertrittst. Du meinst eben *nicht*, daß eine Kultur, die sich nicht auf Plato beruft, irrelevant ist.«

»Was Arabella meinte, werden wir nie wissen, Humphrey«, sagte Kate. »Warum mußte sie sich nur umbringen lassen? Ich kann mir nicht helfen, aber ich habe das sichere Gefühl, wenn ich nie mit ihr gesprochen hätte, wäre das nicht passiert. Und du weißt das auch.«

»Daß das Unsinn ist, weiß ich. Wir müssen aufhören, Trauer und Schuldzuweisungen durcheinanderzubringen. Laß uns lieber herausfinden, wer sie umgebracht hat. Du warst es nicht. Ich war es nicht. Aber jemand war es.«

»Na«, sagte Kate, »immerhin gibst du zu, daß sie nicht einfach in einem Moment verrückter Begeisterung oder Verwirrung hinausgefallen ist. Es wird bestimmt nicht lange dauern, bis die Leute etwas Derartiges behaupten. Was genau hat sie gesagt, Humphrey, als sie mit dir sprach?«

»Wenn du ihre Worte wissen willst – sie sagte: ›Ich habe mich mit deiner Fansler-Freundin getroffen‹, mit starker Betonung auf Freundin, ›also, ich hab das Gefühl, sie will es wirklich wissen, wer den alten Canfield zum Fenster rausgeworfen hat. Vielleicht kann ich ihr helfen. Würde dich das freuen, Humph?‹«

»Das war der genaue Wortlaut, oder?«

»Der genaue Wortlaut. Mein ganzes Leben werde ich mich daran erinnern. Kate, jetzt mußt du *ihr* helfen. Es gibt Zeiten, wo man klagen und lamentieren darf und muß. Ich habe Situationen erlebt, in denen die ganze Wut, die sich seit meiner Kindheit in mir aufgestaut hatte, plötzlich an die Oberfläche kam und mich monatelang völlig lahmlegte. Das wird mir jetzt nicht passieren und dir auch nicht. Wir werden herausbekommen, was und wer sie umgebracht hat. Mit ›was‹ meine ich, welche Ressentiments, welche Kräfte im Hintergrund, welche Organisation, welche Angst. Das ist genauso wichtig wie das ›wer‹.«

Sie standen nebeneinander auf dem Campus, betrachteten das Treiben der akademischen Welt und konnten nicht fassen, wie viele Menschen ihren Geschäften nachgingen, als sei die Tragödie nicht geschehen. Die meisten, dachte

Kate, wissen ja nichts von ihr, werden wahrscheinlich nie erfahren, daß eine Kommilitonin zerschmettert auf dem Hinterhof ihrer Wohnung gestorben ist. Und für die, die davon erfuhren, würde es wahrscheinlich nur eine kurzlebige Sensation sein. Kate und Humphrey wußten genau, wie erleichtert die Verwaltung war, daß die Sache sich nicht auf dem Campus ereignet hatte; aber weder dieser Gedanke noch all die anderen mußten ausgesprochen werden. Voller Kummer und Entschlossenheit standen sie stumm beieinander.

Aber schon bald überkam Kate ein Sprechbedürfnis, das an Obsession grenzte. Reed war natürlich der Hauptleidtragende, was, wie er ihr sagte, völlig in Ordnung sei. Kate wußte, daß sie sich ständig wiederholte, einfach nicht aufhören konnte. Zwischendurch entschuldigte sie sich bei Reed, der ihr unermüdlich versicherte, er sei doch dazu da, ihr zuzuhören. Sie hatte fast keine Worte mehr, hatte bis zur Erschöpfung geredet. Aber als sie aufbrach, sich mit den Polizeikommissaren zu treffen, die den Fall bearbeiteten, war sie entschlossener und zorniger denn je. Man hatte weder Einwände gegen Kates Anwesenheit noch gegen ihre Fragen. Die Polizisten waren Weiße und machten sich keine Illusionen darüber, was der Tod einer jungen Schwarzen, die an einer städtischen Universität studierte, für ihre nähere Umgebung und die Medien bedeutete. Instruktionen von oben geboten ihnen, Kate in alles einzuweihen.

Die wichtigsten Fakten waren schnell geklärt, wobei die Ähnlichkeit dieses Todes mit dem Fall Adams eine um so genauere Untersuchung erforderte. Arabella war durch den Sturz aus dem im zehnten Stock gelegenen Wohnzimmer ihrer Familie ums Leben gekommen. Offenbar war sie allein in der Wohnung gewesen. Man fand nur die Fingerabdrücke der Familie, ansonsten keine. Alle Mitglieder ihrer Familie waren zur fraglichen Zeit außer Haus gewesen, und die Polizei hatte ihre Aufenthaltsorte weitgehend überprüft. Alle Kommilitonen Arabellas, besonders jene, die sich mit ihr in dem Büro in der Levy Hall trafen, waren verhört worden. Die meisten hatten ein Alibi, aber keines war unerschütterlich. Adams' Familie, seine Witwe und weitere Angehörige der Universität würden noch verhört werden. Keiner der bisher Befragten hatte die geringste Ahnung, wer Arabella hätte töten wollen – daß man ihr hingegen am liebsten gesagt hätte, sie solle den Mund nicht so voll nehmen und sich lieber um ihr Studium kümmern, konnten sich alle Befragten vorstellen. Selbstmord konnte nicht völlig ausgeschlossen werden, obwohl alle, die Arabella kannten, nicht daran glaubten. Die beiden Kommissare waren Kate gegenüber von brutaler Offenheit, besonders der jüngere.

»Wir werden keine Fäden von irgendeiner Jacke finden, keine Erdklumpen aus irgendeinem Garten und keine Zigarettenasche. Verzeihen Sie, gnädige Frau – einen Scheiß werden wir finden. Meine Mutter guckt sich immer Angela Lansbury im Fernsehen an, aber diese Sache hier ist was völlig anderes. Kein Vergleich. Diese Krimiserienschreiber haben noch nie eine Leiche aus der Nähe gesehen. Was die schreiben, hat mit der Realität nicht das geringste zu tun, glauben Sie mir. Wir nehmen alle an, daß ihr Tod in Verbindung mit dem vorherigen steht, aber das paßt vielleicht jemandem, der sie aus ganz anderen Gründen bis aufs Blut gehaßt hat, gut in den Kram. Ich meine, wenn ich ihr schwarzer Macker wäre und sie gäbe mir den Laufpaß, könnte ich ihr doch so wunderbar zeigen, was Sache ist und die Schuld irgendeiner schnieken weißen Institution zuschieben. Nein – ich bin kein Rassist, ich schildere Ihnen nur die Wirklichkeit, wie ich sie sehe, und wenn Ihnen das nicht paßt, brauchen Sie es sich ja nicht anzuhören. Nehmen Sie das bitte nicht persönlich.«

Kate hatte keine Lust, sich mit den beiden zu streiten. Sie begleitete sie zu den Verhören und ins Leichenschauhaus, und sie las den Obduktionsbericht. Es gelang ihr, der Presse auszuweichen, die schon bei dem professoralen Fenstersturz eine Sensation gewittert hatte, jetzt aber, beim Tod einer jungen schwarzen »Intellektuellen«, wie sie Arabella hartnäckig nannte, Blut geleckt hatte.

Butler war so unglücklich wie Kate, aber aus anderen Gründen. »Jetzt werden wir wieder mal schief angesehen und als Rassistenschweine beschimpft. Eine schwarze Unruhestifterin aus dem Fenster zu werfen, sieht uns doch angeblich ähnlich. Das denken jetzt alle, darauf können Sie sich verlassen. Zehn Jahre meines Lebens würde ich dafür geben, wenn ich das Schwein zu fassen bekäme, das das getan hat, und das ist die reine Wahrheit.«

»Es liegt doch auf der Hand«, sagte Kate zu ihm, wie sie es auch schon wiederholt zu anderen gesagt hatte, »es liegt doch auf der Hand, daß Adams' Mörder auch sie umgebracht hat. Da gibt es keinen Zweifel.«

»Wenn Sie mich fragen«, sagte Butler, »gibt es tausend Zweifel. Mal angenommen, jemand, der etwas gegen sie hatte, war so helle, zu begreifen, daß es ein günstiger Zeitpunkt war, sie loszuwerden. Ist das so unwahrscheinlich?«

Kate schüttelte den Kopf, ohne zu erwähnen, daß auch die Polizei diese Möglichkeit nicht ausschloß. Kate würde bald mit der Studentin sprechen, die als Sekretärin in Adams' Fachbereich gearbeitet hatte. Die Universität erschien ihr plötzlich wie ein Phantasiegebilde, eine windige Konstruktion, die sie bisher scheinbar vor der Brutalität der Außenwelt geschützt hatte. Was, wie sie Reed am Abend erzählte, eine ebenso alberne Vorstellung war wie ihre Theorie über den Außerplanetarischen in einem UFO. »Denn«, hatte sie hinzugefügt, »es gibt keine Außerplanetarischen. Es gibt nur uns.«

Kate und Reed gingen zu Arabellas Beerdigung. Zum Verhör ihrer Familie begleitete Kate die Polizei jedoch nicht. Zumindest für den Augenblick war es ihr lieber, diese Informationen aus zweiter Hand zu bekommen.

Neun

> Wenn du einen Stapel aus deinen Gewinnen
> machen und sie auf ein Mal, alles oder nichts,
> riskieren kannst,
> und verlieren und wieder beim Anfang anfangen und nie auch nur ein Wort über deinen
> Verlust sagst

Für den Tag nach Arabellas Beerdigung hatte sich Kate mit Susan Pollikoff, der früheren Sekretärin in Adams' Fachbereich, verabredet, aber Arabellas Mutter bat telefonisch um ein Gespräch, und Kate verschob den Pollikoff-Termin. Arabellas Mutter bot zu Kates Erleichterung an, zu ihr ins Büro zu kommen. Kate hätte sie zwar gern zu Hause besucht, um zu sehen, wie Arabellas Familie lebte, aber die Vorstellung, in dem Raum, aus dem Arabella in den Tod gestürzt war, ein Gespräch zu führen, war zuviel für Kate, und, wie sie annahm, auch für Mrs. Jordan.

Ohne daß es ihr bewußt gewesen wäre, hatte sich Kate auf eine zornerfüllte Mrs. Jordan vorbereitet; wie sollte es anders sein, eine solche Reaktion war nur logisch und natürlich. Kate zur Zielscheibe dieses Zorns zu machen, war vielleicht unfair, aber nicht unverständlich. Als aus Mrs. Jordans Verhalten dann aber nur Trauer sprach statt Wut, und mehr als alles andere das Bedürfnis, die Tochter zu verstehen, spürte Kate förmlich, wie ihr Adrenalinspiegel sank. Erst jetzt wurde ihr bewußt, mit wieviel innerlicher Anspannung sie diesem Gespräch entgegengesehen hatte.

Mrs. Jordan war eine attraktive Frau Anfang vierzig. Kate hatte sie auf der Beerdigung nur von weitem gesehen, denn aus Angst, zudringlich oder neugierig zu erscheinen, hatte sie sich auf dem Friedhof und in der Kirche weit im Hintergrund gehalten. Kates Trauer war tief, und sie war dankbar, daß Reed bei ihr war, empfand aber seine Anwesenheit gleichzeitig als zudringlicher als ihre eigene. Aber warum empfand sie sich als Eindringling? Wäre ich ihre Lehrerin gewesen, ihre Ratgeberin, ihre Freundin, könnte ich mich mit Recht zur Trauergemeinde zählen, dachte sie. Aber wie die Dinge stehen, werfe ich mir vor, schuld an ihrem Tod zu sein. Allein durch seine schützende Nähe schien es Reed zu gelingen, ihr diese Selbstvorwürfe auszureden. Nicht zum ersten Mal war sie dankbar für seine Weisheit und Bereitschaft, ihren ungerechtfertigten Groll zu ertragen. In dieser seelischen Verfassung hatte Kate Mrs. Jordan in der Kirche höchstens als Personifizierung von Trauer, aber nicht als Mensch wahrnehmen können.

Jetzt betrachtete sie die Frau vor sich prüfend, so wie auch sie prüfend betrachtet wurde. Wie bei ihrer Begegnung mit Arabella spürte Kate, daß ihre bewährten sozialen Antennen nicht so gut funktionierten wie üblich. Irgend etwas in der Atmosphäre entging ihr. Wieder erinnerte sich Kate an das, was Toni Morrison über schwarze und weiße Frauen gesagt hatte: daß sie weit weniger gemeinsam hätten als schwarze und weiße Männer. Aber jetzt sträubte sich Kate gegen diesen Satz. Wieso soll das auf uns zutreffen, dachte sie: Wir sind mehr oder weniger gleichaltrig und beide berufstätige Frauen. Natürlich, sagte sich Kate, ich bin keine Mutter, schon gar keine, deren Kind gestorben ist, aber darin unterscheide ich mich auch von vielen weißen Frauen. »Ich bin froh, daß Sie gekommen sind«, sagte Kate spontan. »Ich freue mich, Sie kennenzulernen.«

»Ich dachte mir, hier in Ihrem Büro läßt es sich vielleicht leichter reden«, sagte Mrs. Jordan. »Ich habe ein paar Wochen Urlaub genommen. Ich arbeite für eine große Finanzierungsgesellschaft. Der Personalchef war sehr freundlich und sagte, ich solle mir so viel Zeit nehmen wie ich brauche. Aber ich glaube, ich gehe bald wieder arbeiten, Arbeit lenkt ab. Außerdem häufen sich die Akten, wenn ich zu lange fort bleibe.«

»Bei Arabellas Geburt müssen Sie noch sehr jung gewesen sein«, sagte Kate – zum einen, weil sie es dachte, zum anderen, weil sie sich Mühe gab, nicht übertrieben taktvoll zu sein, nicht überängstlich, jedes falsche Wort zu vermeiden.

»Ihre Mutter war keine achtzehn, als Arabella geboren wurde. Sie hatte einen Kaiserschnitt und bekam danach eine Embolie, woran sie starb. Das Ganze war eine böse Ironie des Schicksals. Sie war glücklich verheiratet, mit einem hingebungsvollen Mann – davon gibt es nicht allzu viele auf dieser Welt, schon gar nicht in der Welt der Schwarzen –, und sie hatte die beste ärztliche Betreuung. Und trotzdem konnte so etwas passieren. Ich lernte Arabellas Vater kennen, als sie ein Jahr alt war. Seine Mutter kümmerte sich um sie. Für Arabella war ich ihre Mutter, und ich habe sie sehr geliebt, und ihrem Vater ging es nicht anders. Er ist Pfarrer in einer Kirche in Lower Manhattan.« (Also war der Pfarrer, der den Trauergottesdienst gehalten hatte, Arabellas Vater gewesen. Das hätte Kate wissen können. Aber sie hatte sich gescheut, irgend jemandem Fragen zu stellen. Fragen schienen unerträglich zudringlich.) »Wir hatten das so seltene Zuhause, eine gute Ehe – wir waren eine glückliche Familie. Aber Arabella war nie wirklich glücklich. Immer mußte sie gegen irgend etwas anrennen, Dinge aufrühren. Sie war wütend auf uns, auf die Universität, auf die ganze Welt. Wütend wegen Südafrika, den Palästinensern und der Dritten Welt. Tragisch ist nicht nur ihr Tod, sondern daß sich gerade in letzter Zeit ihre Wut ein wenig abzubauen schien. Das, was berechtigt an ihrem Zorn war, behielt sie, gab ihm aber eher eine andere Richtung. Sie mußte nicht mehr allen Haß auf das Unrecht dieser Welt an denen auslassen, die sie liebten und die ihr helfen wollten. Humphrey hat viel dazu beigetragen. Aber besonders bei jungen Leuten ist schwer zu sagen, wieviel Zorn berechtigt ist. Man wird so leicht selbstgerecht. Gerade in der letzten Zeit begann sie, unsere Liebe zu akzeptieren.«

»Ich weiß nicht, was ich Ihnen sagen soll, Mrs. Jordan. Das Komische dabei ist, daß ich sonst nie um Worte verlegen bin, aber ich weiß einfach nicht, was ich Ihnen sagen soll. Daß es mir schrecklich leid tut, ist nicht nur unangemessen, sondern auch banal und sinnlos, glaube ich.«

»Wir haben mit der Polizei gesprochen. Sie gab sich Mühe, nett zu sein. Sie schickten sogar eine Frau aus dem Kommissariat, die zwar keinerlei Ähnlichkeit mit Cagney und Lacey hatte, aber trotzdem nett war. Arabella verabscheute ›Cagney und Lacey‹, beschimpfte sie als Rassistinnen und Heuchlerinnen. Das waren ihre Worte. Aber mir gefallen sie. Stimmt, sie sind weiß, aber sie stehen ihren Mann im Beruf, haben Ehrgeiz, sind gute Freundinnen und machen Witze über Männer. Wann sieht man so etwas schon im Fernsehen?«

»Der Kommissar, mit dem ich gesprochen habe, erwähnte Angela Lansbury. Ob wir wohl alle bald in Kategorien von Fernsehserien denken?«

»Wenn man nicht weiter weiß, ist das doch eine praktische Verständigungsweise. Jedenfalls, die Polizistin war nett, und die Männer ebenfalls, obwohl die das viel größere Anstrengung kostete. Schrecklich bei dem Ganzen war nur, daß wir ihnen nicht weiterhelfen konnten. Wir wußten so wenig von Arabellas Leben. Sie teilte sich irgendwo mit Freunden eine Wohnung, wir wußten nicht mal genau, wo. Wenn wir sie dringend sprechen mußten oder uns Sorgen machten, riefen wir immer Humphrey an. Oft ließ sie monatelang nichts von sich hören. Und wenn sie dann kam, versprach sie, bald anzurufen oder wieder vorbeizukommen, tat es aber nicht. Ich weiß, das klingt, als hätte ich Groll gegen sie, und den habe ich auch. Ich denke, Sie sind klug genug, das zu verstehen. Vor allem bin ich wütend, daß sie tot ist. Wir hatten nie Zeit genug, um uns wieder näherzukommen. Als sie klein war, hatten wir jenes liebevolle Verhältnis, das man im Fernsehen vorgeführt bekommt und in der Wirklichkeit fast nie findet. Zwischen uns war es da.«

»Haben Sie noch mehr Kinder?«

»Arabella hatte zwei jüngere Brüder.« Die Antwort war knapp, und Kate beließ es dabei. Schließlich war Mrs. Jordan nicht hergekommen, um darüber zu sprechen. Gewiß hatte sie das Gefühl, bei Arabella gescheitert zu sein, und dieses Gefühl würde sie ihr ganzes Leben nicht mehr loslassen. Kate wußte das, spürte aber, daß Mrs. Jordan nur bereit war, darüber zu sprechen, wenn Kate sie darum bitten würde.

»Wann begann Arabellas Zorn und warum?«

»Wir können es natürlich nur vermuten. Wir schickten sie auf eine Privatschule hier in New York, die sich gerne mit ›Minderheiten‹-Kindern schmückt. Arabella wurde aufgenommen und bekam sogar ein Stipendium, weil sie klug war und aus einem ›stabilen‹ Zuhause kam. Ich setze die Worte in Anführungszeichen« – Mrs. Jordan hielt beide Hände hoch und wackelte mit den Zeigefingern –, »weil ich glaube, wir alle waren gegen die Schule, ohne genau zu wissen, warum. Vielleicht hatten wir einfach das Gefühl, daß die uns nur für ihre Zwecke einspannten. Gleichzeitig dienten die unserem Interesse. Arabella bekam eine gute Schulbildung, so weit so gut, aber sie haßte jede Minute ihrer Schulzeit. Daß sie hübsch war, war nicht unbedingt eine Hilfe. Sie traf sich mit schwarzen Jungen, die nicht auf ihre Schule gingen, die sie in ihrer Wut bestärkten und ihr Drogen gaben. Ich war entsetzt, außer mir vor Angst und Sorge, und machte damit alles nur noch schlimmer. Auch ihr Vater war der Situation nicht gewachsen. Er redete auf sie ein wie die Direktorin ihrer Schule. Sie ist uns entglitten. Ich weiß von vielen unserer Freunde, daß ihnen die Söhne entgleiten, aber unsere Töchter haben wir meist an uns binden können. Jetzt nicht mehr. Es ist, als hätten wir durch unseren Aufstieg in die Mittelklasse und unseren beruflichen Erfolg ihren Respekt verloren.«

»Ich kann natürlich nur vermuten«, sagte Kate, »aber ich glaube, Arabella war dabei, sich zu verändern – Ihnen gegenüber und der Welt gegenüber. Vielleicht möchte ich das auch nur glauben, oder vielleicht wollte Humphrey, daß ich es glaube.« (Ganz plötzlich kam Kate der Gedanke, daß sie vielleicht nur deshalb so gut mit Humphrey auskam, weil er wie ein Weißer war, wie einer von den nettesten. Ein Gedanke, der Kate, warum, wußte sie nicht, zutiefst beunruhigte.) »Hat die Polizei Andeutungen gemacht? Was vermuten die Kommissare?«

»Sie haben keinen Beweis für einen Selbstmord, es gibt nicht den leisesten Hinweis darauf, und keiner, der Arabella kannte, hält das für möglich. Sie fraß nichts in sich hinein, sondern kehrte ihre ganze Wut nach außen. Wenigstens damit hatte sie recht. Auch was die Zielscheibe ihrer Wut betraf, war sie im Recht, nur mit ihrer Unerbittlichkeit nicht. Aber wenn es kein Selbstmord war, wer oder was ist schuld an ihrem Tod? Ich dachte, Sie hätten vielleicht eine Idee. So, wie wir miteinander geredet haben, hoffe ich, daß Sie ehrlich zu mir sind.«

»Ich bin mir sicher, daß der Mörder von Canfield Adams auch Arabella umgebracht hat. Sie muß zu einer unerträglichen Gefahr für ihn geworden sein. Es heißt, wer einmal getötet hat, tut es auch ein zweites Mal. Jedenfalls benutzte der Mörder dieselbe Methode; und mit Arabella hatte er leichteres Spiel: Sie war kleiner, zierlicher, vor dem Fenster gab es keinen breiten Sims, und keiner ging unten vorbei.«

»Glauben Sie, sie ist deshalb nicht im Büro des Professors umgebracht worden? Das erscheint mir jetzt irgendwie einleuchtend, falls es überhaupt etwas Einleuchtendes in dieser Geschichte gibt.«

»Ich stimme Ihnen zu. Aber die Studenten, besonders die an den Großstadtuniversitäten der Ostküste, reagieren heute hochempfindlich auf jede Andeutung von Rassismus und sind bereit, bei jedem Angriff auf Schwarze auf die Barrikaden zu gehen. Wäre Arabella auf dem Campus ermordet worden, hätte es eine Revolte gegeben. Es hat auch so einiges Aufsehen gegeben, weil sie eine Kommilitonin war, aber wäre sie auf dem Universitätsgelände gestorben, hätte das einen Sturm der Empörung entfacht. Wie der Mörder jedoch in ihr Wohnzimmer gelangte – darüber kann ich nicht einmal Vermutungen anstellen. Er muß sehr clever sein.«

»Wäre es nicht denkbar, daß jemand versuchte, sie zu bestechen, sie zu irgend etwas zwingen wollte, und es zu einem Kampf kam?«

»Das ist die andere Möglichkeit. Daß nicht Adams' Mörder der Täter war, sondern jemand, mit dem Arabella auf irgendeine Weise zu tun hatte. Ausschließen kann man es nicht; die Polizei neigt sogar zu dieser Annahme, wahrscheinlich, weil sie ihnen einfach besser behagt. Ich will das einfach nicht glauben. Aber natürlich kann ich mich irren. In diesem Fall scheine ich mich nur zu irren.«

»Verlieren Sie nicht den Mut. Humphrey sagt, Sie tun Ihr Bestes – daß Sie das immer tun.« Mrs. Jordan stiegen die Tränen in die Augen, und plötzlich weinten beide. Sie saßen da, in Kates Büro, und beiden liefen die Tränen über das Gesicht. Jede ein Taschentuch in der Hand, sprachen sie weiter miteinander. Später sollte Kate diese Szene als etwas sehr Außergewöhnliches empfinden, aber in dem Augenblick nahm sie einfach den Gesprächsfaden wieder auf.

»Ich muß Ihnen eine Frage stellen, Mrs. Jordan, die Ihnen die Polizei bestimmt auch schon gestellt hat. Hatte Arabella Kontakt zu bestimmten Leuten, einer Gruppe, von der wir möglicherweise nichts wissen?«

»Nennen Sie mich lieber ›Ms.‹. Meine Firma benutzt es für alle Frauen, und mir gefällt das. Wen geht es was an, ob wir verheiratet sind oder nicht? Bei Männern weiß man es ja auch nicht, die sind einfach alle ›Mr‹. Ich weiß von keiner Gruppe, außer der an der Universität, und davon hat mir Humphrey erzählt. Arry hat sie mit keinem Wort erwähnt. Manchmal traf sie sich mit den Jungen aus ihrer High-School-Zeit, aber sie sprach nicht über sie. Ich war nicht einverstanden damit; ich hätte das nicht so deutlich zeigen sollen. Aber was nützt es, sich zu wünschen, man hätte alles anders gemacht. Ich habe mir die größte Mühe gegeben, das weiß ich, ich hatte sie so lieb.«

Kate wollte die Frau in die Arme nehmen; das war natürlich unmöglich – aus vielen Gründen. Kates Impuls war ungewöhnlich, aber zumindest wußte sie, woher er rührte. Beide, Ms. Jordan und Ms. Fansler, verstanden den Zorn, den Arabella empfunden und gelebt hatte. Sie verstanden ihn aus dem Bauch heraus, weil sie Frauen waren, und Ms. Jordan verstand ihn um so besser, weil sie eine Schwarze war. Sie beide hatten nicht den Pulsschlag jeden Tages, jeder Stunde ihres Lebens von dieser Wut bestimmen lassen. Dennoch respektierten, bewunderten und – wenn auch widerwillig – beneideten sie Menschen wie Arabella, die ihre Wut weder hinunterschluckten noch zügelten, um all den liberalen, rechtschaffenen Menschen dieser Welt zu gefallen. Kate war ebenso wie ihrer Gesprächspartnerin klar, daß die Vernünftigen, die hier zusammen in Kates Büro saßen, erst dadurch ihre Kämpfe auf so wohltemperierte Weise auszutragen in der Lage waren, weil die wirklich Zornigen den Grenzbereich okkupierten und damit den Kate Fanslers und Ms. Jordans dieser Welt das gemäßigte Zentrum überließen. Die Arabellas machten ihnen das möglich.

»Ich kenne Ihren Vornamen nicht«, sagte Kate. »Ich heiße Kate.«

»Paula. Arabella konnte nie verstehen, warum man ihr einen so ›jazzigen‹ Namen gegeben hatte. Alle in ihrer Schulklasse fanden, es sei ein typisch schwarzer Name. Ihre Mutter hat ihn ausgesucht, sie fand ihn einfach schön. Ich habe sie immer Arry gerufen, aber ihr Vater sagte Arabella.« Das war die erste Äußerung Paulas über ihren Mann, die einem Vorwurf nahekam. »Was werden Sie als nächstes tun?« fragte Paula.

»Weiter mit allen möglichen Leuten reden. Nachdenken. Herumrätseln. Ich habe nie geglaubt, daß man ein Problem lösen oder Detektivarbeit leisten kann, indem man nur Hinweise oder Fakten sammelt, so wichtig die auch sein mögen. Alles, was geschieht, ist eine Geschichte. Meine Aufgabe ist, diese Geschichte aufzuspüren. Und das hoffe ich zu tun, indem ich mit möglichst vielen Leuten rede. Als nächstes steht Professor Adams' Sekretärin auf der Liste. Ich hoffe, Sie bald wiederzusehen.«

»Ab nächste Woche fange ich wieder an zu arbeiten. Aber rufen Sie mich abends an oder in meiner Firma. Hier ist meine Karte; ich habe meine Privatnummer auf die Rückseite geschrieben. Sollte ich ziemlich schweigsam sein, wenn Sie mich zu Hause anrufen, kann das daran liegen, daß ich meinen Mann nicht aufregen will; aber dann würde ich Sie zurückrufen.«

»Gibt er mir die Schuld?« fragte Kate.

»Ihnen, der Universität, den Jugendbanden, den Drogen und jedem, der sich weigert, ein anständiges bürgerliches Leben zu führen, obwohl er die Chance dazu hatte.«

»Er versteht nicht, was Zorn ist«, wagte Kate sich vor.

Paula nahm Kates Hand. »Nur seinen eigenen«, sagte sie traurig.

Am nächsten Tag traf Kate Adams' Ex-Sekretärin zum Lunch. Kate hatte sie in ein Restaurant eingeladen, weil sie einen Tapetenwechsel brauchte; sie hoffte bloß, daß Susan Pollikoff ein gutes Essen zu schätzen wußte und nicht magersüchtig und leidend darin herumstochern würde, als sei es Gift.

Ms. Pollikoffs gutgelaunte Begrüßung in dem Restaurant zerstreute Kates Befürchtungen. Susan Pollikoff war hübsch mollig, ein Ausdruck, der für Kate, trotz ihrer eigenen Schlankheit, Angenehmes signalisierte, nämlich Fröhlichkeit und die Bereitschaft, alle Freuden, die das Leben bot, zu genießen. Außerdem war Susan Pollikoff, das wurde schnell klar, hochintelligent. Nachdem beide bestellt hatten, fragte Kate, warum sie ihren Job in Adams' Fachbereich aufgegeben hatte.

»Nennen Sie mich Susan«, sagte Ms. Pollikoff natürlich. »Ich habe mich immer dagegen gewehrt, wenn die

Professoren Susan sagten, während ich sie Professor Dingsbums nannte, aber bei einer Professor*in* ist das was anderes. Ich fände es gut, alle Professorinnen mit ›Frau Professor‹ anzureden, einfach um klarzustellen, daß es auch Frauen an der Spitze der akademischen Leiter gibt. Bis vor kurzem waren es leider so wenige, daß man diesen löblichen Vorsatz kaum in die Tat umsetzen konnte. Jetzt sind Sie da und noch einige andere.«

»Ich nehme an, Professor Adams war kein überwältigend sympathischer Mensch?«

»Mein Gott, er war der überwältigend unsympathischste von all den aufgeblasenen Männern, die ich in meinem Leben kennengelernt habe, und das waren nicht gerade wenige. Ah!« Letzteres galt der Ankunft des Essens. Susan, die unverhohlen hungrig war und ihr Essen in Angriff nahm, gefiel Kate.

»Im Grunde«, sagte sie zwischen zwei Bissen, »war Adams wie ein Überbleibsel aus einer vergangenen Epoche, die er als Ideal pries und wir als die Hölle empfunden hätten. Er flirtete mit den jungen Frauen und war unhöflich zu den älteren. Er hatte sich mehr Macht gekrallt, als gut war, und spielte sie mit solcher Arroganz aus, daß es einfach unglaublich war. Außerdem log er, wann immer es ihm paßte, also fast die ganze Zeit. Und seine zahlreichen Fehler schob er immer anderen in die Schuhe. Ich hoffe, Sie halten mich nicht für gefühllos, aber als wir von seinem Tod hörten – zu dem Zeitpunkt hatte ich den Job schon aufgegeben, studierte wieder und bereitete mich auf das Examen vor –, nahmen wir an, er sei genauso aus dem Fenster geflogen, wie man aus einem Flugzeug fliegt – nur bei ihm war es nicht der Luftsog, der ihn hinausbeförderte, sondern der schiere Druck der Abneigung, die alle gegen ihn empfanden. Gutes mexikanisches Essen hier, wenn man bedenkt, daß es gar kein mexikanisches Restaurant ist.«

»Waren Sie noch dort, als die schwarzen Studenten ein Büro auf demselben Flur bekamen?«

»Ja, sie hatten gerade die Genehmigung erhalten. Und war der alte Canfield nicht ein wahres Abbild der Barmherzigen Elisabeth oder deren männlichem Pendant, falls es das gibt! Er gefiel sich in der Rolle des Gönners. Er stellte den Raum auf seinem Flur zur Verfügung, als würde er gnädig untervermieten, sah sich wahrscheinlich in der Rolle des Hausherrn. Um die Studenten ging es ihm natürlich gar nicht, denn die mochte er nicht, weil sie schwarz waren, aber andererseits war er zu allen so grob – außer denen, die ihm im Moment gerade nutzen konnten –, daß es schwer war, zwischen Rassismus und seiner normalen Gemeinheit zu unterscheiden. Arabellas Tod hat mich erschüttert. Damals, als sie und ihre Gruppe den Raum auf unserem Flur bekamen, habe ich sie ein bißchen näher kennengelernt. Sie hatte den Mut, Unruhe zu stiften. Canfield dagegen hätte es natürlich am liebsten gesehen, wenn seit der Zeit, als Nicholas Murray Butler seine Präsidentschaft an der Columbia Universität antrat, die ungefähr ein halbes Jahrhundert dauerte, Ruhe in Akademia geherrscht hätte. Wie man hört, wollen Sie den Mord an Arabella aufklären. Hoffentlich erwischen Sie das Schwein. Ich hätte Adams für den Mörder gehalten, wenn er nicht schon tot gewesen wäre. Außerdem hätte er sich wohl nie über die Sechsundneunzigste Straße hinausgetraut.«

Kate kam zu dem Schluß, daß Susans köstlicher Plauderstil von den vielleicht exzessiv benutzten Relativsätzen herrührte, war aber nicht in der Stimmung, spitzfindige Analysen der Syntax anzustellen. »Könnten Sie mir mehr über Adams erzählen?« fragte Kate. »Ich nehme an, er war alles andere als das Salz der Erde. Aber alle, mit denen ich geredet habe, sind so überwältigt von seiner Widerwärtigkeit, daß sie kaum ein konkretes Beispiel dafür genannt haben. Fallen Ihnen ein oder zwei ein?«

»Mir fallen dreißig oder vierzig ein, aber lassen Sie mich selektiv sein, eine Gabe, die ich mir gerade anzueignen versuche. Er war ein Solipsist höchster Güte. Er hielt sich für den einzig wichtigen Menschen auf der Welt, vom Präsidenten der Vereinigten Staaten mal abgesehen. Er hatte keine Skrupel, uns Sekretärinnen ständig Überstunden machen zu lassen, weil ihm erst fünf vor fünf irgendeine Arbeit einfiel, die sofort erledigt werden mußte. Die meisten von uns studierten und hatten zwischendurch Seminare. Das war abgesprochen, und nur deshalb arbeiteten wir für einen so lumpigen Lohn. Aber er fand immer einen Weg, uns daran zu hindern oder hatte Einwände, wenn wir gehen mußten. Er tätschelte Hintern und glaubte, wenn er kokett nach etwas fragte, könne niemand ihn abweisen. Und verdammt, meistens hat es sogar funktioniert, zumindest bei den Studentinnen, die sich nicht trauten, ihn schroff zurückzuweisen, weil er so viel Macht hatte, und die seine obszönen Gesten oft so lange mißverstanden, bis sie absolut unmißverständlich waren, und dann liefen sie Gefahr, vergewaltigt zu werden – die Studentinnen, meine ich. Frau Professor Fansler, wir reden über einen wirklich schrecklichen Menschen. Nicht nur ein bißchen verrückt, sondern wirklich widerlich. Es wundert mich, daß er nicht schon früher umgebracht worden ist.«

»Was ist mit seiner Frau? Hat die irgend jemand gemocht?«

»Sie machen wohl Witze. Verzeihung, so spricht man wahrscheinlich nicht mit einer Professorin, aber das kann nicht Ihr Ernst sein. Sie hatte keine Hemmungen, absolut keine, anzurufen, weil ihr Mann ein paar Studenten oder Kollegen zu sich nach Hause eingeladen hatte, und ob wir alles Nötige bestellen könnten *und* zu ihr nach Hause kommen und helfen, alles zu arrangieren. Ich meine, diese Frau hat mehr Chuzpe, als sie je wird ausschöpfen können. Neben ihr wirkte Adams manchmal geradezu menschlich, und das will was heißen.«

»Glauben Sie, alle Sekretärinnen in allen Fachbereichen haben einen solchen Groll auf die Professoren?« fragte Kate, ehrlich neugierig. »Ich dachte immer, an unserem

Fachbereich herrsche ein gewisser Korpsgeist, aber das glauben wahrscheinlich alle Professoren, einfach, weil es ihnen so angenehm wäre.«

»Manche Fachbereiche sind schlimmer als andere, aber alle haben ihre Probleme; das ist die reine Wahrheit, ob Sie sie hören wollen oder nicht. Ich bin sicher, Sie sind den Sekretärinnen gegenüber die Höflichkeit in Person; das sieht man Ihnen einfach an. Sie sind bestimmt noch nie in einen Raum voll mit unseresgleichen geplatzt und haben gesagt: ›Hier ist niemand‹. Wahrscheinlich beauftragen Sie auch niemanden, den ›Mädels‹ etwas zum Tippen zu geben. Und ich kann mir auch nicht vorstellen, daß Sie eine Sekretärin anschreien, als hätte sie all die umständlichen Universitätsverordnungen erfunden – aber viele tun das, glauben Sie mir. Das Komische daran ist, daß fast alles, was an dieser Universität funktioniert, nur deshalb funktioniert, weil die Sekretärinnen und Sachbearbeiterinnen in den jeweiligen Fachbereichen als einzige den Durchblick haben. Die Ignoranz der Professoren und Dozenten wird nur noch von ihrer Ungeduld übertroffen. Ich gehe zu weit, ich weiß; das ist mein Kardinalfehler.«

»Was studieren Sie?« fragte Kate.

»Kunstgeschichte«, sagte Susan, »und bitte, stellen Sie mir keine Fragen über diesen Fachbereich. Ich verschließe die Augen gegenüber den Tatsachen des Lebens dort und kümmere mich nur um mein Studium, eine Entscheidung, die lange überfällig ist, das versichere ich Ihnen.« Kate schmunzelte innerlich. Sie mochte Susan immer mehr. Aber das brachte Kate keinen Schritt weiter. Wundervolle Gespräche, großartige Menschen, keine Hinweise, nicht einmal viele Geschichten, außer der ewigen Leier von dem entsetzlichen Professor Adams und seiner noch schrecklicheren Frau.

»Hören Sie zu«, sagte Susan und löffelte ihren Nachtisch. »Adams war ein Schwindler. Er manipulierte, wo er konnte, und war auch noch mächtig stolz darauf. Fast alles, was er hatte, hatte er sich dadurch verschafft, daß er sich jahrelang bei der Verwaltung und den Professoren, die etwas zu sagen hatten, einschleimte. Wenn Sie mich fragen, ich glaub', zum Schluß hat er sich geradewegs aus dem Fenster geschleimt.«

»Aber wem hat er dabei geschadet?«

»Das ist die Kardinalfrage, die Sie werden lösen müssen. Haben Sie an seine Familie gedacht? Er hatte Kinder aus seiner ersten Ehe. An deren Stelle hätte ich ein Familientreffen einberufen mit dem einzigen Tagesordnungspunkt: Wir werfen Paps aus dem Fenster. Sie haben wirklich ein Problem, weil das Opfer so herzhaft unbeliebt war. Wahrscheinlich wurde er durch den schieren Druck angesammelten Hasses aus dem Fenster geblasen; das habe ich schon gesagt, oder?«

»Ich fürchte, eines wird mir erst jetzt richtig klar«, sagte Kate. »Abgesehen von dem ersten Schock, der Gewaltsamkeit seines Todes und der Tatsache an sich, ist es einem völlig egal, daß er hinausgeblasen wurde. Bisher habe ich noch niemand getroffen, bei dem es anders gewesen wäre« (außer, fügte Kate im Stillen hinzu, vielleicht der Witwe, die wahrscheinlich gern noch ein paar Hunderttausend mehr für sich herausgeschlagen hätte). »Niemand wird Adams vermissen. Im Gegenteil, die Gefühle, die sein Verschwinden auslösen, sind ihrem Wesen nach mit Erleichterung zu vergleichen.«

»Ich glaube, Sie haben recht. Ohne Arabellas Tod wäre das wahrscheinlich nie so deutlich geworden. Ich vermisse Arabella und bin rasend wütend über ihren Tod. Ständig habe ich das Gefühl, sie kommt mir auf dem Flur entgegen, auch wenn ich auf einem ganz anderen Flur bin. Sie gehörte zur Szenerie, und jetzt fehlt etwas. Arabella zählte. Sie war wichtig. Sie wurde gemocht.«

»Und deshalb«, sagte Kate, »war der Mord an ihr der größte Fehler, vielleicht der einzige Fehler, den Adams' Mörder gemacht hat. Und wenn meine Suche nach ihm Arabella das Leben gekostet hat, wie gern hätte ich darauf verzichtet, ihn zu finden.«

»Aber«, sagte Kate am Abend zu Reed, »nimm einmal an, Adams' und Arabellas Tod hängen zusammen? Nimm mal an, der Mörder hatte es von Anfang an auf Arabella abgesehen?«

»Als Story im Fernsehen würde sich das gut machen, da gebe ich dir recht«, sagte Reed. »Aber denk mal nach. Eine junge schwarze Frau stürzt in der 140. Straße in den Tod. Wer würde sich darum scheren? Du weißt so gut wie ich, daß schwarze Gangs sich ständig gegenseitig umbringen und niemand die geringste Notiz davon nimmt, es sei denn, sie wagen sich aus ihrem Territorium in die ›anständigen‹ Stadtteile und töten einen Weißen. Das gilt für alle Städte: New York, Los Angeles, Chicago, New Haven – was meinst du, wie viele Städte mir noch einfallen würden, wenn ich weitermachte?«

»Ich verstehe, worauf du hinauswillst. Aber glaubst du nicht auch, daß zwischen Adams und Arabella irgendeine Verbindung bestand?«

»Meine Liebe, sie waren auf demselben Stockwerk an derselben Universität, und in ihrer Einstellung zu unserer heutigen Gesellschaft Lichtjahre voneinander entfernt. Das ist zwar nicht gerade eine Verbindung, aber auch nicht ganz ohne Bedeutung. Der naheliegendste Schluß ist: Sie hat den Mörder gesehen.«

»Offensichtlich. Aber warum hat sie es nicht gesagt? Oder, wenn sie es für sich behalten wollte – warum hat der Mörder schließlich fürchten müssen, sie plaudert doch? Ich meine, zwischen Adams' und ihrem Tod liegen Monate.«

»Man kann nicht wissen, ob es zwischen ihrem Tod und dem von Adams eine Verbindung gibt, aber in ihrem Leben muß es eine gegeben haben. Das Leben ist viel komplizierter, als das Fernsehen uns glauben macht.«

»Reed, würdest du bitte aufhören, vom Fernsehen zu reden. Ich verstehe nicht, warum du es dauernd erwähnst. Du siehst nicht fern und ich auch nicht, warum zum Teufel sollten wir darüber reden?«

»Weil das Fernsehen unser Leben formt. Es zeigt Möglichkeiten auf, oder, mit deinen unsterblichen Worten: es führt uns Geschichten vor. Im Fernsehen steht alles, was geschieht, in einem Zusammenhang; das muß so sein. Im Leben dagegen passieren ständig herrlich zusammenhanglose Dinge in ein und derselben Vorabendserie.«

»Danke für deine erleuchteten Worte, o du Weiser.«

»Du wirst immer schnippisch, wenn du frustriert bist. Das ist mir schon oft aufgefallen und ist natürlich ein allgemein menschlicher Zug, aber du bist ziemlich schnell frustriert, wenn du mir die Bemerkung erlaubst. Du hast nichts herausgefunden, was dich weiterbringt, also bist du wütend auf die ganze Welt.«

»Ich bin wütend auf dich. Wirklich, Reed, du warst immer so verständnisvoll – was ist los? Langsam glaube ich, du hast etwas mit einer anderen Frau angefangen. Wirklich, genau wie im Fernsehen! Denk erst mal nach, ehe du anfängst, mir unbegründete Frustration vorzuwerfen. Ich habe mit mehr Leuten gesprochen, als ein Besetzungsbüro in einem Monat zusammenbekäme: Dekane, Rektoren, Vizepräsidenten, Studenten, Dozentinnen und Professorinnen – unterbrich mich nicht, ich fange gerade erst an –, einer englischen Geliebten von Adams, von der man meinen würde, ihr Geschmack hätte es ihr verboten, auch nur einen Tag mit ihm zu verbringen – von einer Liebesaffäre ganz zu schweigen! Mit einem wohlhabenden Mitglied der besten Gesellschaft habe ich gesprochen, das eines Tages beschloß, Islam zu studieren – aus Gründen, die einfach so grotesk waren, daß sie nicht erfunden sein können. Mit einer überdrehten, geriebenen Witwe und einem vom Tode seines Vaters wenig berührten Sohn – von Arabella, ihrer Mutter und vielen, vielen anderen ganz zu schweigen.«

»Aber Kate...«

»Unterbrich mich nicht. Ich bin noch nicht fertig. Vielleicht werde ich nie fertig, du kannst also gehen, wenn du willst, dich leise fortschleichen, aber unterbrich mich nicht. Ich bin noch nicht bei meinem Resümee angelangt, welches, wie Susan Pollikoff sagen würde, beinhaltet, daß nichts von all dem zusammenpaßt, oder, mit Ausnahme der *mise-en-scène*, die kleinste Verkettung zeigt. Ich habe die Erlaubnis bekommen, in einem Heuhaufen zu suchen, der wunderbar arrangiert wurde, aber keine Nadel verbirgt.«

»Darf ich etwas sagen?«

»Nur, wenn es mitfühlend und tröstlich ist.«

»Ich werde mir Mühe geben. Vielleicht erinnerst *du* dich nicht mit der gleichen Deutlichkeit, die *meine* Erinnerung auszeichnet –, aber in jeder Ermittlung kommst du an einen Punkt, an dem du dich haargenau so fühlst wie jetzt. Meistens ist das, um diesen Abend herrlicher Klischees um ein weiteres zu bereichern, das Dunkel vor der Morgendämmerung. Plötzlich wirst du alles verstehen, so, als hättest du das Zauberwort gefunden. Warum gehst du nicht in Adams' Büro, falls es noch nicht weitergegeben wurde, setzt dich auf seinen Stuhl und meditierst? Vielleicht hast du zu viele Leute in deinem Büro empfangen, und die Wahrnehmungen sind durcheinandergeraten. Versuch es.«

»Ich bin bereit, alles zu versuchen – auch, dich umzubringen. Das ist weder mitfühlend noch tröstlich.«

»Doch. Denk darüber nach. Und dann probier es mit den Schwiegertöchtern. Vielleicht haben sie sich zusammengetan, um es dem Schwiegerpapa zu zeigen. Bei der Witwe könntest du es auch noch einmal versuchen. Die hat dich offenkundig mit einem gewissen *je ne sais quoi* inspiriert.«

»Willst du mich reizen, bis ich über dich herfalle?«

»Endlich«, sagte Reed, »hast du es kapiert.«

Zehn

> wenn du dein Herz, Nerv und Sehne zwingen
> kannst, dir zu gehorchen, wenn es sie längst
> nicht mehr gibt,
> und so durchzuhalten, wenn nichts mehr in
> dir ist außer dem Willen, der ihnen sagt: »Haltet durch!«

Als Kate am nächsten Morgen erwachte, war Reed schon gegangen. Auf ihrem Frühstückstablett fand sie einen Zettel: »Mein Liebling, das einzige, was mir als Trost für Dich einfällt, ist der Rat aus einem alten Film (nicht Fernsehen) mit Danny Kaye, wenn ich mich recht erinnere. War er auch so ein Hofnarr wie Du und ich? Eine wunderschöne Frau schlängelt sich an ihn heran, um ihm für den geplanten Mord am König einen Tip zu geben. ›Die Schüssel mit dem Füßel birgt die Kugel mit dem gift'gen Fusel. In dem Glas mit dem Maß ist der Saft für die heilend' Kraft.‹ Bald darauf, wie's immer geschieht, muß sie ihren Rat abändern: ›Die Schüssel mit dem Füßel ist entzwei. An ihrer Stell' findst du einen Krug mit 'nem draufgemalten Pflug. Jetzt ist die Kugel mit dem gift'gen Fusel in dem Glas mit dem Maß. Und der Krug mit dem draufgemalten Pflug birgt den Saft für heilend' Kraft.‹ Vielleicht habe ich das Ganze nicht mehr Wort für Wort zusammenbekommen, aber ich bin sicher, Du verstehst die Botschaft. In Liebe.«

Als Kate diese Botschaft und all die guten Nachrichten der ›New York Times‹ verdaut hatte, beschloß sie, noch einmal all ihre Fakten durchzugehen. Aber es geht ja nicht um Fakten, mahnte sie sich. Es geht um die Geschichte, die sie irgendwann ergeben werden. Hatte sie, als sie gestern abend zu Reeds Ergötzen ihre Fakten hatte Revue passieren lassen, vielleicht etwas vergessen? Allerdings: Zum einen hatte sie Adams' Buch gelesen, oder zumindest darin herumgeblättert, und war zu dem Schluß gekommen, daß es ihr, als Nichtkennerin der arabischen Kultur, einen guten Überblick bot. Für Leute mit einer gewissen Kenntnis des Themas war es vielleicht deshalb nicht besonders informativ. Das Buch hinterließ bei Kate den Eindruck, daß die Araber einen einzigartigen und überaus großen Einfluß auf die Weltkultur jener Zeit ausübten, was wahrscheinlich stimmte, was Kate aber nicht beurteilen konnte.

Ein weiterer Fakt in ihrer Sammlung war die Sache mit dem jungen Mann, für dessen Habilitation Adams sich eingesetzt hatte. Kate hatte deshalb mit dem Dekan für Geisteswissenschaften gesprochen, der ihr schon ein- oder zweimal einen Gefallen getan hatte, bevor Morde ihre Gespräche trüben konnten. Nach dem üblichen Hinweis, daß alles, was er ihr sagte, strikt vertraulich sei, erzählte er Kate, daß die Habilitation dieses jungen Mannes – sein Name war Jonathan Shapiro – für den größten Aufruhr in jenem Fachbereich gesorgt habe, in dem ohnehin nie etwas ohne die erbittertsten Kämpfe abging, denen gegenüber die Kreuzzüge einer zehntägigen Kreuzfahrt auf einem Luxusdampfer glichen. Es stellte sich heraus, daß der junge Mann kompetent war, genügend Veröffentlichungen vorweisen konnte und als Komiteemitglied und Leiter verschiedener langweiliger Veranstaltungen seine Pflicht erfüllt hatte, außerdem war er ein guter Lehrer. Das Problem war sein Spezialgebiet – der Islam –, und die anderen, die über den Mittleren oder Nahen Osten lehrten, vertraten die Ansicht, der Islam sei ohnehin schon zu stark vertreten – ein Argument, das die Verwaltung schließlich überzeugte. Die Habilitation des jungen Mannes wurde abgelehnt. Zufällig bekam der Fachbereich gerade zu jener Zeit eine ansehnliche Sammlung arabischer Bücher und Dokumente geschenkt, die, zusammen mit der ohnehin großen Nahost-Bibliothek der Universität, einen kompetenten Bibliothekar erforderte. Adams' jungem Mann wurde diese Stelle angeboten, und er nahm sie an. Kate hatte sich die Mühe gemacht, ihn aufzusuchen. Er wirkte gebildet und in jeder Beziehung wie geschaffen für seine Aufgabe.

Gab es sonst noch neue Fakten? Nur noch einen, der eher ein fehlender als ein existenter Fakt war. Edna hatte Kate erzählt, ihre Freundin aus dem Fachbereich Psychologie habe auf die Anzeige mit der Frage, wer sich während der Thanksgiving-Feiertage auf dem Campus aufgehalten habe, keine einzige Antwort erhalten. Kate war nicht überrascht. Wahrscheinlich würde also nie jemand erfahren, was Adams an jenem Samstag tat.

Kate begann also, ihre Gedanken auf ihre Vorlesungen und die Planung ihrer Kurse zu lenken, und dachte, nicht zum ersten Mal, darüber nach, wie sehr die Lehrtätigkeit im Mittelpunkt des Lebens eines jeden Akademikers steht. Und doch: Je älter die Akademiker, desto weniger bestimmte der Unterricht die täglichen Auseinandersetzungen, weder ihre inneren noch äußeren. Die vielfältigen Anforderungen an die älteren Professoren, sowohl universitätspolitische wie wissenschaftliche, nahmen mehr Zeit in Anspruch als beispielsweise die Frage, wie das Dilemma der Prinzessin von Cleve am besten darzustellen sei. Kate erinnerte sich an ihre ersten Jahre als Dozentin – als die Frage, wie sie ihre Vorlesungen gestalten solle, all ihre Gedanken und Pläne bestimmte. War sie heute eine weniger hingebungsvolle Lehrerin? Wahrscheinlich, absolut gesehen schon. Aber die absolute Wahrheit, rief Kate sich ins Gedächtnis, ist so selten wie schwer faßbar. Bei dem enormen Gewicht, das Colleges und Universitäten heutzutage auf Veröffentlichungen und wissenschaftlichen Ruf, sowohl national wie international, legten, wurden dem Unterricht und der ganz besonderen Gabe, die er erforderte, im Grunde wenig Aufmerksamkeit geschenkt – trotz aller Lippenbekenntnisse. Obwohl Kate dies bedauerte, mußte sie zugeben, daß selbst für sie, die immer eine leidenschaftliche Lehrerin gewesen war, die Ereignisse im Hörsaal eher – wie ihre Ehe – den Hintergrund ihres Lebens bildeten. Im Mittelpunkt des Geschehens standen, zumindest im Augenblick, ganz andere Dinge.

Gerade als sie zu diesem erbaulichen Schluß gekommen war und in ihr Arbeitszimmer gehen wollte, klingelte das Telefon. Es war der ältere der beiden Polizeikommissare, der seit dem zweiten Todesfall die Anweisung hatte, seine Informationen mit Kate zu teilen. »Wir haben etwas gefunden«, verkündete er ihr.

»Den Mörder?« fragte sie. Hoffnung beschleunigte ihren Puls.

»Vielleicht, aber wir haben ihn noch nicht identifiziert. Jemand aus dem Haus der schwarzen Frau hat sich gemeldet. Am Tag, als sie starb, ist sie dort mit einem Mann gesehen worden.«

»Warum hat sie so lange gewartet? Die Zeugin, meine ich.«

»Er – es ist ein Mann. Er reiste am Tag des Mordes zu seinen Eltern. Daß wir nach Zeugen suchen, erfuhr er erst bei seiner Rückkehr. Er verließ gerade mit seinen Koffern den Fahrstuhl, als die beiden ihn betraten.«

»Weiter«, sagte Kate, »ehe ich vor Neugier sterbe.«

»Es war ein Mann. Er, unser Zeuge, hat ihn nicht sehr deutlich gesehen, weil er damit beschäftigt war, seine Koffer aus dem Fahrstuhl zu bugsieren. Er sah nur kurz hoch und murmelte Arabella ein ›Hallo‹ zu. Sie kannten sich vom Sehen und grüßten sich, deshalb hat er nicht den leisesten Zweifel, daß sie es war. Der Mann neben ihr war größer als sie, was nicht schwer ist, schließlich war sie gerade einssechzig. Aber unser Zeuge hatte den Eindruck, daß er ein ganzes Stück größer war. Er trug einen Hut und hatte den Mantelkragen hochgeschlagen. Das fiel dem Zeugen auf, weil es nicht gerade kalt war an dem Tag. Mehr nicht, außer, daß der Mann schwarz war.«

»Schwarz?« Hätte der Kommissar gesagt, der Mann sei

grün gewesen, Kate hätte nicht überraschter klingen können.

»Der Zeuge hat ihn nur kurz gesehen, aber er ist sich sicher. Er meinte, wenn man einen Schwarzen mit einer weißen Frau sieht oder umgekehrt, registriert man es unbewußt. Sein Unbewußtes habe aber nichts dergleichen gespeichert, und deshalb ist er sich sicher, daß dieser Typ schwarz war.«

»Sie glauben, Ihre Theorie, daß der Mord an Arabella nichts mit Adams zu tun hat, wird dadurch gestützt?« fragte Kate im neutralsten Ton, den sie aufbringen konnte.

»Das habe ich nicht gesagt. Ich spreche bloß von den Fakten, gnädige Frau.«

»Für die ich sehr dankbar bin«, fügte Kate schnell hinzu.

»Wir haben einen ernstzunehmenden Zeugen, der bereit ist, seine Aussage unter Eid zu wiederholen. Ob uns das weiterhilft, weiß ich noch nicht. Mein Partner und ich werden andere Leute in dem Wohnblock befragen, vielleicht hat noch jemand den Burschen gesehen und sogar erkannt. Ich melde mich wieder.«

Kate hatte nicht gefragt, ob die Kommissare glaubten, Humphrey Edgerton könne der Mann sein. Zu fragen, ob Humphrey Edgerton ein Alibi für die fragliche Zeit hatte, wagte sie erst recht nicht. Natürlich glaubte sie keinen Moment, daß Humphrey Arabella umgebracht haben könnte, aber vielleicht hatte er sie aus irgendeinem Grund in der Wohnung ihrer Familie besucht und war gesehen worden. Arabellas Todeszeit war nur vage zu bestimmen; ein Zeitraum von mehreren Stunden kam in Frage. Wieder einmal, wie bei Adams, waren also nur vage Alibis zu erwarten.

Mit enormer Anstrengung zwang Kate ihre Gedanken zurück zum Herzog von Nemours und der Prinzessin, die sich so überraschend geweigert hatte, ihn zu heiraten. Da die Literatur Kates Leben war, ärgerte es sie über alle Maßen, daß sie nicht in der Lage war, dieser vierhundert Jahre zurückliegenden Liebesaffäre ihre ungeteilte Aufmerksamkeit zu schenken. Kate zweifelte nicht daran, daß die Prinzessin die richtige Entscheidung getroffen hatte, aber ihre Sorge um Humphrey, und damit die Gegenwart, kam ihr ständig in die Quere.

Nachdem Kate ihr Seminar über die Prinzessin von Cleve beendet hatte, das bemerkenswert gut gelaufen war und die Studenten zu lebhaften Diskussionen angeregt hatte (Kate war schon oft aufgefallen, daß Seminare, die unter alles andere als idealen Bedingungen vorbereitet wurden, einen oft dadurch überraschten, daß sie besonders befriedigend verliefen), kehrte sie in ihr Büro zurück, um mit Clemence Anthony zu sprechen, der Frau von Andrew Adams, dem Sohn, den Kate nicht kennengelernt hatte. Dr. Anthony, eine Psychoanalytikerin, hatte ihren Mädchennamen beibehalten, was Kates volle Zustimmung fand; gleichzeitig bereicherte sie Kates inzwischen sehr ansehnliche Besetzung um eine weitere Figur. Ich muß endlich aufhören, diese Sache als Drama, Fernseh- oder Kinofilm zu sehen. Dies ist kein Drama, eine Fiktion vielleicht, aber kein Drama.

Kates Entschluß wurde durch die Erscheinung und Konversation von Dr. Clemence Anthony auf eine harte Probe gestellt. Kate wußte nicht recht, was sie erwartet hatte, aber ganz bestimmt keine doktrinäre Freudianerin, die zwischen irgendwelchen Komiteesitzungen oder Konferenzen ein paar Minuten abgeknapst hatte und Kate eindeutig für nicht wichtig genug hielt, um ihr einen dieser wenigen freien Momente zu schenken. Kate empfand sehr selten auf Anhieb tiefe Abneigung gegen eine Frau – eine Abneigung, die nicht, wie beispielsweise bei Cecelia Adams, auf völlig verschiedenen Ansichten beruhte, sondern auf rein chemischer Reaktion. Wenn man Öl und Essig in eine Schüssel gibt, dann fliehen sie in entgegengesetzte Richtungen auseinander. Genau diese Neigung verspürte Kate jetzt in ihrem Büro, und die Vorstellung, daß ihr die Rolle des Öls zukam, gefiel ihr ganz und gar nicht. Dr. Anthony sprach, ehe Kate es konnte.

»Ich weiß nicht, ob Ihnen das Prinzip des Ausagierens bekannt ist«, begann sie. »Wir alle haben Mordphantasien. Glücklicherweise bindet das Über-Ich unsere derart gerichteten Wünsche. Wahrscheinlich haben alle Väter zum einen oder anderen Zeitpunkt sexuelle Wünsche ihren Töchtern gegenüber, aber nur wenige agieren diese Wünsche aus.«

»Und doch tun es mehr, als man früher glaubte oder als Freud zugeben wollte«, sagte Kate und verfluchte sich im nächsten Moment dafür. Mit einer orthodoxen Freudianerin über die heiligen Schriften der Psychoanalyse zu streiten, hatte keinen Sinn. Du agierst etwas aus, mahnte sich Kate. Halt lieber den Mund! Die Ermahnung blieb ungehört. Kates Über-Ich war in ernsten Schwierigkeiten.

»Ich bin nicht hergekommen, um über das statistische Vorkommen von Inzest zu diskutieren«, verkündete Dr. Anthony. »Wenn ich recht verstehe, wollen Sie mir Fragen über den Tod meines Schwiegervaters stellen. Von den Phantasien sprach ich nur, weil ich dachte, daß Sie sie vielleicht bei Ihrer Ermittlung in Betracht ziehen sollten.« Sie bot ein Lächeln dar, das Kate so überzeugend erschien wie das eines Folterers in einem Spionagefilm. Schon wieder ist es mir passiert – sagte sie zu sich selbst –, ein Drama! Dabei bin ich nicht einmal fair dieser Frau gegenüber, die sich die Zeit genommen hat, mit mir zu reden.

»Ich glaube, Sie werden mir zustimmen«, sagte Dr. Anthony, »daß außer bei Psychotikern mit Wahnphantasien Mordhandlungen ihre Wurzeln in Kindheitsereignissen haben, die verdrängt wurden oder an die nur Deckerinnerungen vorhanden sind. Mein Gedanke war« – und dieses Mal war ihr Lächeln echt –, »daß die Berücksichtigung der menschlichen Psyche Ihnen Ihren Job vielleicht erleichtern könnte. Offen gesagt, was Larry mir davon erzählte, hörte sich geradezu phantastisch an: Ich meine Ihre Detektivspielerei.«

Ihr Lächeln hätte ein bißchen freundlicher sein können, dachte Kate; aber was Dr. Anthony von Kates Psyche hielt, darüber wollte Kate nicht nachgrübeln noch sie befragen. »Hätten Sie etwas dagegen, wenn ich Ihnen ein paar Fragen stelle?«

»Nicht das geringste«, sagte Dr. Anthony. »Deshalb bin ich ja hier. Ich habe allerdings wenig Zeit...«

»Ich werde mir Mühe geben, sie nicht zu vertrödeln«, sagte Kate und schaffte es nur mit größter Mühe, nicht sarkastisch zu klingen. Sie holte tief Luft.

»Ich habe Professor Adams' Witwe kennengelernt«, sagte Kate und erinnerte sich jetzt, daß sie einmal den Wunsch gehabt hatte, diese Frau Clem zu nennen, »und ich kann verstehen, daß Professor Adams' Söhne und deren Frauen nicht... nun, besonders begeistert von ihr waren.«

»Nicht besonders begeistert ist gut!« sagte Dr. Anthony. »Das nenne ich das Understatement des Jahrhunderts. Dieser Frau fehlt jegliches Über-Ich. Sie ist der lebende Beweis für Freuds Ansicht einer mangelnden moralischen Entwicklung bei Frauen, finde ich. Ich wäre sogar versucht zu sagen, dieser Frau fehle jeglicher Verstand, wenn das nicht auch mangelnde Klugheit und Schläue nahelegte, welche sie ja zweifellos besitzt.«

»Die kann man in der Tat nicht bestreiten.«

Wieder lächelte Dr. Anthony, diesmal noch besser. Mein Gott, dachte Kate, Psychoanalytikerin hin, Psychoanalytikerin her, sie ist genauso nervös wie ich. Und klug, wie sie ist, hat sie gleich erkannt, daß ich mich weder von autoritärem Gebaren noch von beeindruckendem Vokabular einschüchtern lasse.

»Was hatten Sie sich denn unter mir vorgestellt, wenn Sie mir die Frage nicht verübeln?« sagte Kate. »Eine akademische Version der Witwe? Oder vielleicht eine gealterte Pfadfinderin? Oder hatten Sie gedacht, ich sei die Sorte Literaturprofessorin, die nichts anderes im Sinn hat, als sich die tausendste Lösung zum Rätsel Edwin Droods auszudenken?«

»Was immer ich gedacht habe, mich als die ›böse Mutter‹ aufzuführen, war wahrscheinlich keine gute Idee, das sehe ich. Aber trotzdem, viel Zeit habe ich nicht.«

Kate seufzte erleichtert und erwartungsvoll. »Sagen Sie mir, wer käme Ihrer Meinung nach als Mörder von Professor Adams in Betracht? Ich frage nach keiner konkreten Person, sondern welche Art von Person es gewesen sein könnte.«

»Wollen Sie meine professionelle oder meine persönliche Meinung hören?«

»Ich bin natürlich an beiden interessiert.«

»Meine persönliche Meinung ist, daß keiner aus der Familie der Täter war. Man könnte tausend plausible Gründe dafür finden, warum wir ihn aus einem Fenster hätten werfen wollen. Schließlich war diese Frau wild entschlossen, sich sein Vermögen bis zum letzten Pfennig unter den Nagel zu reißen, bevor sie ihn in Ruhe lassen würde; und wir können Geld so gut gebrauchen wie jeder andere auch. Außerdem waren wir in der Nähe, wodurch wir noch verdächtiger werden, denn hätten wir es gehandhabt, wie all die anderen Jahre, wären wir so weit entfernt gewesen, daß keiner von uns als Verdächtiger in Frage käme. Es war aber niemand von uns, weil ich weiß, wo wir alle an jenem Samstag waren, und es hätte ein gemeinsames Unternehmen sein müssen – einer allein hätte es nicht schaffen können. Und selbst wenn einer von uns die psychische Energie für so etwas aufgebracht hätte – eine Gemeinschaftstat dieser Art wäre bei uns unmöglich. Wir haben ihn nicht getötet. Aber ich gebe zu, daß ich mehr als einmal daran dachte, den alten Mistkerl umzubringen; am liebsten dadurch, daß er sich meine Analyse seiner Symptome anhören muß und einen Herzinfarkt bekommt. Aber, wie gesagt, Denken und Ausagieren sind zwei verschiedene Dinge.«

»Und Ihre professionelle Meinung?«

»Es muß jemand gewesen sein, der sich bis aufs Äußerste bedroht fühlte – in die Ecke getrieben, wie der Laie sagt, jemand, der unter höchstem Druck stand. Das ist meine Analyse.«

»Trifft das auch auf den zweiten Mord zu?«

»An der jungen schwarzen Frau? Davon haben wir erst vor kurzem gehört. Zweifellos wäre es zu meinem Vorteil, wenn ich Ihnen erzählte, daß meiner Meinung nach beide Verbrechen von derselben Person begangen worden seien, da ein zweites Verbrechen bewußter Rationalisierung immer zugänglicher ist als das erste. Und wenn beide Verbrechen auf das Konto derselben Person gehen, dann hätte keiner von uns das zweite begehen können und daher auch nicht das erste. Aber meine wahre Meinung ist, daß es verschiedene Täter waren, wobei das erste Verbrechen den zweiten Verbrecher, der wahrscheinlich ein Psychotiker ist, inspiriert hat.«

»Können Sie mir ein klein wenig über Ihren Gatten und Ihre Schwägerin erzählen?« fragte Kate. »Beide habe ich noch nicht kennengelernt.«

»Andy ist Lawrence, den Sie kennengelernt haben, sehr ähnlich. Als Reaktion auf einen moralisch verantwortungslosen Vater und eine starke, warmherzige Mutter bildeten sich bei beiden ähnliche Persönlichkeitsstrukturen heraus. Glücklicherweise war der Vater, obwohl tadelnswert, weder abwesend noch schwach. Sie sind beide selbstsichere Männer, eine Eigenschaft, deren Ursprung, wie Freud sagte, immer rätselhaft und schwierig zu klären ist. Was Kathy betrifft, sie ist Mikrobiologin und einfach eine nette, intelligente Person. Sie hat so wenig unkontrollierte Aggression, wie man sich bei einem Menschen nur vorstellen kann.«

»Ich danke Ihnen. Ich glaube, das war alles. Ich weiß es zu würdigen, daß Sie mir Ihre Einschätzung der Situation geschildert haben (fast hätte Kate gesagt »Ihre Einschätzung mit mir teilten«, darin hätte allerdings eine Ironie mitgeschwungen, die sie vermeiden wollte. Diese verdammte Frau mochte eine erzkonservative Freudianerin sein, hatte aber wahrscheinlich trotzdem recht.)

»Glauben Sie an den Penisneid?« hörte sich Kate fragen.

»Natürlich«, sagte Dr. Anthony, so als sei sie gefragt worden, ob sie an Jesus als reale Gestalt glaube. »Penisneid und Kastrationsangst sind wesentliche Elemente des Ödipuskomplexes. Wenn ich recht verstehe, sind Sie der Meinung, Freuds Theorien müßten überarbeitet werden?« Dr. Anthony griff nach ihrer Handtasche, wartete aber auf eine Antwort.

»Ich glaube«, sagte Kate und erhob sich, um Dr. Anthony zur Tür zu begleiten, »daß die Menschen der Antike, wenn die Götter ihnen Böses über ihre Kinder prophezeiten, dafür hätten sorgen sollen, daß diese Kinder dann auch wirklich ermordet wurden. Ohne Paris, vor dem Priam gewarnt wurde, hätte es vielleicht nie einen Vorwand für den Trojanischen Krieg gegeben. Und ohne Ödipus hätte Freud vielleicht keine Geschichte gehabt, der er seinen Komplex anhängen konnte.«

»Das ist sehr amüsant«, sagte Dr. Anthony. »Ich bin froh, Sie kennengelernt zu haben. Ich darf wohl davon ausgehen, daß Sie im allgemeinen keine Befürworterin von Kindermord sind.«

»Das dürfen Sie«, sagte Kate, die an der Tür stand, während Dr. Anthony an ihr vorbeischritt. »Aber wäre Kindermord eine akzeptierte Kulturstrategie, hätte ich schon meine Liste bevorzugter Opfer.«

Dr. Anthony gab Kate die Hand und ging. Kate, die einen wartenden Studenten in ihr Büro winkte, mußte sich eingestehen, daß dies keins ihrer besten Gespräche gewesen war. Tatsächlich hatte sie sich ziemlich danebenbenommen. Aber immerhin lief sie keine Gefahr, den Wert von Dr. Anthonys professioneller Meinung zu unterschätzen.

Als der letzte Student gegangen war, rief Kate Edna Hoskins an. »Ich habe nur schnell eine Frage an dich. Eigentlich wollte ich sie dir schon gleich nach Adams' Tod stellen, habe sie dann aber vergessen«, sagte Kate. »Der Fachbereich Kultur des Mittleren Ostens macht sich in der Levy Hall so breit. Warum gibt es keinen Studiengang für jüdische oder hebräische Kultur, oder wie das sonst korrekt heißen mag?«

»Aber Kate! Die Juden haben sich erst nach dem Zweiten Weltkrieg im Mittleren Osten niedergelassen.«

»Ach ja? Ich dachte, sie wären mit Moses dorthin gekommen, oder auch ohne Moses, jedenfalls auf seinen Befehl, und das Rote Meer hätte sich geteilt oder so.«

»Ich meine natürlich als Nation«, sagte Edna. »Übrigens hat die Universität ein Zentrum für jüdische Forschungen – finanziell bestens ausgestattet, und es leistet Beachtliches.«

»Ich verstehe. Nun, entschuldige meine Frage, aber als Professor Adams' Schwiegertochter über Freud sprach, kam mir die Frage irgendwie in den Sinn. Meine Assoziationen waren schon immer schwer nachvollziehbar. Ein Glück, daß ich nie eine Psychoanalyse gemacht habe.«

»Kate, meinst du nicht, du solltest dir ein paar Tage Urlaub gönnen? Setz dich ins Flugzeug und fahr zu Reed, egal, wo er gerade ist. Entspann dich einfach.«

»Reed ist zufällig gerade hier, ich meine natürlich nicht hier in meinem schäbigen Büro, aber er ist in New York. Er faselt ständig etwas von Schüsseln mit Füßeln und ist mir noch weniger eine Hilfe als du. Womit ich natürlich nicht bestreiten will, daß ihr zwei die tröstlichsten Menschen auf der Welt seid.«

Die Erwähnung ihres schäbigen Büros erinnerte Kate an Adams' komfortableres Büro und Reeds Vorschlag, dorthin zu gehen und den Raum auf sich wirken zu lassen. Wahrscheinlich würde es nichts nutzen, aber schaden konnte es genausowenig.

Sie sammelte ihre Papiere und Habseligkeiten ein und schloß die Bürotür ab. Dabei fiel ihr ein, daß sie ja zur Wachzentrale gehen und sich den Schlüssel zu Adams' Büro geben lassen mußte, falls es nicht schon an irgendeinen nichtsahnenden, aber hocherfreuten Professor weitergegeben worden war. Büros waren sehr gefragt an dieser städtischen Universität.

Butler freute sich, sie zu sehen, zumindest beschloß Kate, das zu glauben. »Kennen Sie den Witz von dem katholischen Priester und dem protestantischen Pfarrer?« fragte er, während Kate auf einen Stuhl sank. »Der Priester trifft den Pfarrer auf dem Weg zum Bahnhof und sagt ihm, er brauche sich nicht so zu beeilen, seine Uhr gehe vor.« Es folgte ein längerer Dialog mit und ohne irischen Dialekt, je nach Sprechart von Priester oder Pfarrer. »Und als sie am Bahnhof ankommen«, schloß Butler, »ist der Zug schon fort. Der Priester guckt den Pfarrer an und sagt, das kommt davon, wenn man lieber glaubt als etwas tut.« Kate lachte, mehr aus Erschöpfung als über den Witz, aber vor allem aus Zuneigung zu Butler. »Was kann ich für Sie tun, Frau Professor?« fragte er.

»Kann ich in Adams' Büro gehen, oder ist es schon an jemand anderen weitergegeben worden?«

»Noch nicht«, sagte Butler und gab Kate den Schlüssel. »Soll ich mit Ihnen hochgehen und nachschauen, ob alles in Ordnung ist?«

»Ich hoffe, das wird nicht nötig sein«, sagte sie. »Aber wenn ich den Schlüssel nicht innerhalb einer Stunde zurückbringe, können Sie ja mal auf dem Weg unter dem Fenster nachsehen.«

Butler, der dies nicht einmal als einigermaßen witzig aufzufassen schien, brummte nur, als Kate ging.

Mehrere Leute sahen Kate verwundert an, als sie die Tür zu Adams' Büro aufschloß, aber niemand sprach sie an. Nachdem sie das Büro betreten hatte, ging sie als erstes zum Fenster und öffnete es. Der Raum war stickig und heiß. War es an dem Samstag nach Thanksgiving auch so gewesen, als Adams sein Büro betrat? Wahrscheinlich. Trotz der ständigen Klagen der Universität über Geldnot waren die Gebäude immer überheizt. Die Hitze hatte sich wahrscheinlich aufgestaut – über Thanksgiving und den darauffolgenden Freitag, an dem Adams' Frau nach Kalifornien fuhr und er nicht in seinem Büro war.

Kate setzte sich an den Schreibtisch und betrachtete den Teppich, die Wandbehänge, die Bücher im Regal. Sie zog eine Schreibtischschublade nach der anderen auf. Adams' Habseligkeiten waren noch darin, aber Kate entdeckte nichts von Interesse, nichts, was sie nicht schon zuvor gesehen hätte. Sie lehnte sich in dem Drehstuhl zurück und legte die Füße auf den Schreibtisch, so wie sie es manchmal in ihrem eigenen Büro tat, um sich zu entspannen. Sie hätte es sich auch in dem großen Sessel mit der Stehlampe daneben bequem machen können, in dem Adams wahrscheinlich immer gesessen hatte, wenn er über Universitätsfragen oder den Zustand der alten islamischen Welt nachdachte. Kate war es nie gelungen, in der Enge ihres Büros ihre Gedanken zu sammeln und nachzusinnen. Für so etwas ging sie nach Hause und legte die Füße hoch. Aber in dem Punkt unterschieden Professoren sich eben voneinander. Kate nahm ihre Füße vom Schreibtisch und ging hinüber zu dem Ledersessel, eines jener Modelle, die wie ein ganz normaler großer Sessel aussehen; aber sowie man sich zurücksinken läßt, gibt die Rückenlehne nach, und eine Fußstütze wird automatisch ausgefahren. Kate lehnte sich zurück. Es war sehr bequem. Kate beugte sich über die Armlehne und suchte nach dem Knopf. Wäre ich Angela Lansbury, dachte sie, würde ich jetzt auf einen Knopf drücken, ein Geheimfach des Sessels würde sich öffnen, und eine darin eingeklemmte Notiz käme zum Vorschein, die der Polizei trotz sorgfältigster Suche entgangen war. Aber nichts kam zum Vorschein. Ich werde mich also doch auf mein Gefühl verlassen müssen, dachte sie und lächelte bei dem Gedanken an Reed. Der Krug mit dem Pflug. Wie hieß die wunderbare Schauspielerin, die die Rolle gespielt hatte?

Das Hämmern an der Tür konnte Kate eine knappe Minute lang in ihren Traum einarbeiten. Sie erwachte und sah einen aufgeregten, aber beherrschten Butler zur Tür hereinkommen.

»Was ist los?« fragte Kate.

»Sie haben gesagt: eine Stunde. Jetzt sind es gleich zwei.«

Kate sah ungläubig auf ihre Uhr. »Ich muß eingeschlafen sein. So etwas passiert mir sonst nie. Tut mir leid.«

»Was Sie nicht sagen! Ich dachte, die hätten Sie in dem Sessel umgebracht, statt Sie aus dem Fenster zu werfen. Wer hätte dann den Detektiv spielen sollen?«

»Tut mir wirklich leid«, sagte Kate. »Aber es ist ja nichts passiert. Irgendwie suchte ich nach einem Knopf, und dabei muß ich wohl eingeschlafen sein.«

»Hab ich Sie richtig verstanden – nach einem Knopf?« sagte Butler. »Na, wenigstens nicht nach Kobolden und Elfen. Ich glaube, Sie sollten lieber nach Hause gehen.«

»Das glaube ich auch«, sagte Kate und fühlte sich plötzlich so gut wie lange nicht mehr.

»Ich schließe ab«, sagte Butler. »Und Sie sollten mir lieber auch Ihren Schlüssel geben, mit dem Sie hereingekommen sind. Wenn Sie vorhaben, dies hier zu Ihrem zweiten Zuhause zu machen, dann sagen Sie der Wachzentrale Bescheid, ja? Kann ich mich darauf verlassen? Und denken Sie an Housman, Frau Professor: ›Die Augen geschlossen hat die Schattenmacht / Sieht's nicht, wie der Lebensfaden durchschnitten wird durch Schicksalsmacht / Eins ist's der Erde, ob lautes Schlachtgeheul oder tiefe Still / weil sie auch nichts mehr hören will.‹«

»Ich vergesse Housman nicht, Butler. Ein andres Gedicht, ein ganz andrer Reim: ›Das Kampfgeschrei ist lang verstummt/ das einst schlug die tiefe Wund / der Tränenstrom ist lang versiegt / der einst begleitet das ewge Schmerzenslied.‹«

»Ich glaube wirklich, Sie sollten lieber nach Hause gehen, Frau Professor.«

»Recht haben Sie«, sagte Kate und ging.

Sie war gerade in ihrer Wohnung angekommen, hatte

sich einen Martini gemixt und wartete auf Reed, als das Telefon läutete. Es war Mr. Witherspoon.

»Ich habe über Ihre Ermittlung nachgedacht«, sagte er. »Und mir fiel ein, daß es noch einen anderen Teil von Adams' Leben gab, über den Sie Bescheid wissen sollten. Einen Teil seines Lebens, der in gewisser Weise mit mir zu tun hat. Hätten Sie nicht Lust, noch einmal zum Tee zu kommen? Sagen wir Freitag?«

Kate war einverstanden. Sie fragte sich, ob Mr. Witherspoon vielleicht noch einsamer war, als sie angenommen hatte. Mit ihrer Vermutung, daß sie wahrscheinlich der einzige Mensch in seinem Umkreis war, der sich nicht für sein Geld interessierte, war sie der Wahrheit offenbar schrecklich nahe gekommen.

Armer, reicher Mr. Witherspoon.

Elf

> Wenn du mit Menschenmengen reden kannst,
> ohne die Tugend zu verlieren, oder neben Königen gehen kannst – doch den *common touch*
> nicht verlierst,
> wenn dich weder Feinde noch liebevolle
> Freunde verletzen können, wenn alle auf dich
> zählen, aber keiner zu sehr

Als Kate kam, hatte Mr. Witherspoon in der Küche des Hauses schon den Tee bestellt. Kate freute sich, den alten Herrn wiederzusehen, und war gerührt, daß er so offenkundig glücklich über ihren Besuch war. Diesmal fragte sie sich, mit wem er wohl dieses große Doppelapartment bewohne, wollte aber nicht fragen und bezweifelte, daß er es von sich aus erwähnen würde. Er hatte sie ja auch nicht nach ihren Lebensverhältnissen gefragt.

»Als Sie mich beim letzten Mal nach Professor Adams fragten«, begann er, während sie auf den Tee warteten, »erzählte ich Ihnen all meine Erlebnisse mit ihm. Ich hatte das Gefühl, daß Sie vor allem wissen wollten, was für ein Mensch er war, und ich schilderte Ihnen meinen Eindruck. Aber inzwischen habe ich weiter über seinen Tod nachgedacht. Durch meine Tochter hörte ich von dem Mord an der jungen schwarzen Frau, der wahrscheinlich im Zusammenhang mit Adams' Tod steht. Das veranlaßte mich, noch einmal genau nachzudenken. Vielleicht gibt es gar keine Verbindung zwischen den beiden Todesfällen. Trotzdem, es war der zweite Tod, der mich dazu brachte, noch einmal über Ihr Problem nachzugrübeln. Ah, da kommt unser Tee.«

»Unser Tee« war so üppig wie beim letzten Mal – herrlich dünne Sandwiches, köstliches Gebäck und fein geschnittene Zitrone. Man hatte sich Mühe gegeben. Kate nahm ein Sandwich mit Brunnenkresse und lehnte sich genüßlich zurück. Mr. Witherspoon nahm – zu seiner eigenen Verblüffung – gleich zwei Stück Kuchen und aß sie geradezu mit Freude.

»Der Tee war schon immer meine Lieblingsmahlzeit«, sagte er. »Ich mag Süßes. Sie wundern sich bestimmt, was um Himmelswillen ich Ihnen zu sagen habe.«

»Ich nehme an, Sie haben eine Menge zu sagen«, antwortete Kate. »Aber gleich, was es ist, ich freue mich über meinen Besuch bei Ihnen.« In der Tat, Kate fühlte sich, als sei sie durch ein Zeitloch gefallen und befände sich in einer vergangenen Ära, in der sich die Leute weder gegenseitig aus dem Fenster warfen noch durch verirrte Kugeln irgendwelcher Drogenbanden ums Leben kamen und auch nicht von Terroristen in die Luft gejagt wurden. Sie hätte um keinen Preis in jene Ära zurückkehren wollen, aber hin und wieder wie Alice im Wunderland einen Fünfuhrtee, wie er sich gehörte, dagegen war nichts einzuwenden. Sie nahm sich noch zwei Sandwiches.

»Wie Sie wissen, gehöre ich zum ›Freundeskreis‹ der Universität, wie wir Leute, die entsprechende Summen spenden, netterweise genannt werden. Das erzählte ich Ihnen bereits, und Sie wissen außerdem, daß ich bei Professor Adams studiert habe. Aber eines vergaß ich zu erwähnen. Erst die Ereignisse im Mittleren Osten riefen es mir wieder ins Gedächtnis: Nachdem ich Adams kennengelernt hatte, verschaffte ich seinem Fachbereich eine größere Spende.«

Kate sah Mr. Witherspoon gespannt und erwartungsvoll an.

»Damals schien mir das eine exzellente Idee. Nachdem ich mein Interesse an den Kreuzzügen aufgegeben hatte, für die jede finanzielle Unterstützung ja ohnehin einige Jahrhunderte zu spät gekommen wäre, wandte ich mich dem Islam zu. Die Bank, für die ich bis zu meiner Pensionierung tätig war« – Kate fragte sich, ob alle hohen Bankmanager sich in der Retrospektive so bescheiden beschrieben –, »machte viele Geschäfte mit Arabern; und es schien mir nur natürlich, bei jenen Arabern Geld für einen Lehrstuhl für Islam-Forschung zu sammeln.«

»Also für Adams' Lehrstuhl?«

»Genau. Adams war der erste, der ihn bekleidete, aber natürlich wird er einen Nachfolger haben. Das Berufungskomitee hat mich kürzlich über den neuen Kandidaten informiert – immerhin war man so höflich, wenn man mich auch nicht konsultiert hat. Und bei dieser Gelegenheit fiel mir ein, daß ich Ihnen nichts davon erzählt hatte. Aber ich nahm an, Sie wüßten über Adams' Lehrstuhl Bescheid.«

»Natürlich wußte ich, daß er einen Lehrstuhl hatte, aber wie er zustande gekommen ist, habe ich mich nie gefragt. Viele Lehrstühle sind Überbleibsel aus früheren Zeiten, als es noch möglich war, mit, im Vergleich zu heute, sehr wenig Geld so etwas einzurichten. Die Professoren, die sie heute bekleiden, genießen die Ehre, bekommen aber nicht besonders viel Geld. Seit wann es Adams' Lehrstuhl gab, diese Frage habe ich mir nie gestellt.«

»Wir brachten eine Million dafür zusammen. Um die Wahrheit zu sagen, war es das leichteste Geld, das ich je gesammelt habe. Deshalb war es natürlich naheliegend, mich noch einmal an sie zu wenden und zu fragen, ob sie der Universität noch mehr stiften würden.«

»Wer sind sie?«

»Die Araber. Sie haben große Vermögen in diesem Land und schon vielen Universitäten Geld gespendet. Wie sich herausstellte, hatte die Sache jedoch ihren Preis. Sie wollten keine Juden in dem Fachbereich, dem sie eine Spende hatten zukommen lassen...«

»Und später eine Bibliothek schenkten.«

»Sie wissen also davon.«

»Ich habe es gerade erfahren. Den Rest der Geschichte kann ich mir zusammenreimen. Der Preis für die arabischen Gelder war die Auflage, keine Juden zu berufen und keinen Lehrstuhl für jüdische Geschichte einzurichten.«

»Ich fürchte, ja. Das Ganze liegt natürlich viele Jahre

zurück, und ich habe nicht weiter darüber nachgedacht. Später wollte Adams einen jungen Mann fördern. Er war Jude, und die Geldgeber sprachen sich dagegen aus. Um Adams Gerechtigkeit widerfahren zu lassen, er war empört. Um ihm nicht gar zu viel Gerechtigkeit widerfahren zu lassen: Ich glaube, er war eher empört, daß ein von ihm vorgeschlagener Kandidat abgelehnt wurde, als über die Gründe dafür. Er setzte sich mit mir in Verbindung, und es gelang mir, den Geldgebern das Einverständnis abzulocken, Shapiro die Bibliothekarsstelle für die große Sammlung zu geben, die sie gestiftet hatten. Sie waren nicht glücklich darüber, aber bereit, mit einem Kompromiß zu leben. Heutzutage sind die meisten Araber dazu nicht mehr bereit, diesen Eindruck hat man zumindest in diesen traurigen Zeiten.« Mr. Witherspoon hielt inne, um sich eine zweite Tasse Tee einzuschenken und noch ein Stück Gebäck zu nehmen.

»Damals war ich über die ganze Angelegenheit ziemlich aufgebracht. Antisemitismus ist in den Kreisen, in denen ich mich bewegte – und noch bewege –, nichts Außergewöhnliches. Und wenn ich Ihnen dies schildere, dann nicht, weil ich nobel klingen will. Ich war jedoch der festen Überzeugung, daß es mit der gleichen Berechtigung, wie es einen Lehrstuhl für den Islam gab, auch einen für jüdische Geschichte geben müsse, und genau das teilte ich der Verwaltung mit. Dort versicherte man mir, es werde soeben ein jüdisches Forschungszentrum errichtet, und ich brauche um dessen finanzielle Ausstattung nicht zu fürchten. Damit war die Geschichte für mich erledigt. Im Grunde glaube ich nicht, daß es irgend etwas mit Adams' Tod zu tun hat. Die Araber, die ich kenne, wären solch einer Tat nicht fähig. Trotzdem, meine Tochter und ich sprachen darüber, und sie drängte mich, es Ihnen zu erzählen. Und ich ließ mich um so leichter dazu überreden, weil ich mir dachte, es wäre schön, Sie wiederzusehen.«

»Es ist schön«, sagte Kate. Ihr schwirrte der Kopf bei dem Versuch, diese neuen Fakten zu ordnen. Hatte das alles überhaupt eine Bedeutung? Egal, was im Mittleren Osten geschah, die Verwaltung dachte nicht daran, sich von einer sprudelnden Geldquelle abzuschneiden, hatte die Sache aber trotzdem mit Anstand geregelt. Und um Adams Gerechtigkeit widerfahren zu lassen: Er hatte sich aus allem herausgehalten – abgesehen von dem Fall Shapiro, und auch der war schließlich zur Zufriedenheit aller gelöst worden. Arabella hatte wahrscheinlich Partei für die PLO ergriffen, so wie sie immer auf Seiten der Unterdrückten stand, aber sie konnte keiner irgendwie gearteten arabischen oder israelischen Intrige in die Quere gekommen sein – die bloße Vorstellung war grotesk. So nett es von Mr. Witherspoon auch war, ihr diese Information zu geben, und so sehr sie seinen Tee und seine Gesellschaft schätzte, Kate konnte sich nicht vorstellen, daß seine Mitteilungen sie weiterbrachten. Darüber nachzudenken, konnte jedoch kein Fehler sein.

»Ich kann mir nicht vorstellen, daß meine Mitteilungen Ihnen viel nützen«, sagte Mr. Witherspoon, als hätte er ihre Gedanken gelesen, »aber ich nehme an, Detektivarbeit besteht zum größten Teil darin, möglichst viele Fakten und Informationssplitter zusammenzusetzen. Die meisten mögen nicht zusammenpassen, aber jeder einzelne ist vielleicht doch von Wert.«

»Genau so ist es«, sagte Kate und beschloß, doch noch ein Stück Gebäck zu nehmen. »Man weiß nie, welche Teilchen am Ende zusammenpassen, und kann auch nie sicher sein, ob man wirklich so viele Stücke wie möglich gesammelt hat. Ich wünschte nur, alle Informationen könnten in so erfreulicher Umgebung wie hier zusammengetragen werden. Ich kann mir vorstellen«, fuhr sie mit der Absicht fort, das Gespräch auf andere Dinge zu lenken, »daß sich das Bankwesen, wie alles andere auch, in den letzten Jahren enorm verändert hat. Glauben Sie, es hat sich zum Besseren gewandelt?«

Mr. Witherspoon war unzweifelhaft froh, seine Meinung zu diesem Thema erläutern zu können: Die Banken seien viel zu lange in ihren Aktivitäten beschnitten worden, es sei an der Zeit, daß man ihnen endlich erlaube, Regierung und Industrie bei Investitionen zu beraten und auch bei anderen Aspekten der Finanzwelt aktiv einzugreifen. Vom Bankwesen kamen sie auf den Aktienmarkt und von dort zu Egoismus und Karrieredenken der jüngeren Generation. Zum Schluß hatten beide das Gefühl, ihr Leben sei, im ganzen gesehen, erfüllter gewesen als das der heutigen jungen Leute, die mit dreißig zweihunderttausend im Jahr verdienen wollten und sich ansonsten um nicht viel scherten. Dieses Gefühl begleitete sie angenehm bis zur dritten Tasse Tee und schließlich zum Ende dieses erfreulichen Nachmittagsgeplauders.

Wieder ging Kate durch den Park nach Hause, diesmal an einer fußballspielenden Schulklasse vorbei, und sie mußte daran denken, wie sie in ihrer Jugend im Central Park Hockey gespielt hatten, über die Wiesen gehetzt waren und auf einen Ball einschlugen. Wie viele Schläge hatten in der Erinnerung ihr Ziel verfehlt und statt dessen die Fußgelenke der anderen getroffen! Warum hatten sie keinen Gelenkschutz getragen? Kate konnte es sich nicht erklären. Nur das Mädchen im Tor hatte Beinschützer umgeschnallt. Wir waren eben aus härterem Holz, murmelte sie vor sich hin, mußte über sich selbst lächeln und verließ den Park. Seit sie in Adams' Sessel eingeschlafen war, ging es ihr viel besser, ganz so, als hätte sie die letzte Hürde überwunden und sei nun kurz vor dem Ziel. »Wieder heim ist der Jäger, heim vom Gebirg, und der Fischer heim von der See«, summte sie leise, während sie die Wohnungstür aufschloß. Butler hat mich wirklich verdorben mit seiner Vorliebe für zweitklassige viktorianische Poesie, dachte Kate.

Sie ging zum Telefon und rief die Kommissare an, die im Fall Arabella ermittelten. Zu ihrer Verblüffung waren die beiden höchst entgegenkommend; sie hätten noch eine ganze Weile Dienst und würden sich freuen, wenn Kate zu ihnen aufs Revier käme. Wieder hinauf ins Gebirg, wieder hinaus auf die See, murmelte sie und schloß die Wohnungstür hinter sich ab.

Mr. Witherspoons Enthüllungen waren nicht ganz so überraschend gekommen, wie Kate ihn oder sich selbst hatte glauben machen wollen. Gewiß, sie wußte noch nicht recht, was sie mit ihnen anfangen sollte und ob sie überhaupt zu der Theorie paßten, die allmählich in ihrem Kopf Gestalt annahm. Aber wie der Housman-Vers, den sie Butler zitiert hatte, bewies (auch wenn Housman nicht vom Mittleren Osten sprach, sondern von Wales), war ihr inzwischen klar geworden, daß die arabisch-israelische Situation und deren mögliche Auswirkungen auf die Universität eine entscheidende Rolle spielten. Mr. Witherspoon hatte sie bestärkt, in dieser Richtung weiterzuforschen. Kate schob diese Frage aber erst einmal beiseite und konzentrierte sich auf die Fragen, die sie den Kommissaren stellen wollte.

Kate war noch nie in Gracie Mansion gewesen, wo der Bürgermeister residierte, aber die Unterbringung aller städtischen Ämter, mit denen sie je in Berührung gekommen war, rangierte von Tristesse bis hin zu beginnender Verwahrlosung, wobei letztere die Überhand hatte. Die Gerichtssäle waren eine Schande, die Räume für die Geschworenen und für Anhörungen glichen Zellen in einem heruntergekommenen Gefängnis. Vielleicht ging es bei den Bundesbehörden besser zu, aber bis dahin war Kate bisher noch nicht vorgedrungen. Die Geschichten, die sie über Wohlfahrtsämter und andere Einrichtungen gehört hatte, die angeblich dem Wohle der Armen dienten, ließen einem die Haare zu Berge stehen. Und selbst dort, wo es nicht um die ganz Armen ging, um die es allerdings gehen sollte, herrschte nichts als menschenverachtende Ineffizienz. Wann immer Kate eine städtische Behörde betrat, fragte sie sich, warum sie immer noch in dieser Stadt lebte. Weil sie New York unsäglich vermissen würde und sich einfach nicht vorstellen konnte, irgendwo anders zu leben, war die Antwort, auch wenn es kaum eine angemessene war. Durch ihre Ehe waren Kate so manche unerfreulichen Zusammenstöße mit den Behörden der Stadt erspart geblieben. Alles, was zum Beispiel mit Autoan- und -abmeldungen etcetera zu tun hatte, übernahm Reed. Von ihm hatte sie mit Schaudern erfahren, daß Leute mit den entsprechenden Finanzen Firmen anheuerten, die Behördengänge für sie erledigten. Die dafür Angestellten standen natürlich nie irgendwo Schlange. Italo-amerikanische Freunde hatten Kate versichert, daß New York von Tag zu Tag mehr einer italienischen Großstadt ähnelte und jeder wußte, wie in Italien Geschäfte gemacht wurden. Aber die Mißstände in den Behörden waren noch nichts verglichen mit den katastrophalen Verhältnissen an den Schulen, und so weiter und so weiter.

Das Polizeirevier war nicht dazu angetan, Kates bittere Gedanken zu vertreiben. Während sie dem hinter dem Tresen sitzenden Beamten ihr Anliegen vortrug, fragte sich Kate nicht zum ersten Mal, wie die Polizei die Aufklärung von ein oder zwei Morden vorantreiben sollte, wenn sie unter diesen Bedingungen arbeitete. Glücklicherweise setzte die Ankunft der beiden Kommissare diesem deprimierenden Gedanken ein Ende. Sie führten Kate in einen Verhörraum, wobei sie sich vorkam (schon wieder wie im Fernsehen?), als sei sie ein widerwilliger Zeuge oder ein verstockter Täter.

»Eigentlich habe ich nichts Wichtiges auf dem Herzen«, sagte sie, nachdem alle Platz genommen hatten. Den angebotenen Kaffee und die Zigarette lehnte Kate ab. Sie hatte erwartet, daß die beiden Kommissare ärgerlich würden, aber deren Haltung signalisierte eindeutig: Wir sitzen hier unseren Dienst ab, und ob wir mit Ihnen reden oder sonst was tun, ist uns egal.

Aber sie waren nicht nur gelassen. Sie hatten auch Neuigkeiten: Humphrey Edgerton sollte zum Verhör vorgeladen werden. Der Polizei bei ihren Ermittlungen helfen – so würden sie es ihm erklären.

»Welche Ermittlungen?« fragte Kate und gab sich Mühe, ruhig zu klingen.

»Er hat kein Alibi für die Zeit, als ein schwarzer Mann mit Arabella im Fahrstuhl ihres Elternhauses gesehen wurde.«

»Darum geht's also. Und deshalb verdächtigen Sie ihn?«

»Von Verdächtigung war nicht die Rede«, sagte der jüngere Polizist. »Wir wollen ihn einfach fragen, wo er war. Ich weiß nicht, was bei Ihren Befragungen herausgekommen ist«, fügte er hinzu, »aber unsere haben ergeben, daß Mr. Edgerton sich gewisse Sorgen machte über das, was Arabella im Schilde führte. Vielleicht trafen sie sich bei ihr, um darüber zu sprechen, und das Gespräch wurde ein wenig hitzig.«

»Es gab mal einen großen Schauspieler«, sagte Kate. »Er vertiefte sich in seine Rollen. Als er den Othello spielte, soll er sich den ganzen Körper schwarz geschminkt haben.«

»Was bedeutet?« sagte der Ältere und kaute auf einem Zahnstocher.

»Es bedeutet, daß schwarz zu wirken nicht gerade schwer ist. Haben Sie Laurence Olivier als Othello gesehen? Der war durch und durch schwarz.«

»Soll das ein Witz sein?«

»Nein. Ich glaube – vielmehr ich hoffe –, daß Sie Witze machen. Der Polizei wird nicht gerade selten Rassismus vorgeworfen. Und Sie sollten lieber vorsichtig sein, oder Sie werden es mit einem dieser berühmten schwarzen Anwälte zu tun bekommen, deren Namen mir im Moment entfallen sind. Und wenn sich einer einschaltet, so wird er meine volle Unterstützung haben.«

»Haben Sie einen besseren Vorschlag?«

»Den habe ich tatsächlich. Genau deshalb wollte ich mit Ihnen sprechen.« Kate machte eine Pause; und der ältere Polizist bot ihr einen Zahnstocher an. Sie nahm ihn, drehte ihn zwischen den Fingern und brach ihn schließlich in einer Hand in der Mitte durch, so wie sie es früher im Kino gesehen hatte.

»Haben Sie auch Matthew Nobles Alibi für den Zeitpunkt überprüft, als der Zeuge mit seinen Koffern den Fahrstuhl verließ?«

»Noble? Der Verwaltungsmensch? Der Typ, der uns geholt hat und mit dem wir uns immer beraten? Hören Sie, gnädige Frau, die Polizei ist nicht dazu da, sich für die Kämpfe an Ihrer Universität einspannen zu lassen.«

»Haben Sie ihn gefragt, wo er war?«

»Nein, haben wir nicht.«

»Nun, dann schlage ich vor, Sie tun es, ehe Sie einen schwarzen Professor ohne jeden stichhaltigen Verdacht zum Verhör vorladen. Noble hat eine hervorragende Sekretärin. Schauen Sie bei ihr herein und fragen sie, wo ihr Boss zur fraglichen Zeit war. Bestimmt wird sie Ihnen erzählen, er sei auf irgendeiner Sitzung gewesen. Überprüfen Sie das, fragen Sie die Leute, mit denen er angeblich zusammen war. Wenn er ein wirklich hieb- und stichfestes Alibi hat, können wir uns weiter über Professor Edgerton unterhalten.«

»Wollen Sie damit sagen, daß Noble der Täter war? In beiden Fällen?«

»Es wäre möglich. Und ich schlage vor, Sie überprüfen ihn. Ich bin gekommen, um Ihnen das zu sagen.«

»Haben Sie irgendwelche persönlichen Gefühle in dieser Angelegenheit? Mal unter uns gefragt.«

»Sagen wir einfach, ich lasse mich nicht gern manipulieren und dazu bringen, die schlaue Detektivin für jemand zu spielen, der vielleicht ein ganz klein bißchen unterschätzt hat, wie schlau ich sein kann, wenn ich erst einmal in Fahrt komme. Aber vergessen wir das. Tun Sie einfach, was ich sage. Oder, wenn Sie lieber nicht wollen, dann tu ich's. Es wäre mir eine Freude. Aber ich dachte mir, Ihnen beiden würde es Spaß machen, einen dicken Fall wie diesen zu knacken. Aber ganz wie Sie wollen.«

»Angenommen, wir finden heraus, daß er kein Alibi

hat. Angenommen, er verließ die Sitzung, auf der er hätte sein sollen – was dann?«

»Dann, meine Herren, schlage ich vor, wir setzen uns wieder zusammen, ich erzähle Ihnen meine Theorie und Sie mir Ihre. Dann entscheiden wir, was zu tun ist. Okay? Danke für den Zahnstocher.«

Kate hoffte, den richtigen Zeitpunkt für ihren Abgang gewählt zu haben und auf der Treppe nicht zu stolpern. Gleichzeitig mußte sie der Tatsache ins Gesicht sehen, daß sie einen Auftritt hingelegt hatte wie im Fernsehen. Auf Paula Jordans Empfehlung hin hatte sie sich vor kurzem, während Reed bei irgendeinem offiziellen Dinner war, eine Folge von »Cagney und Lacey« gegönnt, eine Tatsache, die sie aber niemandem gegenüber je erwähnen würde.

Kate rief den Rektor in seiner Wohnung an und wollte ihn dringend um ein Gespräch bitten. Aber seine Frau sagte ihr, er sei noch in seinem Büro; und als sie dort anrief, war seine Sekretärin am Apparat, die ebenfalls Überstunden machte. Die Verwaltungsleute waren wirklich ein hart arbeitendes Völkchen, das konnte niemand bestreiten. Als die Sekretärin Kate durchgestellt hatte, bat sie den Rektor, niemandem, wirklich *niemandem*, von ihrer Bitte um ein Treffen zu erzählen. Sie überlegte kurz, ob sie ihm Einzelheiten erläutern sollte, entschied sich dann aber dagegen und bat ihn nur um Rückruf und einen Termin, wenn er Zeit für sie habe. Dann legte sie die Füße hoch und wartete auf Reed.

Reed kam kurz darauf nach Hause, und nachdem sie sich einen Drink gemixt und im Wohnzimmer niedergelassen hatten, berichtete Kate.

»Was war Nobles Motiv?« fragte Reed.

»Geld. Erstens Geld für die Universität, dadurch bekam er Macht verliehen, die Willfährigkeit aller möglichen Leute und außerdem, wenn ich mich nicht irre – ich habe allerdings nicht den geringsten Beweis – Geld für sich selbst. Für jemand wie ihn war es nicht schwer, Geld abzuzweigen. Man muß bloß gut mit Computern umgehen und Bilanzen fälschen können. Wer wird schon die Ausgaben eines für inneruniversitäre Angelegenheiten zuständigen Vizepräsidenten überprüfen, besonders, wenn für die Universität hübsche Summen dabei herausspringen?«

»Aber wenn er der Mörder ist – warum hätte er dich bitten sollen, in der Sache zu ermitteln?«

»Das ist der wunde Punkt. So schwer wir beide mit unserer hohen, aber keineswegs übertriebenen Meinung von meinen Fähigkeiten das glauben können: Er hoffte, ich mache viel Wirbel und halte ihm die Polizei vom Hals. Und bis zu einem gewissen Punkt hat es ja funktioniert. Als ich gestern mit den Polizisten sprach, stellte sich heraus, daß sie sein Alibi für die Zeit von Arabellas Tod nicht einmal überprüft hatten. Für den Mord an ihr machte er sich das Gesicht schwarz. Glaub mir, er ist ein Finsterling. Ich hab zwar schon immer gesagt, daß Verwaltungsleute eine schwarze Weste haben, aber so wörtlich war es nicht gemeint.«

»Nun, ich bin nicht umsonst all die himmlischen Jahre mit dir verheiratet! Ja, ich kann deinem Gedankengang folgen, und ich mache mich nicht lustig über dich. Jeder, der etwas aufdecken will, sei es als Detektiv oder Wissenschaftler, muß irgendwann einen riskanten Sprung wagen, das heißt, wenn er oder sie etwas von ihrer Arbeit verstehen. Ohne das bleibt man bloßer Tatsachensammler, der sich hervorragend als Zuträger für Polizei und Bezirksstaatsanwaltschaft eignet. Aber entweder nimmt eine Idee Gestalt an, die alle Teile des Puzzles zusammenfügt, oder es paßt überhaupt nichts zusammen. Das gilt für Detektive, Biographen, Historiker und sogar für Wissenschaftler. Glaub mir, ich meine das nicht ironisch. Ich möchte bloß wissen, wann die Idee in deinem Kopf Gestalt annahm?«

»*Wann*, kann ich dir nicht sagen. Ich weiß bloß, daß

dein Vorschlag, mich in Adams' Büro zu setzen, sehr hilfreich war. Mir wurde plötzlich klar, daß wir eine sehr interessante Tatsache übersehen hatten: daß Adams nämlich über arabische Kultur und Religion arbeitete. Natürlich hatte ich sein Buch in der Hand gehabt, und natürlich wußte ich, daß er einen Lehrstuhl für Islam hatte. Ich wußte sogar von dem gelehrten Dr. Jonathan Shapiro. Aber ich machte mir auf all das keinen Reim – bis zu dem Tag, als ich in Adams' Büro saß. Interessanterweise rief kurz danach Mr. Witherspoon an, eigentlich, weil er einsam ist und Tee mit mir trinken wollte, aber auch, weil ihm, genau wie mir, eingefallen war, daß er den politischen Aspekt der Geschichte außer acht gelassen hatte. Glaubst du, ich könnte lernen, hauchdünne Sandwiches mit Brunnenkresse zu machen? Dann könnten wir nämlich auch einen ordentlichen Fünfuhrtee zelebrieren.«

Reed ignorierte diesen letzten Satz. »Also hast du dich gefragt – cui bono?«

»Genau. Die Araber hatten keinerlei Vorteil von Adams' Tod. Sie hatten, was sie wollten, und waren entweder einsichtig genug, zuzulassen, daß Shapiro die Bibliothekarsstelle für ihre Sammlung bekam, oder jemand hat einen beachtlichen Druck auf sie ausgeübt. Ich glaube, die Araber haben sich inzwischen daran gewöhnt, daß es, zumindest in den Vereinigten Staaten, unter den anerkanntesten Islam-Forschern viele Juden gibt. Die Juden, die mit ihrem eigenen Geld ihr eigenes Forschungszentrum errichteten, hatten eindeutig nichts zu gewinnen. Adams hat eindeutig profitiert, aber irgend jemand wollte ihn daran hindern, den Schwindel auffliegen zu lassen. Welchen Schwindel? Und warum?

Nun, wenn eine Idee erst einmal Gestalt angenommen hat, wie du gerade sagtest«, fuhr Kate fort, »gehen plötzlich alle Fakten in Stellung – wie eine Truppe Revuegirls, die auf Zeichen im Gleichklang die Beine schwingen. Adams' solides, aber keineswegs aufregendes Buch wurde von der Universität subventioniert. Für die Veröffentlichung eines etablierten Professors gibt es normalerweise keine Gelder. Dann verschaffte Adams Shapiro diesen Job. Adams benahm sich bei jeder nur denkbaren Gelegenheit so selbstherrlich, als könne ihm nie etwas passieren und niemand ihm etwas anhaben.«

»Du glaubst, er wußte, daß Noble einen großen Teil der Spendengelder für sich abzweigte?«

»Ja. Und ich glaube, daß der Druck allmählich zu viel für Noble wurde. Und wenn du wissen willst, was ich außerdem glaube: Noble wollte mir den Mord in die Schuhe schieben. Okay, vielleicht läßt mein Verstand nach. Aber obwohl wir es nie werden beweisen können, gehe ich jede Wette ein, daß irgendein Zeuge, vielleicht Noble selbst, aufgetaucht wäre und behauptet hätte, mich an jenem Samstag mit Adams gesehen zu haben, und wir hätten heftig gestritten. Nobles Plan habe ich durch mein Alibi vermasselt – in alle Ewigkeit gesegnet sei der junge Anwalt, der sogar am Wochenende von Thanksgiving Überstunden machen mußte. Aus reiner Dankbarkeit werde ich für den Rest meines Lebens Arlo-Guthrie-Songs vor mich hin summen. Erinnere mich daran, daß ich mir eine Platte besorge.«

»Bleib auf dem Teppich, Kate. Warum hätte Noble dir den Mord in die Schuhe schieben wollen?«

»Irgend jemand brauchte er ja. Ich bin mir nicht sicher, ob er wirklich mich auserkoren hatte. Vielleicht auch Arabella oder Humphrey. Aber ich denke, ihm war klar, daß alles, was entfernt mit Rassenfragen zu tun hat, seinem Plan nur schaden konnte. Und Aufsehen war das letzte, was er brauchen konnte. Es gab kaum jemanden, der mit dem guten alten Adams nicht in Fehde lag, aber er und ich waren härter aneinandergeraten als die meisten, und das in aller Öffentlichkeit. Die Aufmerksamkeit wäre von Noble abgelenkt worden und hätte sich auf mich konzentriert. Wahrscheinlich hätte er mir das galante Angebot gemacht, die Kosten für meine Verteidigung aus Universitätsgeldern zu bestreiten. Und als ich ihm seinen Plan verdarb, ließ er es sich nicht nehmen, mich auf andere Art in die Sache zu verwickeln und so die Aufmerksamkeit von ihm wegzulenken.«

»Und was ist mit Arabella?«

»Das werden wir nie wissen – es sei denn, Noble erzählt es uns in einem dieser trickreichen Kuhhandel um Strafmilderung. Wie solche Dinge in der Bezirksstaatsanwaltschaft gehandhabt werden, mußt du ja am besten wissen.«

»Das habe ich überhört. Wahrscheinlich wußte er, daß Arabella ihn an jenem Samstag gesehen hatte. Aber warum hat sie es nicht gleich gesagt? Meinst du, sie hatte vor, es dir zu erzählen?«

»Ich fürchte, sie wollte Adams' Spiel weiterführen. Es ist eigenartig, wie mutig und töricht Leute sein können, die für eine Sache kämpfen. Vielleicht wollte sie ihn erpressen, mehr Stipendien für Schwarze durchzusetzen oder einen Lehrstuhl für einen schwarzen Professor. Arabellas Tod werde ich Noble nie verzeihen, was ihr natürlich den Teufel nützt.«

»Ich sehe immer noch nicht, warum er dich angeheuert hat. Aber vielleicht hast du recht. Was hatte Adams deiner Meinung nach vor? Weshalb wollte Noble plötzlich nicht mehr?«

»Hoffentlich erzählt Noble uns das. Ich vermute...«

In dem Moment klingelte das Telefon. Es war der Rektor. Morgen früh, am Samstag um zehn Uhr, würde er in seinem Büro auf Kate warten. Sie versprach, dort zu sein, und ging zurück zu Reed.

Reed sagte: »Es hat wohl keinen Sinn, zu sagen, du sollst vorsichtig sein, oder dich zu bitten, mich mitkommen zu lassen?«

»Wenn ich nicht wiederkomme, kannst du ja einen Suchtrupp ausschicken.« Kate lächelte ihn an. »Sieh vor allem unter den Fenstern nach. Aber das Büro des Rektors ist im Erdgeschoß. Das habe ich nachgeprüft.« Reed wirkte nicht zu amüsiert.

Zwölf

> wenn du die erbarmungslose Minute füllen kannst mit sechzig vollen Sekunden eines Langstreckenlaufs,
> gehört dir die Erde und alles, was darauf ist, und – was mehr ist – du wirst ein Mann sein, mein Sohn!

Kate war nicht allzu überrascht, Matthew Noble an der Bushaltestelle vor der Universität zu treffen; sie war vielmehr enttäuscht, weil sie das Einfühlungsvermögen des Rektors überschätzt hatte. Kates ohnehin nicht hohe Meinung von den Verwaltungsleuten sank noch tiefer. Sie hielt nach Butler Ausschau, aber der war nirgends zu sehen. Trotzdem war Kate nicht beunruhigt. Sie würde ihn Noble gegenüber mit keinem Wort erwähnen – aber Butler tat seine Arbeit, und das erleichterte es ihr erheblich, Noble herauszufordern.

Sie hatte Butler am Abend zuvor angerufen. »Haben Sie diesen Samstag wie üblich Dienst?« hatte sie gefragt.

»Ja«, hatte er geantwortet. »Haben Sie vor, diesmal in einem anderen Zimmer, zu dem ich den Schlüssel habe, einzuschlafen?«

»Ich hab nur vor, Adams' Mörder zu stellen«, hatte Kate gesagt, ihn informiert, wer es war. »Ich fahre morgen früh mit dem Bus zur Uni, um mit dem Rektor über Noble zu sprechen. Und ich dachte, wenn Sie vielleicht in der Nähe sein könnten – auch wenn ich Sie nicht sehen kann...«

»Wir Wachmänner sind überall«, hatte Butler gesagt. Kate war froh, Butler so gut kennengelernt zu haben; wie viele Akademiker war sie stolz, eine Beziehung zu einem Arbeiter hergestellt zu haben. Sie machte sich keine Illusionen über Beständigkeit oder Tiefe dieser Beziehung, aber sie fühlte sich trotzdem wohl, so wie man sich fühlt, wenn man in einem fernen Land von einem Fremden nach Hause eingeladen wird.

»Auf dem Weg zu unserem Herrn Rektor, nehme ich an«, sagte Noble schließlich. Offenbar hatte er erwartet, sie spräche zuerst. »Haben Sie etwas dagegen, wenn ich Sie ein Stück begleite?«

»Nicht das geringste. Vorausgesetzt, Sie machen mir nicht den Vorschlag, in irgendwelche Fahrstühle zu steigen oder höher als in den ersten Stock zu gehen. Auf meine alten Tage hab' ich nämlich Höhenangst bekommen. Geht's Ihnen auch so?«

»Ich habe keine Höhenangst. Und wenn Sie nicht bis zum Büro des Rektors kommen?«

»Das wäre Pech für uns beide«, sagte Kate und bog in den Weg ein, der zum Hauptverwaltungsgebäude führte. »Ich habe zwar keinen versiegelten Brief bei meinem Anwalt hinterlassen, den er im Falle meines Todes öffnen soll, aber ich habe meinem Mann alles erzählt und den beiden Kommissaren, die den Fall bearbeiten, ebenso.«

»Die beiden wollten gestern abend meinen Terminkalender sehen. Ich habe ihnen gesagt, sie sollten sich einen Durchsuchungsbefehl besorgen.«

»Nicht klug. Wußten Sie, daß die Polizei 1980 in den großen Städten mehr als eine Million Verbrechen verfolgte, daß aber nur fünfzehntausend Durchsuchungsbefehle ausgestellt wurden? Die Bestimmungen der Verfassung, besonders der Paragraph 4, werden nicht immer so strikt befolgt, wie man sich wünschen würde.«

»Stammen die Zahlen aus offiziellen Berichten oder Ihrer Phantasie, die, fürchte ich, bei Frauen, wenn es um Statistiken geht, sehr blühend ist?«

»Ich habe die Zahlen in einem Buch gelesen, das Freunde von mir über Rechtsprechung schreiben, und zwar in einem Kapitel über Strafrecht. Wollen Sie genaue Quellenangaben?«

»Bleiben Sie sofort stehen, Frau Professor Fansler. Ich

habe einen Revolver und werde ihn benutzen und sei es nur, um Sie in die Beine zu schießen. Die Bandenkriege breiten sich immer mehr aus; das wissen Sie ja vielleicht.«

»Machen Sie sich nichts vor, Mr. Noble. Entweder Sie töten mich; dann müssen Sie mit einer gründlichen Ermittlung rechnen, oder Sie verwunden mich, dann müssen Sie mit mir rechnen. Geben Sie lieber auf! Es sei denn, Sie wollen mich zu meiner Verabredung mit dem Rektor begleiten, für die ich schon fünf Minuten zu spät bin. Dabei war es sehr freundlich von ihm, mich an einem Samstag zu empfangen, wäre nicht sehr höflich von mir, mich zu verspäten. Interessant, wie wenig Leute an einem Samstag auf dem Campus sind, auch wenn es kein Ferienwochenende ist, finden Sie nicht?«

»Für eine Frau sind Sie ziemlich tapfer.«

»Das bin ich gar nicht. In völligem Widerspruch zu Freuds Theorie habe ich lediglich ein sehr ausgeprägtes moralisches Empfinden. Und das beleidigen Sie!«

»Ich weiß, daß Sie mich verdächtigen. Ich habe nichts zugegeben. Sie verstehen alles völlig falsch, Frau Professor Fansler.«

»Dann kommen Sie mit zum Rektor und schildern ihm Ihre Sicht der Dinge. Aber vielleicht wäre es nicht schlecht, wenn die beiden Kommissare auch dabei wären, jetzt, wo Sie sich angewöhnt haben, einen Revolver zu tragen.«

»Das war nur Bluff.«

»Gut«, sagte Kate. »Sie glauben gar nicht, wie mich das erleichtert.« Sie ließ ihn stehen und ging langsam weiter, auf Nobles Feigheit und Butlers Mut hoffend. Nun, fügte sie im stillen hinzu, während sie das Verwaltungsgebäude betrat und an die Tür des Rektors klopfte, wenn das gutgeht, dann fällt mir wirklich ein Stein vom Herzen.

Der Rektor begrüßte Kate mit einer Mischung aus Besorgtheit und Bonhomie.

»Sie hätten Matthew Noble nicht einweihen sollen«, sagte Kate. »Ich bat Sie, niemandem etwas zu sagen. Er hat mich gerade mit einer Pistole bedroht. Wenigstens hoffe ich, daß er gar keine hatte, sondern nur so tat.«

»Ich hätte ihm nichts gesagt«, antwortete der Rektor, »aber er schaute gestern abend herein, und im Laufe unseres Gesprächs habe ich es zufällig erwähnt. Als Sie sagten, ich solle niemandem gegenüber ein Wort darüber verlieren, dachte ich nicht, daß Sie meine Mitarbeiter meinten.«

»Unglücklicherweise meinte ich genau das«, sagte Kate. »Sie sollten sich lieber setzen. Was ich zu sagen habe, wird eine Weile dauern. Und wenn ich fertig bin, sollten Sie einen Buchhalter oder Versicherungsexperten dazu bringen, so schnell zu arbeiten wie noch nie. Das heißt, wenn es Sie interessiert, was mit einem großen Batzen von Universitätsgeldern geschehen ist.«

Der Rektor sank in den Sessel hinter seinem Schreibtisch. Ehe Kate zu sprechen begann, hatte sie Zeit festzustellen, daß sie bisher noch nie in den Genuß der so ungeteilten Aufmerksamkeit eines Verwaltungsmenschen gekommen war und wohl auch nie wieder kommen würde. Sie hätte sich diese Aufmerksamkeit jedoch lieber für wissenschaftliche Ausführungen gewünscht.

Als Kate Stunden später das Büro des Rektors verließ, sah sie sich etwas besorgt nach Matthew Noble um, aber er war nicht zu entdecken. Nun, dachte sie, wenn er mich erschießen will, immer vorausgesetzt, er hat eine Pistole – so wird er eine Gelegenheit dazu finden, egal, was ich tue. Und falls er andere Mordpläne schmiedete – nun, sie hatte nicht vor, in seiner Gesellschaft irgendwelchen Fenstern zu nahe zu kommen. Er muß eine raffinierte Technik entwickelt haben; vielleicht Druck auf die Halsschlagader oder einen Schlag auf den Kopf, der bei dem Sturz zertrümmert wurde, oder eine Plastiktüte über den Kopf – und dann hinaus aus dem Fenster. Bei der leichten Arabella kein Problem. Aber auch bei Adams nicht allzu schwer, besonders, wenn der Schlag unerwartet kam. Kate hatte die Gelegenheit genutzt und Nobles Körperbau aufmerksamer studiert als bisher. Er war groß und ausgezeichnet in Form. Wahrscheinlich trainierte er an diesen schrecklichen Geräten in irgendeinem Fitness-Center. Oder vielleicht war er gar Judomeister. Heutzutage war alles möglich.

Kate ging auf einen neuen Apartmentblock zu, in den, das wußte sie, Edna Hoskins vor kurzem umgezogen war. Kate hatte vorher nicht angerufen, wußte also nicht, ob Edna zu Hause war. Den Entschluß, zu Edna zu gehen, hatte Kate erst gefaßt, als sie das Büro des Rektors verließ. Wahrscheinlich keine sehr vernünftige Idee, aber sie war wie dazu getrieben und stellte dieses Gefühl nicht in Frage.

Edna war zu Hause und sehr überrascht, Kate zu sehen.

»Komm herein und setz dich. Was für eine Überraschung! Ich hätte nie geglaubt, daß du an einem Samstag hier in der Gegend bist. Ich mache uns einen Kaffee.«

»Mach dir keine Umstände«, sagte Kate. »Hat Matthew Noble dir nicht gesagt, daß ich an diesem Samstag vielleicht doch in der Nähe sein könnte?«

»Nein«, sagte Edna und sah besorgt aus. »Wie meinst du das?«

Kate sah Edna an, die sich nervös in einen Sessel setzte. Das Apartment war sehr hübsch, wenn man moderne Apartments mochte. Das große Wohnzimmer hatte auf allen Seiten Fenster mit einem schönen Blick auf New York und viel Sonne.

»Ich würde mir gern deine Wohnung ansehen«, sagte Kate. »Du wolltest mich ja ohnehin einladen, wenn du fertig eingerichtet bist. Nun, für meine Begriffe sieht es hier perfekt aus.«

»Was ist los, Kate?« sagte Edna.

Kate stand auf und begann, im Zimmer auf und ab zu gehen. Edna machte Anstalten, sich zu erheben, aber Kate winkte ab. »Nein. Bleib sitzen und hör mir zu. Wie du siehst, vertraue ich darauf, daß du unbewaffnet bist und mich nicht angreifen wirst. Trotzdem wäre ich dankbar, wenn du bleibst, wo du bist. Lehn dich einfach zurück und hör zu. Nein, sag gar nichts, jedenfalls jetzt noch nicht.«

Kate stellte sich hinter die Couch, stützte sich darauf und sah Edna ins Gesicht. »Du bist der Teil, der mir am meisten zu schaffen macht. Von Leuten wie Noble und seinesgleichen hintergangen und manipuliert zu werden, ist ärgerlich und sogar gefährlich. Aber er hat nie behauptet, ein Freund zu sein. Ich habe eine ziemlich altmodische Vorstellung von Freundschaft, und da sie wahrscheinlich das einzig Altmodische an mir ist, hasse ich es, wenn sie verraten wird. Ohne dein Zureden, ohne deine klugen Warnungen vor der Gefahr für Humphrey und Arabella hätte ich diesen Job nie angenommen. Ich nehme an, als du die beiden ins Spiel brachtest, wußtest du noch nicht, daß ihr Arabella umbringen würdet und Noble versuchen würde, Humphrey als Mordverdächtigen hinzustellen. Oder war das damals schon abgemacht? Sag es mir! War der Mord an Arabella eine plötzlich notwendige, unangenehme Überraschung oder von Anfang an eingeplant?«

Edna versuchte zu antworten, brach aber statt dessen in Tränen aus. Sie kramte in ihrer Tasche nach einem Taschentuch, aber die Fluten waren nicht aufzuhalten.

»Perfekt«, sagte Kate. »Bisher habe ich nie verstanden, warum es Männer so hassen, wenn Kolleginnen weinen. Ich dachte, es sei bloß, weil sie keinen Zugang zu ihren eigenen Gefühlen haben, und wir wundervollen Frauen, die wir Kinder großziehen und keine Angst vor Intimität haben, seien nicht so schrecklich gehemmt. Aber das geht ein bißchen zu weit, findest du nicht, über einen toten Mann und eine tote Frau zu weinen – über den Tod der Frau werde ich übrigens bis zu *meinem* Tod nicht hinwegkommen –, wenn man bei der Ermordung beider selbst die Hand mit im Spiel hatte. Oder lähmte dich einfach feminine Hilflosigkeit, als du herausfandest, was Noble vorhatte? Ich will eine Antwort, falls es dir gelingt, mit deinem Geschluchze aufzuhören.«

»Ich glaube nicht, daß du wirklich eine Antwort willst«, stammelte Edna. »Du bist einfach zornig. Ich mache dir keinen Vorwurf.«

»Na, das tröstet mich. Das tröstet mich ungemein«, sagte Kate. »Vergessen wir, daß ich uns für Freundinnen hielt. Vergessen wir, daß du mich mit einem Täuschungsmanöver hintergangen hast, gegen das die Figuren John le Carrés wie harmlose Kerlchen aus einem Kinderreim wirken. Wir Karrierefrauen sind noch nicht lange genug in der Lage, Freundschaften miteinander einzugehen, deshalb machst du mich um so wütender. – Ich weiß«, fuhr Kate fort, »du glaubst, ich gräme mich mehr um meinen verletzten Stolz als um die beiden Toten, und vielleicht hast du recht. Ich bin verdammt wütend, weil mein Stolz so verletzt worden ist, aber meine Wut wegen Arabella sitzt viel, viel tiefer. Ob du es glaubst oder nicht, in etwa zwei Minuten höre ich auf zu reden. Und dann möchte ich gern hören, warum du ihm geholfen hast, mir in dieser Farce meine Rolle aufzuschwatzen. Außerdem will ich wissen, womit ich es verdient habe, daß du mir Freundschaft vorgespielt hast. Ich meine, wenn ich so hassenswert bin, dann will ich das zumindest wissen.«

»Wie bist du dahintergekommen?«

»Immer die praktische Frau«, sagte Kate. »Ich *habe* es herausgefunden! Schon vor einer ganzen Weile habe ich mit dir darüber gesprochen, daß mir die Sache faul vorkommt, nur ahnte ich damals nicht, wie faul sie tatsächlich war. Oh, auf dich bin ich zunächst gar nicht gekommen. Als ich Reed das ganze nette Spielchen auseinandersetzte, habe ich dich nicht einmal erwähnt. Denn obwohl ich sicher war, daß du mit drinstecken mußtest, wollte ich es einfach nicht glauben. Du hattest zwar vorgeschlagen, daß ich das Netzwerk der Verwaltungssekretärinnen für mich nutze, und mich förmlich gedrängt, zu dem Treffen der Dozentinnen zu gehen; aber nur, weil du wußtest, daß sie mir nicht würden helfen können, weil Noble seine Spuren so gut verwischt hatte. Nachdem du mich erst einmal in diese Farce verstrickt hattest, blieb dir nur noch eins übrig: mich möglichst diskret immer wieder darauf zu stoßen, daß die Familie das größte Motiv hatte. Wolltest du dafür sorgen, daß einer von Adams' Söhnen beschuldigt wird? Oder wolltest du es der Witwe anhängen, die dir einen Strich durch die Rechnung gemacht hat, als sie zu einem dreitausend Meilen entfernt wohnenden Onkel verschwand?«

»Bist du fertig?« fragte Edna.

Mit Mühe hatte sie ihre Tränen jetzt unter Kontrolle.

»Noch nicht ganz. Ich wollte es immer noch nicht glauben. Ich hoffte immer noch auf eine harmlose Erklärung für alles. Schließlich hast du ja nicht versucht, mich von Mr. Witherspoon fernzuhalten – das hat Noble gemacht. Und dann, ziemlich spät gestern abend, bekam ich einen Anruf von PC.«

»Von wem?«

»Von Penelope Constable, einer berühmten englischen Schriftstellerin. Den Kontakt zu ihr habe ich den Dozentinnen zu verdanken. Das war wirklich schlau von dir, Edna, so zu tun, als hättest du Vertrauen in die Solidarität von Frauen: Das gefiel mir natürlich. Deshalb bin ich dir so vollends auf den Leim gegangen.«

»Und was hat die englische Schriftstellerin gesagt?«

»Sie erzählte, meine liebe Edna, daß deine Freundin aus dem Fachbereich Psychologie sehr wohl eine Antwort auf die Anzeige bekommen hat. Ihr Schwiegersohn, der Psychologieprofessor bei uns ist, hat ihr das erzählt. Aber als deine Freundin dich davon informierte, sagtest du, es sei nicht mehr wichtig und sie solle die Sache vergessen. Und mir hast du gesagt, es habe keine einzige Zuschrift gegeben, erinnerst du dich? Aber ein einziger junger Mann war offenbar an jenem Samstag auf dem Campus und hat vielleicht gesehen – ja was wohl? Wenn diese Ermittlung nun endlich ihren Lauf nimmt, werden wir es wahrscheinlich erfahren. Mich erfüllt es allerdings keineswegs mit Freude, daß ich den Beweis für deine Schuld durch reinen

Zufall erfahren habe: PC's Schwiegersohn war zufällig gerade im Büro deiner Freundin, als die Zuschrift auf deren Schreibtisch landete, und zufällig erwähnte er es, als PC ihm die Ereignisse an jenem Thanksgiving schilderte. Daß du mich anlügst, hatte ich schon länger vermutet, aber das war jetzt der *Beweis*. Trotzdem dauerte es noch eine Weile, bis ich mir eingestand, daß du – mit Verlaub – eine Drecksau bist. Und ich warne dich, solltest du aus irgendeinem Grund vorhaben, mich anzugreifen – mein Adrenalinspiegel ist *sehr* hoch.« Und damit, ihre letzte Äußerung Lügen strafend, ging Kate um die Couch herum und ließ sich in die Polster fallen.

Edna beugte sich nach vorn und vergrub das Gesicht in den Händen. Kate war jetzt bereit, sie reden zu lassen. Es dauerte eine Weile.

Edna sagte: »Ich bin Matthew Noble ganz zufällig auf die Schliche gekommen. Als wir das jüdische Forschungszentrum zu planen begannen, wollte ich wissen, wie die arabischen Gelder verteilt worden waren. Ich war es nicht gewohnt, mit solch riesigen Spendensummen umzugehen. Das jüdische Forschungszentrum fiel in meine Zuständigkeit, obwohl es im strengen Sinne keine Akademie ist. Aber es hatte Umstrukturierungen in der Verwaltung gegeben, und alle Zentren und Sonderprogramme unterstanden mir. Ich wandte mich wegen der arabischen Gelder nicht direkt an Matthew, sondern an die Finanzabteilung und den Hauptbuchhalter. Als ich meinen Job hier antrat, hatte mein Mann mir beigebracht, Kostenrechnungen und Bilanzen zu lesen. Ich hielt das für wichtig, denn ein Freund von mir ist mal in größte Schwierigkeiten geraten, weil er sich als Akademiker, der von solchen Dingen keine Ahnung hat, in einer ähnlichen Situation lange Zeit hatte belügen lassen.«

»Wo ist dein Mann?« fragte Kate plötzlich. War er vielleicht hier in der Wohnung – mit in die Sache verstrickt und womöglich eine Gefahr für sie? Erst jetzt gingen Kate diese Gedanken durch den Kopf.

Edna sagte: »Er ist im Krankenhaus und bekommt Bestrahlungen. Er weiß von all dem nichts. Er hat Prostatakrebs.«

»Das tut mir leid«, hörte Kate sich sagen. »Warum hast du mir das nicht gesagt?« Die Frage kam ihr idiotisch vor, aber Edna offenbar nicht.

»Ich wollte. Aber hätte ich angefangen, mich dir zu öffnen, hätte ich den Rest nicht durchgehalten. Ich brauchte das Geld. Ich wollte eine schöne Wohnung für uns, und ich wollte sie gleich. Nicht, daß ich von mir aus mit der Sache angefangen hätte, aber man schlittert leicht in etwas hinein. Ich stellte Matthew zur Rede, sagte ihm, was ich herausgefunden hatte und daß ich es dem Rektor oder Präsidenten melden müßte, wenn er nicht das ganze Geld zurückzahle. Er meinte: Er denke nicht daran, und die Gefahr, daß die Geschichte aufflöge, wäre sehr gering. Heute ist mir klar, daß das Unsinn war, auch wenn er sich ziemlich lange in Sicherheit wiegen konnte. Ich nehme an, ich wollte ihm einfach glauben. Irgendwie fing ich dann an, Geld von ihm anzunehmen. Jetzt, wo ich es erzähle, klingt alles unglaublich. Ich verbuchte es auf einem extra Konto und redete mir ein, ich würde es als Beweis nutzen und zurückgeben, wenn Noble nicht den ganzen unterschlagenen Betrag zurückzahlte. Dann wurde Frank krank und – nun, alles ging in die Brüche.«

»Und warum mußte Noble Adams umbringen?«

»Adams wurde immer unverschämter. Es gefiel einfach zu sehr, alle nach seiner Pfeife tanzen zu lassen, das war das Problem. Matthew bekam es allmählich mit der Angst zu tun. Adams hatte ihn förmlich dazu gezwungen, den jungen Schwarzen den Schlüssel zur Levy Hall zu geben. Immerhin gelang es Matthew, Humphrey dafür verantwortlich erscheinen zu lassen. Adams wußte, wie sehr Matthew das unter die Haut ging. Was er nicht wußte, war, daß es ihn das Leben kosten würde.«

»Wann hat er dir erzählt, daß er Adams ermordet hat?«

»Als ihm die Idee kam, dich einzuschalten. Er drohte

mir, mich bloßzustellen. Er sagte sogar, ich könne als Mordkomplizin unter Anklage gestellt werden.«

»Was genau sollte ich eigentlich bewerkstelligen? Oder *nicht* bewerkstelligen?«

»Du solltest ablenken. Noble hoffte, es gäbe eine Menge Publicity und viel Gerede, und die Polizei hätte so schneller die Nase voll. Glaub mir, Kate, ich habe versucht, es ihm auszureden. Aber er bestand darauf, meinte, wenn ich dich nicht überrede, würde ich mit ihm zusammen untergehen. Und ich wußte, daß er das ernst meinte. Na, und jetzt passiert mir natürlich genau das.«

»Wahrscheinlich. Er wird versuchen, dir die meiste Schuld in die Schuhe zu schieben. Es sei denn, irgend jemand kann ihn zu einem Handel bewegen. Vielleicht der Rektor. Aber ich werde keinen Finger rühren, wie meine Mutter immer sagte.«

»Und was Arabella betrifft. Sie hatte ihn an dem Samstag gesehen. Sie hatte wohl vor, es dir zu sagen, aber sie sprach zuerst mit ihm. Sie sagte, sie würde es für sich behalten, wenn er ihr ein gutes Angebot mache. Arme Arabella! Sie war Adams gar nicht so unähnlich. Auch sie wollte in Systeme eingreifen, die schon viel zu lange festgefahren sind, um leicht aus der Bahn gehoben zu werden.«

»Adams war ein Nichtsnutz«, sagte Kate.

»Ein was?«

»Susan Pollikoffs Ausdruck. Ein Nichtsnutz. Jeder unterschätzt die Wut derer, die keine Macht haben – und das, was sie zu sagen haben. Noble hat diesen Fehler gemacht. Sein zweiter großer Fehler war, daß er meine Suche nach einer Geschichte nicht begriffen hat. Das ist schließlich meine Aufgabe, auch wenn ich keine Detektivin bin. Es ist die Aufgabe eines jeden Literaturprofessors. Er wollte mich als Ablenkungsmanöver, aber die Literaturwissenschaft lehrt einen, gerade den Umwegen die größte Beachtung zu schenken. Uns interessiert vor allem das Unterschwellige, die verborgene Geschichte.«

Edna sagte: »Und was wirst du jetzt tun?«

»Was dich betrifft? Ich weiß es nicht. Der Rektor weiß über Noble Bescheid, und ich habe dafür gesorgt, daß er die Polizei benachrichtigt. Dich habe ich nicht erwähnt. Wenn du also das Gift in der Schüssel mit dem Füßel hast oder im Krug mit dem Pflug, ist jetzt wohl die Zeit gekommen, es herauszuholen.«

Edna hatte wieder angefangen zu weinen. Am Ende saß Kate auf der Sessellehne und streichelte ihr den Rücken. Nach einiger Zeit ging Kate.

»Meisterhafte Arbeit! Sie haben wirklich Ihren Mann gestanden, wenn Sie mir den Ausdruck gestatten«, sagte der Rektor einige Wochen später.

»Eigentlich nicht«, sagte Kate und ließ sich einen Scotch einschenken, nachdem sie den Sherry abgelehnt hatte. Es war spät nachmittags. »Denn bei diesem Job kam es auf weibliche Qualitäten an. Ein Mann hätte den Fall kaum lösen können. Und wenn ›Handeln wie ein Mann‹ Ihr höchstes Kompliment ist, so kann ich es nur akzeptieren, weil ich hoffe, daß Ihr Wertesystem sich bald verändert.«

Der Rektor war souverän genug, zu lächeln.

»Gott sei Dank hat Noble sich kooperativ verhalten«, sagte er. »Von seiten der Universität hat er mit keiner Anzeige zu rechnen. Er wird sich nur wegen des Mordes an Adams zu verantworten haben, und seine Anwälte wollen auf Totschlag plädieren. Natürlich werden wir alles daran setzen, die Presse herauszuhalten. Jede Publicity, so fürchte ich, könnte die Spendierfreudigkeit etwaiger Wohltäter unserer Universität beeinträchtigen, meinen Sie nicht?« Er blinzelte Kate nicht direkt an, aber man konnte auch nicht behaupten, daß er sie nicht anblinzelte.

»Noble hat Edna Hoskins erpreßt«, sagte Kate, »und sie um ihren Job gebracht, in dem sie meiner Meinung nach sehr gute Arbeit geleistet hat.«

»Das ist richtig«, sagte der Rektor. »Wir sind ihr dabei

behilflich, eine neue Stellung zu finden. Noble spielt seine Rolle recht anständig. Wie betrüblich, daß Edna Hoskins' Mann so krank ist.«

»Ich habe einiges über Erpressung gelernt«, sagte Kate. »Jemand zu erpressen, kann gefährlich sein. Das bekam Arabella zu spüren, als sie es bei Noble versuchte, und Adams, der zu weit ging. Aber andererseits hat es funktioniert, als Noble es bei Edna probierte. Edna sah keinen Ausweg.«

»Erpressung ist eine schreckliche Angelegenheit«, sagte der Rektor – für Kates Gefühl, aber sie konnte sich täuschen, mit einem Anflug von Nervosität.

»Ja, schrecklich«, sagte Kate. »Aber diese ganze Ermittlung hat nur Schreckliches zutage gefördert. Das Allerschrecklichste war, meiner Meinung nach, der Tod von Arabella Jordan.«

»Natürlich. Das empfinden wir alle so.«

»Aber manche empfinden es tiefer und mit größeren Schuldgefühlen als andere. Ich zum Beispiel.«

»Aber was kann man tun?« fragte der Rektor. »Wir haben an ihre Eltern geschrieben, und der Präsident ebenso. Und wie ich höre, war Arabella Jordans Vater zutiefst gerührt.«

»Daran zweifle ich nicht. Und ich zweifle auch nicht daran, daß Arabellas Mutter über die Rührung des Vaters zutiefst gerührt war. Zweifellos macht dieser Brief das Leben mit ihm etwas einfacher.« Kate betrachtete ihre Handtasche mit einer Tiefsinnigkeit, die dieser Gebrauchsgegenstand schwerlich verdiente.

Der Rektor sagte: »Was wollen Sie?«

»Ich will nicht so tun, als handele es sich nicht um Erpressung«, sagte Kate. »Heuchelei habe ich schon immer gehaßt. Gut also: Es ist Erpressung.«

»Ich wiederhole meine Frage«, sagte der Rektor, gar nicht freundlich.

»Ich denke an drei große Stipendien«, sagte Kate. »Sehr großzügige, wissen Sie, die die Lebenshaltung decken und jene Summe, mit der der Student oder die Studentin seine oder ihre Familie hätte unterstützen können, wenn er oder sie nicht aufs College ginge. Ich habe natürlich eher Studentinnen im Sinn, aber sexistisch zu sein, zahlt sich nie aus. Der Fonds, aus dem die Stipendien gezahlt werden, wird natürlich Arabella-Jordan-Stiftung heißen. Und mir klingt jetzt schon angenehm in den Ohren, wie diese Stipendien von den Studenten in nicht allzu langer Zeit die ›Arries‹ genannt werden.«

»Sie sollten sich lieber mit einem oder zwei begnügen«, sagte der Rektor.

»Drei«, sagte Kate. »Drei ist eine heilige Zahl.«

Sie stand auf und ehe der Rektor ihr antworten konnte, war sie aus dem Zimmer. Kate hatte kaum Zweifel, daß der Gedanke daran, die ganze Betrugsgeschichte könne in die wohlhabenden arabischen und jüdischen Kreise vordringen, oder gar in die nicht so betuchten schwarzen, den Rektor genügend inspirierte bei der Suche nach den notwendigen Geldern.

Das mit dem Rektor war eigentlich schade. Im Grunde hatte Kate ihn immer bewundert, so weit es ihr möglich war, einen Universitätsbürokraten zu bewundern. Es war sehr unwahrscheinlich, daß sie sich, außer bei hochoffiziellen Anlässen, je wieder begegnen würden.

Kate ging an der Levy Hall vorüber, verließ den Campus und genoß ihre geliebten Straßen. Sogar der Müll und die Graffiti kamen ihr heute so schön vor wie schon seit langer, langer Zeit nicht mehr.

Lesen Sie sich in eine ferne Zeit der Leidenschaft.

»Ein spektakuläres Epos – romantisch, ordinär, witzig und voller Abenteuer ... brillant, originell und atemberaubend.«
Publisher's Weekly

800 Seiten, fester Einband
DM 48,-
ISBN 3-8218-0268-5

London im Jahre 1593: eine Gesellschaft, die geprägt ist von religiöser Verfolgung und anglizistischer Enge.
Und doch lebt hier eine Frau ihr Leben freier, radikaler und mutiger, als Kirche, Staat und Gesellschaft das zulassen wollen: Becca, die schöne, eigensinnige Tochter des Leibarztes der Königin, Rodrigo Lopez, lernt fechten und fremde Sprachen, sie bewahrt ihren verbotenen jüdischen Glauben und ihre Liebe zu einem Mann des Theaters, der obendrein noch verheiratet ist: William Shakespeare.
Eine abenteuerliche Liebesgeschichte, in der Poesie und historische Wahrheit gemeinsam die Leser in das elisabethanische England entführen.

Fordern Sie den kostenlosen Verlagsprospekt an:
EICHBORN VERLAG
Kaiserstraße 66 · 60329 Frankfurt